[英]
阿莉·史密斯

著

文泽尔

译

HOW TO BE
BOTH

by
Ali Smith

双面
人生

浙江文艺出版社

HOW TO BE BOTH
Copyright©2014, Ali Smith
All rights reserved
本书中文简体字版版权,浙江文艺出版社独家所有
版权合同登记号:图字:11-2018-142号

图书在版编目(CIP)数据

双面人生 / (英)阿莉·史密斯著;文泽尔译. —
杭州:浙江文艺出版社,2024.5
ISBN 978-7-5339-7097-0

Ⅰ.①双… Ⅱ.①阿… ②文… Ⅲ.①长篇小说-英国-现代　Ⅳ.①I561.45

中国国家版本馆CIP数据核字(2023)第002667号

责任编辑	周　易	装帧设计	董茹嘉
责任印制	吴春娟	营销编辑	余欣雅
封面插画	三文 seven	数字编辑	姜梦冉　诸婧琦

双面人生

[英]阿莉·史密斯 著　文泽尔 译

出版发行	浙江文艺出版社
地　　址	杭州市体育场路347号
邮　　编	310006
电　　话	0571-85176953(总编办)
	0571-85152727(市场部)
制　　版	浙江新华图文制作有限公司
印　　刷	杭州富春印务有限公司
开　　本	880毫米×1230毫米　1/32
字　　数	260千字
印　　张	12
插　　页	4
版　　次	2024年5月第1版
印　　次	2024年5月第1次印刷
书　　号	ISBN 978-7-5339-7097-0
定　　价	79.00元

版权所有　侵权必究

目录

Ⅰ / 1

二① / 191

译后记 / 371

① 本书分为两个部分，可颠倒顺序阅读。——编者注

I

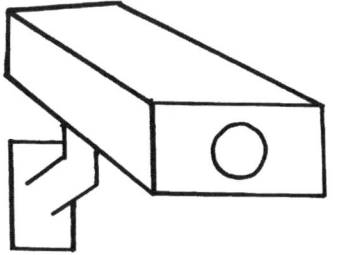

乔治①的母亲,她对坐在前排副驾驶座上的乔治说,考虑一下这个道德困境。

并非此刻说出口的话,而是过去讲出的话。

乔治的母亲已经去世了。

什么道德困境?乔治问道。

租来的车,副驾驶座很奇怪,是安排在家中司机本来应该在的主驾驶座那边的。因此,坐在这样的副驾驶座上,有点像是自己亲自在开车,可实际上并没有,你懂的,实际上并没有在开车。

这么说吧。你是个艺术家,她母亲说道。

是吗?乔治反问。从什么时候开始的?还有,这也算道德困境吗?

哈哈,她母亲说。陪我消遣消遣嘛。想象一下。你是个艺术家。

这段对话发生在去年五月,很明显,乔治的母亲当时还在世。她是在去年九月去世的,而现在已经是一月份了——

---

① George。——译者注(若无特殊说明,本书脚注均为译者注)

说得更确切点,是新年前夜的零时过后,换句话说,现在已经是乔治母亲去世的第二年了。

乔治的父亲出门了。这总比他待在家,黯然神伤地站在厨房里,或是在屋里走来走去,反反复复地开关各种东西要好。亨利①睡着了。她才刚进去瞧过他:对于这个世界而言,他已经死了,睡死了,尽管这里的"死"并非"死"这个词语的字面意思,你懂的,并没有死亡。

今年是她母亲自出生以来没能继续活着的第一年。这项事实是如此明显,甚至连冒出这个念头本身都显得颇为愚蠢,可是与此同时,它又如此可怕,可怕到你根本无法去细想。此时此刻,两种感受同时存在。

怎样都好,总之,乔治在这新的一年的开头几分钟时间里,一直都在网上查找一首老歌的歌词。歌名为《让我们再次摇摆》②。卡尔·曼③作词。歌词本身其实不怎么样。"让我们再次摇摆,跟去年夏天一样。让我们再次摇摆,就像在去年夏天。"接下来是个非常糟糕的押韵,准确点讲,甚至根本称不上是在押韵。

你是否还记得,
曾经一切如此喧闹。

---

① Henry。
② *Let's Twist Again*,1962年由查比·切克演唱的歌曲。
③ Kal Mann,美国作词人。他最出名的作品是为猫王所写的《泰迪熊》歌词,以及查比·切克演唱的《让我们再次摇摆》,后者赢得了1962年格莱美最佳摇滚唱片奖。

"喧闹"跟"夏天"这两个词并不押韵，而且这一句的结尾没有使用问号，这就意味着，假如你从字面意义上来理解"喧闹"这个词，整个句子的意思就变成：你是否还记得，那时候一切闻起来真的很糟？

接下来的歌词是"让我们再次摇摆，这是摇摆的时刻"。或者，就像所有网站上言之凿凿地写出来的那样，并非"摇摆的时刻"，而是"摇摆的时间"。

对此，母亲去世之前的乔治曾经这样评价：至少他们用了撇号①。

我他妈的一点也不在乎互联网上的某个网站是否注意到了语法的正确性，这是母亲去世之后的乔治所讲的话。

去世之前与去世之后的差别，无非就是哀悼，诚如大家所言。他们一直都在讨论哀悼是如何区分出不同阶段的。至于哀悼究竟有多少个阶段，目前还存在着一些争议。三个阶段，或者五个阶段，甚至还有人说，哀悼总共分七个阶段。

这就好比写歌的人，其实并没有去细究歌词。或许他也正处在三个、五个或者七个哀悼阶段中的某一个。或许在第九阶段（或者第二十三阶段、第一百二十三阶段，又或是无限阶段，因为到了这个阶段，具体在哪个阶段就不重要了）；到了这个阶段，你将不会再为歌词的具体含义而烦恼。事实上，到了这个哀悼阶段，你几乎会讨厌所有的歌。

---

① 原文中"摇摆的时间"为twistin'time，这里指其中的撇号。和上文中的hummin'一样，此处撇号为-ing后缀的缩写格式。

可是，乔治必须得找到一首足以匹配这套特定舞蹈的歌。

歌词中的自相矛盾表现得如此明显，歌词本身如此没有意义，这无疑也是加分项。恐怕正是这首歌能够卖得那么火爆的原因，要知道，这种销量在当时可真是件了不得的事情。大家总是喜欢意蕴没那么深远的玩意儿。

好吧，此刻我正在想象，去年五月，意大利，坐在副驾驶座上的那个乔治，她在关注一首老歌歌词中的无意义之处时，讲出了跟次年一月在英国家里做同样事情的乔治完全一样的话。去年的那个时候，车窗外，意大利整个铺陈开来，覆盖到他们身上，如此灼热，如此昏黄，就仿佛做了喷砂处理一般。后座上，亨利微微有些鼻塞，双目紧闭，嘴巴大张。安全带的带子直接压到了他的前额上，因为他还太小。

你是个艺术家，她母亲说，你正在跟其他许多艺术家一起，做一个项目。就薪酬而言，从事项目的每个人都拿着相同的数目。可是你，相信自己眼下正在做的事情，比项目中任何一个人拿到的薪酬都更有价值，包括你自己在内。因此，你写信给委托你们完成这项工作的人，要求他付给你比其他任何人都多的钱，唯有如此，才能与创造出来的价值相匹配。

那么，我值得更多吗？乔治说。我难道不比其他艺术家更好吗？

这有关系吗？她母亲说。这是重点吗？

究竟是我更有价值，还是我所完成的工作更有价值？乔治问。

很好。继续,她母亲说。

这是真正发生的事情吗?乔治又问。抑或只是假设性的提法?

这有关系吗?她母亲说。

是不是在现实中其实已经有了答案,但你还是要用这个概念来试探我,可你事实上已经很清楚自己对此的看法了?乔治问。

或许吧,她母亲说。不过,我对自己的看法倒不怎么感兴趣。恰恰相反,我对你的看法非常感兴趣。

通常而言,你对我所想的任何事情都不感兴趣,乔治说。

你还是太不成熟了,乔治,她母亲说。

是啊,我的确还处于青春期呢,乔治回应道。

嗯,没错,这就解释了一切,就是这样,她母亲说。

一阵短暂的沉默,气氛仍算凑合,可是,假如对方没有在对话中稍微让步,很快乔治就会发现,这几个星期以来,她母亲之所以一直处于暴躁易怒、难以捉摸、牢骚满腹的状态,其实是因为她跟那个女人——丽莎·戈利尔德[①]之间,原本在任何时候都如天国般完美无瑕的友谊出了问题。刚开始时,两人只是显得略有些疏远,接下来,双方都开始变得喜怒无常,随时都可能大吵一架。

所以,是正在发生的状况吗?还是过去已经有过的情况呢?乔治追问道,另外,你口中的艺术家,指的是女人还是

---

① Lisa Goliard。

男人?

这两个问题当中,有哪一个称得上重要吗?她母亲说。

都重要,乔治答道。每个都重要。

真是造孽①,她母亲说。

我就是不明白,你为什么不能遵守承诺,永远不能,乔治说。你讲出口的,永远不是你真正想讲的那个意思。假设你讲出刚刚那句话时不带任何恶意,那么,那句话的意思就应该是——我是最重要的,或者我是最厉害的,抑或是说,最厉害、最重要的都属于我。

这是真的,她母亲说。我就是最重要、最厉害的。但具体呢,最重要、最厉害的什么?

过去还是现在?乔治重复了一遍,男性还是女性?不可能同时成立,两者必居其一。

谁说的?为什么必须是这种设定?她母亲说。

哎哟喂,乔治故意大声感叹道。

别这样,她母亲一边回话,一边朝后扭头示意,除非你打算把他给弄醒,如此一来,你就必须得陪他玩。

我。无法。回答。你的。道德。问题。除非我。知道。更多。细节。乔治说话时保持了 sotto voce,这是意大利语,意为"压低声音讲话",尽管乔治不讲意大利语。

道德需要细节吗?她母亲低声回应道。

上帝啊,乔治说。

---

① 原文为 Mea maxima,拉丁文,宗教中常用来表达捶胸悔罪。这里指乔治母亲觉得自己不应该问乔治这个问题。

道德需要上帝吗？她母亲说。

跟你对话——乔治依旧保持着"压低声音讲话"的状态——简直就像是在跟一堵墙交谈。

噢，非常好，你啊，非常好，她母亲说。

究竟怎么个好法？乔治问。

因为我们眼下谈及的这门艺术、这类艺术家和这方面难题，统统都跟墙有关，她母亲说。而且，刚好就在我现在正开车载你去的那个地方。

是啊，乔治说。"墙"人所难①。

她母亲笑得真的很大声，大声到她们两个不约而同地转头瞧了一眼亨利，想知道他是否会被这声音给吵醒，但亨利并没有醒。她母亲发出的这种笑声，在最近这段时间里非常罕见，也正因此，此刻的感觉几乎快跟平时一样了。乔治太开心了，她觉得自己脸红了。

你刚刚讲的话，语法上不正确，她说。

没有的事，她母亲说。

确实如此，乔治说。语法是一整套明确具体的规则，你刚刚打破了其中一条。

我不认同这种信仰，她母亲说。

我不认为你可以将语言称作一种信仰，乔治说。

我认同的是这样一种信仰，她母亲说，语言是个不断变化的有机体。

我不认为这种信仰能够助你上天堂，乔治说。

---

① 原文为Up the wall，一语双关。

她母亲再次发出情真意切的大笑声。

不，听着，一个有机体，她母亲说——

（乔治的脑袋里瞬间闪过一本平装书的封面，这本书的名字叫《如何获得良好的性高潮》①，她母亲将这本书放在床边的一个柜子里。据母亲所说，早在乔治出生之前——早在她年轻又安逸地端坐在苹果树枝下②的那段日子里，这本书就放在了那里。）

——它遵循自己独有的规则，并根据自身喜好对规则进行修改。更何况我刚才讲的那些话表意非常清楚，因此，我的语法是完全可以接受的，她母亲说。

（《如何获得良好的有机体》③）

好吧，不过从语法上讲，并不怎么优雅，乔治说。

我敢打赌，你都不记得我刚刚讲了些什么，她母亲说。

"我现在正开车送你去的地方。"乔治答道。

她母亲将双手从方向盘上挪开，假装自己陷入了绝望。

我，世界上最最不懂得卖弄学问的女人们当中最最不懂得卖弄学问的那个，怎么会生下这么个老学究呢？为什么我没聪明到一生下来就赶紧把这家伙给活活淹死呢？

你之前讲的什么什么道德困境，就是指这个吗？乔

---

① *How To Achieve Good Orgasm*，"性高潮"（Orgasm）与"有机体"（Organism）这两个词十分相似，故有此说。
② 这句话引用了诗人迪伦·托马斯的诗作《蕨山》的第一句话，Now as I was young and easy under the apple boughs。
③ *How To Achieve Good Organism*。乔治把她母亲那本书的书名改了一下。

治问。

正在考虑中，仔细想想，是吧，为什么不呢，她母亲现在说。

不，她没有。

她母亲没这么说。现在没有。

她母亲过去说过。

因为假如事情真的在同时发生，恐怕就跟用"双管齐下"的方式读一本书一样：书中所有文字都被套印①了，虽然每一页乍看起来还是原来的一页，但实际上却是两页，每一页都叠加在另一页上方，因此无法被阅读。毕竟现在是新年，而非五月，是在英格兰，而非意大利，外面下着倾盆大雨，无论雨声多么喧闹（带撇号的喧闹），你仍然可以听见人们愚蠢的新年烟火声，如同一场小型战争的枪炮声那样，断断续续地噼啪作响，人们站在外面的倾盆大雨中，雨水溅到他们的香槟杯里，他们仰脸看着自己（可怜兮兮）不怎么样的烟火绽放出光彩，然后黯淡变黑。

乔治的房间，位于这栋房子的阁楼部分，自从去年夏天他们重新装修过屋顶之后，屋顶一端就出现了一条倾斜的裂缝。只要下雨，就会有一束水流从外面涌进来，此刻，这束水流如约而至：新年快乐，乔治！雨，也祝你新年快乐。此刻，这束雨水正聚集在泥灰与石膏板之间相互衔接的位置，如同一条串珠般垂直滚落，滴在了书架顶格堆积的书上。早在此事发生几周前，墙面上挂的那些海报就已脱落，因为蓝

---

① 指在原有文字或色彩上叠加印刷。

色图钉已经不能再将它们继续固定在墙面上了。海报下方是一大片浅棕色污渍，犹如一大堆相互盘绕的树根纠缠而成的根脉图，犹如地图上纵横交错的乡间小路，或是放大了一千倍的霉菌，或是当你疲累时，眼白中清晰可见的静脉纹路——不，不对，跟这些东西都不一样，想象出这些东西的过程，不过是个愚蠢的游戏罢了。屋顶开裂，潮气涌入，脏了墙面，仅此而已。

乔治没有跟她父亲讲过这件事。在此种状况下，屋顶横梁将逐渐腐烂，然后屋顶就会坍塌。每逢下雨，她醒来时都会感觉胸腔不适、鼻子堵塞。不过话说回来，一旦屋顶真的向内坍塌了，之前无法畅快呼吸的一切就都是值得的。

她父亲从来不进她的房间。他根本不知道这里发生了些什么。运气好的话，他不会知道此事，除非为时已晚。

眼下就为时已晚。

最讽刺之处在于，她父亲目前刚好就职于一家屋顶工程公司。他的工作包括：带着一只微型可转向摄像头进入客户们的住宅。这只摄像头上方配有一盏小灯，进入住宅之后，他先将摄像头固定在通常用来清扫烟囱的长杆末端，接下来，再将固定好的摄像头与便携式屏幕相连接，并将其推入到烟囱中。如此一来，任何一个求知欲旺盛且刚好有一百二十英镑闲钱的人，就可以看看他或她的烟囱里究竟是什么样。假如这个求知欲旺盛的家伙刚好有额外的一百五十英镑，那么她父亲还可以额外提供一份录像文件，从今往后，只要打开这份文件，他或她就可以随时查看自己所拥有烟囱的内部情况。

他们。这种情况下,其他每个人都会说"他们"。为什么乔治不这样说呢?

他们就可以随时查看。

不管怎么说,乔治的房间,合适的时机,足够坏的天气,以及恰到好处的忽视,所有这些配合起来,房间就会朝着天空大开,朝着这一切雨水敞开怀抱。眼下这种雨,电视上的人们一贯称之为特大暴雨。从圣诞节前的某个时间点开始,每天晚上的电视新闻里,都会报道全国范围内每一处被洪水淹没的地方(据她父亲所讲,这座城市之所以还没被洪水淹没,是因为这里使用的中世纪排水系统还是跟以前一样好)。雨水里吸收并携带的灰色油渍和尘土残渣,会在她的房间留下污迹。这些污物尘土,统统来源于空气每天对地球生命的吸收吞噬。长此以往,这房间里的一切都会腐烂变质。

她将有幸目睹这一切的发生。地板末端将会卷曲、变形,钉好钉子的地方会裂开,粘好的胶水将会松动脱落。

她会躺在床上,所有被子都掀开,星星就在她正上方——在她跟这一大堆很久以前就已燃烧殆尽的闪亮眼睛之间,毫无阻隔。

乔治(对她父亲):你认为,当我们死后,我们还会有记忆吗?

乔治的父亲(对乔治):不会。

乔治(对学校辅导员洛克夫人[①]):(完全相同的问题)。

---

① Mrs Rock。

洛克夫人（对乔治）：你觉得我们死后还需要记忆吗？

噢真聪明，真是聪明，他们认为自己特别聪明，总是用问题来回答问题。尽管如此，洛克夫人倒是一向都挺友好。洛克夫人就是这里的"主心骨"，学校的老师们一直这么说。他们纷纷向乔治提建议，认为她应该去见见洛克夫人。当他们提出这个建议时，总搞得好像自己是第一个提出似的：首先清清嗓子，问问乔治最近过得怎么样，然后就说——你知道，洛克夫人是这里的"主心骨"。接下来，当他们知道乔治已经跟她见过面，并且已经成功地将每周两次的体育课换成了摇滚乐课程时，他们会再次重复这句话。摇滚乐课程！他们会大笑出声，为乔治闹出的这个笑话①捧腹不止。笑完之后，他们看起来又显得有些尴尬，因为他们居然在本应展现出专心致志、忧心忡忡模样的时候，肆无忌惮地嘲笑了她。莫非乔治真的闹笑话了吗？假如真是这样，她是否应该表现出格外懊丧的模样？或是其他合适的模样作为回应？

你觉得怎么样？洛克夫人问。

我挺好，乔治说。我想，恐怕是因为我不觉得有什么吧。

你挺好是因为你觉得自己没问题？洛克夫人问。

感觉，乔治说。我认为我挺好，是因为不认为自己感觉到了什么。

---

① 此处"洛克""主心骨"和"摇滚乐"使用的单词均为rock，其他老师的建议本来是让乔治去找洛克夫人商量，因为她是"主心骨"，非常靠得住，但乔治却将"主心骨"的含义理解错了，认为是要找洛克夫人商量改课，改成摇滚乐课程。

你不认为自己感觉到了什么？洛克夫人问。

这么说吧，假设我真的感觉到了什么，那感觉大概离我还有些距离，乔治说。

假设你真的有感觉，那感觉也还有些距离，是这样吗？洛克夫人说。

打比方说，就像平时总是听到有人在墙上钻孔，但它其实并非你旁边挨着的那面墙，而是在某处、离你挺近的一道墙。乔治说，讲得再具体些，比方说有一天早上，当你醒来时，听到外面的路上有人在他或她的房子里施工，你不仅听到了钻孔的声音，还产生了一种对应的感觉，觉得自己所在的这栋房子正在钻孔，尽管它实际上发生在几栋房子开外的地方。

它是这样的吗？洛克夫人说。

哪个它？乔治说。

呃，洛克夫人说。

在任何情况下，在提到的这两种情况下，答案都是肯定的，乔治说。总之，它在相对较远处发生，就跟钻孔的声音一样。就这样吧，我不打算再深究句法构成之类的问题了。所以，我很抱歉，最后那个"哪个"给你造成了困扰。

洛克夫人看起来的确深感困扰。

她在自己的记事本上写了些东西。乔治看着她写。写完后，洛克夫人抬头，将目光挪回到了乔治身上。乔治耸耸肩膀，闭上了眼睛。

因为——当乔治在圣诞节前那天，闭着眼睛坐在洛克夫人咨询办公室里那张想也知道非常舒服的椅子上时，心里思忖着,电视上怎么会播这样一则广告呢?里面有一堆跳舞的香蕉,一边跳,一边给自己剥皮,还有茶包在跳舞。她母亲永远都不会看到这则广告的,不是吗?这世界怎么会如此庸俗?

这则广告可以继续存在下去,可她母亲却无法继续存在于这个世界上,怎么会这样呢?

虽然这样想,但她并没有大声将这些想法说出来,因为——这毫无意义。

不是能够讲出来的想法。

它是一个将在屋顶上形成的洞,透过这个洞,寒冷会加剧,接下来,房子的结构就会开始发生变化,本该如此:接下来,透过这个洞,乔治每天晚上都能躺在床上直接观看黑色天空。

时间是去年八月。她母亲坐在餐桌旁,大声朗读网上看到的一则讯息。

她母亲读道:今晚,流星观测者们有福了。据预测,英国大部分能够观测到英仙座流星雨[1]的地区,天空持续晴朗,自周一晚间到周二凌晨,每小时应可看到多达六十颗流星。

六十颗流星!亨利说。

他绕着桌子跑了一圈又一圈,跑得非常快,边跑边发出咿咿呀呀的声音。

她母亲继续朗读:天空新闻[2]天气播报员莎拉·彭诺

---

[1] 以英仙座γ星附近为辐射点出现的流星雨,也称英仙座γ流星雨。每年7月20日至8月20日前后出现,于8月13日达到高潮。
[2] Sky News,成立于1989年,英国首个二十四小时新闻频道。

克①,她说,局部阵雨将在夜间减弱,给了很多人观看天文奇观的机会。

读到这里,她母亲笑了。

天空新闻!她母亲说。

亨利。头疼。够了,她父亲说。

他一把抓住亨利,将他举起来,又将他倒过来。

咿呀咿咿呀呀,亨利说。我是一颗星星,正在大放光芒,哪怕把我倒转过来,也不能阻止我咿呀咿呀。

不过是光污染罢了,乔治说。

她母亲说,当你看到它们在你头顶上方如此美丽地闪耀光芒时,你就不会这么说了。

很对,乔治说。

她母亲继续朗读:每颗流星,都是一粒彗星尘埃,当它以每秒三十六英里的速度进入我们地球的大气层时,转眼就会被蒸发掉。

那也不算很快,亨利一边说,一边将自己的套头衫翻过来,盖住了自己的脸。汽车的速度是三十英里。

乔治说,流星每秒钟的速度,不是每小时。

每小时十四万英里,她母亲读道。

真的非常慢,亨利说。

他开始哼唱歌词。

汽车和星星,汽车和星星。

激动人心,她母亲说。

---

① Sarah Pennock。

今晚真的挺冷,乔治接话道。

别那么无聊嘛,乔治,她母亲说。

——亚,乔治故意如此回应,因为这段对话发生在她开始坚持要求母亲和父亲在使用她名字时一定要叫她的全名"乔治亚"之后。

她母亲见状,忍不住轻哼了一声,笑了。

什么情况?乔治说。

没什么,你难得回了声"亚",嗯,那听起来就像是在讲我年轻时发生过的一些趣事,她母亲说。我们以前就是用"亚"一样的表情,将那些富家子弟给画成滑稽漫画的。你还记得吗,内森[①]?

不记得,她父亲说。

行呀,乔治——呀[②]。她母亲故意这样说话,假装自己是个早就过时了的时髦女孩。

乔治可以选择回应,或者无视。她选择了无视。

她说,反正我们到时候什么也看不见。此地灯光太强。

到时候,我们可以把所有的灯都关掉,她母亲说。

我不是指我们自己的灯。我是说,整个剑桥的全部灯光,乔治说。

既然如此,我们就把那些灯也给关了,母亲说。午夜时分流星最亮。对。我知道。我们可以坐上车,开车出城,开

---

① Nathan。
② 此处乔治母亲故意使用"Georgia(乔治亚)"的谐音"George yah"来调侃。

到福尔伯恩①后面一点,在那里看它们,内森,你觉得怎么样?

早上六点要起床,卡罗尔②,她父亲说。

很好,没问题,她母亲说。你跟亨利待在家里,我跟乔治,我是说乔治——呀,会去的。

乔治亚跟我,乔治说。我也不去。

也就是说,你们三个乔治——呀,都不去,她母亲说。没问题。你们三个,你,加上你父亲,可以留在家里陪亨利,我自己去。内森,他的脸涨得太红了,快把他放下。

不,因为我想——看,六十颗星星,亨利说,他仍然头朝下倒挂着。我比这屋子里其他所有人,都更想看到它们。

她母亲说,这上面讲,可能还会有火球。

我其实是很想看火球的,亨利说。

只是光污染。还有卫星,乔治说。都没什么意义。

抱怨女士③,她父亲一边说,一边在空中摇晃亨利。

抱怨女士,她母亲也这样说。

她父亲说,请原谅我这足以令全世界停摆的政治不正确行为。

语气很温和,表达出来的意思既有趣又刻薄。

我喜欢女士这个称呼,乔治说。直到我成为——你知道

---

① Fulbourn,南剑桥郡最大的村庄之一,距离剑桥5英里。
② Carol。
③ Miss Moan,乔治父亲和母亲用这个名字来调侃乔治,因为她总是抱怨。

的——直到成为抱怨博士①。

太年轻了,还不知道选择被称为某某女士的政治重要性,她母亲说。

她这番话既可能是对乔治讲的,也可能是对乔治父亲讲的。她父亲比她母亲小十岁,这意味着她母亲总是喜欢说,他们两个是在非常不同的政治环境中长大的,主要区别在于:一个是在撒切尔夫人时期度过童年,另一个则在撒切尔夫人时期度过青春期晚期。

〔撒切尔夫人是在丘吉尔之后不久、在乔治出生之前很久上任的一位首相。参考她母亲所创作的一幅最成功的"颠覆②"讽刺漫画中展现出来的内容:撒切尔夫人诞下了一个婴儿布莱尔。关于布莱尔,乔治真正记得的部分是,此人在自己年纪还很小的时候就已经当首相了。画中那个婴儿布莱尔穿着尿布之类的东西,但已能够像大人那样站立。除了尿布之外,他什么也没穿,几近赤裸地站在一个壳体上(不是海滩上的贝壳,而是类似导弹的外壳),撒切尔夫人用力鼓起腮帮子,猛吹婴儿布莱尔的头发,婴儿布莱尔则伸出一只手来捂住裆部,另一只手害羞地遮住自己的胸部,下面的标题是《自负我们的诞生》③。乔治还记得,这幅"颠覆"讽刺漫画一度非常流行,到处都能见到。乔治曾经看到它出现在所有报纸和网站上,而且,她心里很清楚——却又不能告

---

① Doctor Moan。
② Subverts,下文会对乔治母亲所从事的颠覆运动进行详细解释。
③ 原文为 The Birth of Vain Us,这幅讽刺漫画化用了名画《维纳斯的诞生》(*The Birth of Venus*)。

诉别人——是她母亲,亲手按下了将它发送至全世界每个角落的按钮,这很有趣。]

至于日常琐事方面,她父母之间的年龄差意味着经常吵架,事实上,他们之前已经分开过两次,尽管到目前为止又复合了两次。

照我看来,至少你在女权主义问题上对我怀有敬意的日子早就过去了,但我不会抱怨,因为无论抱怨与否,现实都不会有任何改变,更何况女权主义的历史早就告诉过大家,无论什么情况下,都不要指望别人对自己怀有敬意。你把那个孩子放下来时,尽量不要让他的脑袋承受太大重量,否则你肯定会把他的脖子给弄断的。她母亲的目光始终盯着屏幕,头也不回地说道。还有乔治——或者随便你什么名字——假如你错过了跟我一起看这个的机会,你肯定会后悔一辈子。

我不会,乔治脱口而出。

不是脱口而出。而是过去曾经说出。

《独立报》上专门为此刊登了一则讣告,因为虽然乔治的母亲不像通常那些发讣告的人一样出名,虽然她不再有终身职位,但她仍然在某个智库里担任相当重要的工作,偶尔也会在《卫报》或者《每日电讯报》上发表评论文章,有时也在美国报纸的欧洲版上发表评论。自从在报纸上揭发了网络游击队事件之后,更多人知道了她是谁:卡罗尔·马蒂诺博士[1],经济学家,记者,互联网游击队型干涉主义者。

---

[1] Dr. Carol Martineau。

1962年11月19日—2013年9月10日,享年五十岁。讣告文章的第一段里,称她为一位拥有文艺复兴时期精神的女性。讣告说,她的童年在苏格兰凯恩戈姆山脉①接受教育,后成长于爱丁堡②,布里斯托尔③,伦敦。讣告指出了以意识形态、薪酬比例、薪资差异、纯意识形态后果、英国贫困现象蔓延为主题的文章与对话。讣告说,该论文的依据,乃是国际货币基金组织承认分配不均现象及增长与稳定性的放缓。讣告说,她尤为担忧的现象是首席执行官的存在导致全体员工所获薪资长期维持在较低水平。讣告说,三年前,发现了马蒂诺其中一个对外匿名且极具影响力的讽刺作品"颠覆",线上艺术运动,成千上万名粉丝竞相效仿。

讣告说,悲剧性的、未曾预料到的过敏反应,常用抗生素。

讣告所讲的最后一项内容是:活在他们心中。这意味着死亡。活在丈夫内森·库克④和他们的两个孩子心中。

这一切都意味着死亡。

这一切都意味着乔治的母亲已经消失,或者说得更具体些,已经从尘世的表象下消失了。

每天上班前,乔治的母亲,当她还活着的时候(毕竟她现在已经完全无法做到了,你懂的,她已经死了),经常会做一整套以保持健康为目的的拉伸运动和系统化锻炼。做到

---

① Cairngorms,位于苏格兰,是苏格兰高地格兰扁山脉的一部分。
② Edinburgh,苏格兰首府,位于苏格兰中部低地福斯湾南岸。
③ Bristol,英国英格兰西南部城市,建市于1542年。
④ Nathan Cook。

最后，她总是会在客厅里环绕着跳上一支舞，以此作为结束，大致相当于手机播放列表中放一首歌的时间。

从几年前开始，她就已经在这样做了。她每天都因此而忍受着家里其他成员的嘲笑，笑她在家具之间游来荡去，戴着的耳机比她自己的耳朵还大。

自母亲不再活着的第一年的第一天起，乔治每一天都会下定决心，自己不仅要在身上某处穿戴黑色的东西来悼念她，还要为她大跳六十年代的舞蹈，以此来缅怀她。这份决心的唯一问题在于，乔治在跳舞时必须得听歌，但听歌却是她再也不能做的事情之一：听歌会引出真实存在的悲恸感，给她胸口位置带来无法忍受的刺痛。

乔治母亲的手机，是在恐慌与混乱中丢失的东西之一。事情结束之后，它并没有重新出现，尽管房子里仍旧堆满了她离开时的其他各种东西。母亲总是会随身带上手机。因此，它是在火车站跟医院之间的路上丢失的。号码已经停用了，恐怕是她父亲去办的停机手续。假如你现在拨打这个号码，收到的消息就是录制好的语音，告诉你，此号码当前并未使用。

乔治认为，她母亲的手机可能是被某些负责监视的人员给取走了。

乔治的父亲说，乔治，我早就告诉过你，我不想再听你那些偏执的废话了。

洛克夫人说，也就是说，你相信你母亲的手机是被某些负责监视的人员给取走的？

母亲的所有播放列表都存在她自己的手机上。她母亲对自己手机的储存内容极度保密。

乔治只偷偷看过一次——两次(两次都觉得这样做很糟糕,但原因各有不同)。她甚至从未看到过播放列表,只看了几封电子邮件和短信。她从没想过要去瞧瞧那部手机里都存了些什么音乐。因为那是她母亲选的音乐,必定不怎么样。如今,她完全不知道、也永远不可能再知道母亲每天都在听些什么歌,或者用什么歌来跳舞了,她在火车上、在街上散步时会听什么音乐,不可能知道了。

不过话说回来,她母亲所跳的舞蹈,倒一直都是那种二十世纪六十年代流行的老派舞蹈,网上有相关介绍,甚至还有几首特定曲目。

还有一段她母亲转录的录像,用"超级8"摄影机[①]拍摄,时间大约是1965年,母亲还是个小孩子的时候,她跟她自己的母亲,也即乔治的外祖母在一起跳舞。乔治将这段影片储存在自己的笔记本电脑跟手机上。

这位外祖母在乔治出生之前就已去世,尽管如此,乔治还是看过她的旧照片,知道她长什么模样。外祖母看起来就像来自另一个时代的人。好吧,她的确来自另一个时代。影片里的她,是个非常年轻的女人,看起来挺严肃,却很漂亮,对乔治而言,就像一位黑发陌生人。胶片转录画面的顶部边缘位置,全是闪烁的光斑和黑影,外祖母的脸就藏在这些闪烁的光斑和黑影里。之所以会拍成这样,是因为影片实际上是乔治母亲拍摄的,当时的她比现在的亨利还要小。当

[①] 柯达生产的8mm胶片摄影机,如今已停产。

时的母亲肯定只有三岁左右。她穿着一件用粉红色毛线编织的开衫。这件开衫已经是这段影片中色彩最丰富的事物了。乔治甚至可以看清当时拍摄的一个小细节：一旦她拨动前面的切换按钮，就可以停住胶片，她们就会变成黑色。在这个未来将会成为她母亲的孩子身后，可以看到一块电视机屏幕，下面安装了细长的斜腿支架，电视屏幕就像肥胖的中年男人的肚皮一样朝外凸起。

乔治的母亲，紧挨在她自己母亲穿着丝袜的大腿旁边，一言不发地左右扭动着，跳着舞，小小的两只胳膊向内弯曲，露出手肘。她的表情看起来严肃且坚定，但她同时也在微笑：不过，哪怕微笑时，她的嘴巴也始终抿成一条直线。如此看来，纵使如此年轻，她对于自己在跳舞时理应集中注意力的事实，依旧是抱着尊重且义无反顾态度的。更何况在这样一段影片里，她的确必须随时集中注意力，因为她的年纪实在太小，身上穿的开衫又太重了，这件衣服比她本身体形所需的尺寸大得多、厚得多，乃至于影片里的她看起来就像个粉红色的小雪人，仿佛注定要在画面中摔倒似的。不知何故，这整件事体现出了这样一项事实，即她正在自身的整体性、紧凑性与渺小性，和看起来将要发生的意外之间，努力找寻着某种平衡，假如意外真的发生，她就会马上停止跳舞。但意外从未真正发生过，因为就在影片的内容变成一些天鹅和苏格兰某个可划船的池塘之前，舞蹈结束了。她母亲（当时还是个孩子）高兴地将双臂举向空中，而那位头发梳起的女士（乔治的外祖母）则放下手臂，抓住孩子，将她高举到不断闪烁的画面边缘，然后离开了画面。

舞蹈部分内容，在乔治的笔记本电脑上持续播放了四十八秒。

破伤风。流沙[1]。小儿麻痹症。肺。这些是乔治的母亲小时候非常害怕的一些词汇。（乔治曾经专门问过她这些。）

《告诉劳拉我爱她》[2]，这是她母亲小时候非常喜爱的唱片之一。"一只小知更鸟坐在樱桃树上"[3]。听这种唱片，会先听见噼里啪啦的唱针噪音，然后是星光闪耀般的夸张音调，好似能够体验过去时光，好似真的可以沉浸其中。这是个完全不同的领域，对你而言可谓全新体验，人们真的唱过这样的歌，一个如此陌生的过去，令人备受冲击。

新的和旧的，同时受到冲击，她母亲说。

说过。

一天下午，乔治的父亲带了新的唱机回家，当他终于想出如何将它跟CD用音箱连接起来时，她们已经将旧唱片从楼梯下方的储物空间里拖了出来。

有个叫汤米的男孩，爱上了一个叫劳拉[4]的女孩。他想给她"一切"（从她父母感情失败的经历来看，这句歌词的内容显然很值得玩味，尽管那还是在乔治年纪很小时发生的事情，小到无法理解父母为什么会分开），包括鲜花和礼物，

---

[1] 原文为"Quicksand"，也有难以摆脱的困境之意。
[2] *Tell Laura I Love Her*，1960年美国十佳流行歌曲之一。
[3] One little robin in a cherry tree，这句歌词套用自二十世纪五十年代的圣诞颂歌 A little bird sat in a cherry tree。
[4] Tommy 和 Laura，即《告诉劳拉我爱她》这首歌中的两位主人公，下文所讲的故事即这首歌的故事。

以及——他最想送给她的东西——结婚戒指。但他买不起，于是他报名，参加一场库存赛车比赛①，因为有一千美元奖金（傻瓜，乔治；是啊，恐怕是这样，她母亲说；浪漫，她父亲说；亨利太小了，什么都说不出来）。汤米给劳拉家打电话。可劳拉不在那儿。于是他跟她母亲说，告诉劳拉，他爱她，告诉劳拉，他需要她，告诉劳拉，他不会迟到，他有事情要做，时间不等人了（唔，噢，她母亲说，其中种种阴差阳错，已经很悲惨了；是吗？乔治说，阴差阳错意味着什么？浪漫，她父亲说；这就是科技最终导致的一切，她母亲说，除了强调一下形而上学之外，什么也做不了；什么是形而上学？乔治说；这首歌的歌词太夸张了，她父亲说）。后来，他驾驶的汽车，突然起火，当他们将他从扭曲破碎的残骸中拽出来时，他跟他们说，告诉劳拉，他爱她，不要哭泣，因为他对她的爱永不会消失。

她跟她父亲、她母亲，一起在地毯上大笑着惊呼起来。

你为什么还要保留这张唱片？乔治问她母亲。实在太糟糕了。

直到今天我才知道，它原来这么糟糕，不过很显然，我的确应该把它保存下来，因为唯有如此，你、我，还有你父亲，今天才有可能听到它，她母亲调侃道，于是他们又笑了起来。

在眼下这个全新的今天，想想刚刚过去的那个"今天"，

---

① 这类赛车比赛最初规定只能使用量产型汽车参赛，给业余车手以机会，因此得名"库存赛车比赛"。

类似这样一种行为，在乔治所处的任何一个哀悼阶段，都不会令她感到悲伤，或者有什么特别值得一提的感触。

尽管如此，为了以防万一，这张唱片可能将会用在舞蹈中一事，目前仍需保密。她会在新年前下楼，但要等到她父亲出去之后才开始，如此一来，他就不会因为听到这张唱片里的歌曲而受到伤害。总之，乔治在唱机旁边的一堆小唱片里找到了这张唱片（盘面较小的唱片，的确有个特定的称呼，但她不记得具体是什么了）。

她将音量调得很低。她打开了唱机开关。盘面有一点扭曲变形，所以前奏中的吉他声听起来就像晕船了一样，就仿佛唱片自己也感觉不舒服似的，尽管乔治本人感觉还好，或者说得更确切点，没什么特别的感觉。

不过，这首歌绝对不适合跳舞，节奏太慢了。

她母亲曾经每天跳的舞蹈，需要快上一拍。

在除了今年以外、其他每一年的新年午夜，她母亲通常都会取出一些非常漂亮的纸，那种带有真正花瓣质地的信纸，发给她和她父亲每人两张。他们每个人都会（除了亨利，他睡着了，这很重要，因为过程涉及火）先写下各自对新年的愿望和期许，然后在另一张纸上写下他们过去一年最讨厌的事情。接下来——非常非常小心，千万不要将纸搞混——轮流站在水槽边，划一根火柴，将火焰对准第二张纸的一角，这张纸上写着他或她不喜欢的一切，看着它缓慢燃烧。当你无法继续拿住信纸，无法继续拿着它而不被火焰伤到自己时，就可以安全地将信纸直接扔进水槽里了（在适当的时候放手，是仪式的重点——她母亲总是会这样说）。它还会在水槽里继续燃烧一会儿，当它终于烧完时，你就可以将烧焦的纸片灰烬统统冲洗干净。

今年乔治没有任何愿望和期许。

她面前的那张纸是空白的，仅用大写字母写了"剩余圣诞假期日程安排"。她将数字写在纸张一侧，对应一天中的各个时间点。在9:30旁边，她写下了"舞蹈相关事项"这几个大字。

这就是她寻找合适曲调的全部意义，如此一来，她就可以在明天（今天）早餐结束后，立即行动起来。

前段时间，乔治走进母亲的书房，四处闲逛，乱翻着书架上的书籍。那时，她母亲还没有死。母亲在那里工作。到处都是成堆的文件。

乔治，她母亲头也不回地说道。

你在做什么？乔治说。

你没有作业吗？母亲说。

你在考虑我有没有作业？乔治问。

乔治，母亲说道。不要动任何东西，别再乱摸乱碰这里的东西，继续做好你自己的事。

乔治走过来，先是站在桌旁一角。然后，她直接坐到了母亲旁边的那把椅子上。

我有点无聊，她说。

我也是，她母亲说。但这儿正在处理统计数据。我必须集中注意力，避免出错。

她的嘴抿成了一条细线。

你为什么要特地保留这些？乔治一边说，一边拿起一只装满铅笔屑的小罐子。

这原本是一只专门用来装圣托里尼迷你刺山柑花蕾①的罐子，至少标签的剩余部分是这样写的。透过玻璃，可以看到她母亲长久以来所使用的不同铅笔所对应的各种木材。一层是深棕色的。一层是浅金色的。你可以看到油漆的线条，又细又窄的锯齿形颜色线条，通过卷笔刀削笔时对铅笔造成的扭曲，产生了这种形状，就跟海边扇贝的外壳边缘一样。

她可以看出来，有一支铅笔外面曾经是红色和黑色的（兴许是条纹漆面？），有一支外面是大理石蓝色的。有一支是绿色的，还有一支是非常漂亮的亮绿色。乔治从罐子里抓出了一条有着蓝色油漆线条的铅笔屑碎边。乍看起来有点像是一只木蛾。她将这条碎边缠绕在自己的手指上。它很脆弱，稍微一捻搓，就碎成了一堆残渣。

保留什么？她母亲说。

乔治拿起一小块铅笔屑的碎渣。

这有什么意义？她问道。

意义。哈哈！母亲说。有意思。

你为什么不能像普通人那样，直接将铅笔屑削进垃圾桶里去呢？乔治问。

这么说吧，她母亲一边回应，一边将坐着的椅子往后推了推。直接将它们扔掉，似乎让我觉得伤心，我并不喜欢。除非我能对它们进行合理利用，在某个事项上可以物尽其用。

---

① 希腊圣托里尼岛特产，是一种调味料。

多少有点可悲，乔治说。

好吧，对的，我觉得就是如此，可悲，她母亲答道，就字面意思而言，的确如此。说实话，我认为这是因为它们是某些东西的证明。嗯。但具体是要证明什么呢？

乔治翻了个白眼。

具体是要证明你曾经削过一些铅笔，乔治说。我可以借用你的字典吗？只借一分钟就好。

用你自己的就好，她母亲说。赶紧走开。出去的时候带上门，你这烦人又爱找碴的小讨厌鬼。

乔治将自己坐的椅子推了回去，碰到了桌下的什么东西，发出咔嗒一声响。她并没有立即离开，而是站在母亲身后，从书架上取出那本大字典，靠着墙，打开书。

P嘭一下 P比萨 P窗帘短帷幔 P路径 P参加 P模仿作"P惹人感伤"的下面，就是"P可悲"这个形容词①，释义为：拥有引发人们悲悯共鸣的特性。第二释义为：引发悲悯、悲伤或悲戚的情绪。尚且不到真正令人伤心的地步。（有趣："尚且不到"跟"伤心"凑到了一起。）第三释义为：可鄙。第四释义为：可笑。第五释义为：应用于使眼球朝下转动的上斜肌，以及与之相连的滑车神经②（属于解剖学范畴）。

直到乔治离开房间，关上门之后，她才总算能够想明白自己究竟讲了些什么，以及为什么这会很有意思。

---

① 原文中为以字母P开头的一系列英语词汇。
② 此为pathetic "可悲" 一词对应的解剖学领域专有词汇，特指pathetic-nerve，即滑车神经，一种运动性神经，由起源于中脑滑车神经核的躯体运动纤维组成。

削铅笔。意义。哈哈!

她可真想折返回房间里,喊上一声:

我明白了!

不过话说回来,她也知道自己不应该这么做,所以她并没有真的回去。

(在新年这天的清晨,现在的乔治觉得,有意义。)

"剩余圣诞假期日程安排"。

"舞蹈相关事项"下方,"上午10点"旁边,她用大写字母写下了"花园"一词。

"花园"这个词,在这里的含义可不仅仅只是花园。一段时间以前(那还是在去年九月份之前),乔治发现学校里似乎每个人都会经常聊起他们在互联网上看过的色情片,对于这样一种现状,她实在是忍无可忍,因为只有她什么也没看过,就仿佛在所有女生当中,只有她加倍地成了处女似的。所以,她决定亲自上网看一些内容,自己拿主意。但她不想让亨利看到那些东西,因为他只有八岁,好吧,他甚至还不到八岁——那时只有七岁。在乔治看来,这并非歧视。等他年纪足够大了,自然也会主动去寻找,也会自己拿主意。当然,上述假设也是有前提的,即他真的有机会等到足够大的年纪之后再来看那些东西,因为,在如今的小学操场上,孩子们其实也可以非常自由地观看色情片,根本就没人管。

就这样,乔治拿起iPad,坐在了花园凉亭里尚能容身的一处位置上。这位置是精心挑选过的,她可以从这里看到任何朝着她这边走来的人(尤指亨利),以防出现什么意想不到的情况。万事就绪,她点击了出现在屏幕上的第一张图片,视频开始播放,所看到的一切都挺有意思,令她颇感惊讶,甚至开始觉得自己走出房子、坐在花园里看色情片是个值得庆幸的正确决定。

准确点讲,刚开始时一切都挺有意思。可谓大开眼界。

结果很快就变得无聊起来,再看下去也都是些重复乏味的内容了。

她很快就对影片的色情部分失去了兴趣,开始关注起完成这样一部影片究竟需要拍多少幕场景的问题,或者至少假装影片有像样的故事情节,才能继续看下去。其中有这样一部影片,有个二十岁左右的金色长发女人,全身上下只穿了一双高跟鞋,她的双手手腕被另外一位穿着低胸晚礼服的女士给绑了起来,晚礼服的样式相当时髦,女士的年纪也比前者要大得多。这位年长的女人扶起年轻女人的下巴,拿起滴管,往年轻女人的眼睛里挤了些东西。显然,这一举动令年轻女人失明了。接下来,年长女人将她带到一个有点像是健身房的房间里——假如现实中的健身房被漆成黑色,墙边的栏杆上还额外挂着些金属链条的话,那就更像了——房间里配备了奇怪的机器,以及各种实验仪器。除此之外,还有面朝屏幕围了半圈的男人和女人,每个人身上都穿着跟老女人类似的晚礼服,似乎大家一会儿就要结伴外出参加某个地方举办的社交活动。年轻女人对此一无所知。因为刚才那个眼药水,她什么也看不见。至少对于乔治而言,故事情节就是这样的。这时,影片突然闪过许多一晃而过的片段,以这种快速剪辑的手法展示了盲女身上即将发生的故事,全是后续的高潮时刻。一旦你订阅了网站会员，就能完整观看整部影片。

她还能看见吗？她真的瞎了吗？乔治对此很感兴趣。这一切都是真的吗？还是那个女人只是在演戏呢？假如她瞎了，被老女人挤进她眼睛里的东西暂时给弄瞎了，那么，到底要过多久，她的瞎眼症状才会消失，才能重新看见眼前的一切？或者说，她其实再也看不见了？已经永久失明了？那么，兴许她此刻依然在这世界的某个地方，瞎了眼，无所适从地四处徘徊着？兴许他们那帮人在后续剧情里会告诉她，说症状不久之后就会消失，但事实上却从来没有消失，或许只是部分消失——兴许那些眼药水最终改变了她看世界的方式。又或者，从另一方面考虑，兴许她的视力完全没事，都是装的，她不管怎样都有20/20的视力①。

不管怎样都有20/20的视力！矛盾修辞法②。哈哈。

然后又是另一部影片，有个三十多岁的年长女人，仰面躺着，跟大量男人性交，一个接一个地性交，他们中的大多数人都戴着面具，就跟电视里播放的惊悚片中出现的那些夺命杀手一样。每次有新人物开始性交时，屏幕上就会刷新一个数字。

7！！8！！9！！然后数字一下子跳到了13！！14！！接着

---

① 英制视力20/20换算为我们熟知的视力格式，即为正常视力1.0。
② 指将两个相互矛盾、互不调和的词放到同一短语中，通过矛盾来激发强烈效果的修辞手段。如"沉默震耳欲聋""甜蜜的哀愁"等等。此处乔治认为正常视力20/20与影片盲女剧情是相互矛盾的，故有此说。

又跳到34!! 35!! 36!! 据说全片总共有四十个男人。整场性事足足花了四十分钟，应该是这样的，因为这是屏幕上的时钟显示出来的时间，尽管实际上乔治看的这部影片最多也就持续了大约五分钟。从头到尾就只有一个女人，背靠在一张看起来像是咖啡桌的家具上，显然不可能很舒服。她闭着眼睛，全身都呈现出某种红色，也可能是有人故意将摄影机镜头给弄脏了，总之，就像是被蒸熟了一样。影片最后，屏幕上出现的文字隆重宣布，在这部电影拍摄结束之后，我的妻子终于怀孕了。然后是三个感叹号:!!!

为什么是四十个？乔治坐在花园里，花朵纷纷在她周围点头、摇摆，地面上偶然飘过的蝴蝶影子，不知不觉间，将她的目光吸引到了iPad之外。恐怕是因为——四十是个听起来很有意义的数字，是个非常神奇的数字，比方说，四十天和四十夜①？沙漠中的四十年②？四十大盗③？芝麻开门！哈哈。还是别了，听起来有点恶心。咖啡桌旁的那个女人，她真的是拍这部电影的男人的妻子吗？拍摄结束之后，她真的怀孕了吗？诚然，这部影片里确实存在着一些很有趣的东西，观看这部影片，就像看一只蜂后在蜂巢里辛勤工作一样。可是，为什么这么多人都要戴面具呢？这样做是不是会

---

① 此处引用《创世记》中说法："因为七日之内，我要降雨在地上四十昼与夜，又要把我所造的一切活物从地上除灭。"
② 《出埃及记》典故，指摩西带领犹太人在沙漠中走了四十年，最终出了埃及。
③ 《一千零一夜》故事《阿里巴巴和四十大盗》。"芝麻开门"为该故事中的开门咒语，故有文中所说。

令场面显得更加刺激？或者说，他们之所以戴面具，是为了满足谁的要求？还有一种可能性，他们不想让自己的妻子，或者那些在摄影机旁工作的人们，知道他们的真实身份，比方说，在他们参加完这部电影的拍摄之后，他们可能会去接受电视采访，所以在影片里不能露脸。

再然后，某天下午，乔治在花园里点开了一部很特别的影片。看过之后，她对自己发誓，在她的余生当中，每天都会看一遍这部影片（或者每天只看一点也行，因为影片很长）。

影片里有个女孩，因为法律原因，她肯定至少有十六岁，但其实整个人看起来比乔治还要年轻得多——确切些讲，她看起来大约只有十二岁。这部影片里有个四十岁左右的男人。当他亲吻这个女孩时，几乎要将她的整张脸都含进自己嘴里。他们在某个跟蒙古包一样的房间里进行了很长时间的性事。整个过程中，女孩没有丝毫抱怨，显得非常卑微、顺从，再考虑到她看起来明显很不舒服，而且一副魂不守舍的模样，推测她恐怕是被人下了药，有人在她身上用了某些东西，令她感觉周遭事物的运转速度比实际发生的要慢。总之，观看这部影片，改变了乔治的大脑与心脏结构，当然还有她的眼睛。从此往后，每当乔治试图再次观看这类色情片时，那个女孩就在所有影片的画面之下等待着，永不缺席。

不仅仅针对这类片子，还有更多。乔治发现，那个女孩竟然还在——脸色苍白且痛苦，双目紧闭，嘴巴大张——在她刚刚打开的另一个网络电视节目的画面之下等待着。

她就在那里，在YouTube上的吸血鬼周末①视频背后：小狗从沙发上掉下来，猫坐在自己主动四处吸尘的吸尘器上，狐狸已被驯化，拍电影的人可以随意抚摸它的脑袋。

她就在那里，在网页的弹出窗口下方，在Facebook的广告背后，在乔治为了完成学校作业而在BBC网站查找的那些关于妇女参政论者历史的资料后面。

她就在那里，在一则社会新闻下方：新闻里那个女人，试图骑着自己的马经过麦当劳"得来速"②餐厅，给自己买个汉堡。被汽车窗口拒绝之后，她下了马，将马儿一路牵到麦当劳餐厅的门店里，直接走到点餐柜台前，试图在那里点餐。结果麦当劳的店员告诉她，很遗憾，我们店内无法为带马进店的顾客提供堂食服务。

当乔治发现，甚至连这则社会新闻下方都藏着那个女孩时，便迅速查阅了自己的浏览器历史记录，再次找到那部色情片的网页链接。

她点击进入了那个网页。

女孩又一次落落大方地坐在了床沿上。

男人对着镜头咧嘴一笑，又一次将女孩的脑袋捧在了手里。

---

① Vampire Weekend，吸血鬼周末是一支来自美国纽约的摇滚乐队，成立于2006年。阿莉撰写本书时，该乐队的MV作品在YouTube网站上极受欢迎。
② Drive-Thru，麦当劳汽车餐厅品牌名。司机在驾驶途中不用下车，就可以直接买到麦当劳快餐带走。

你在这外面做什么呢，乔吉①？几个月前，她父亲曾经这样问过她一次。

十一月。天冷。她母亲死了。在这个时间点，乔治本来已经忘掉了这个女孩，已经忘掉她好几个星期了。哪曾想到，学校的法语课上，当他们复习条件句时，乔治突然想起了她。放学后，乔治回到家里，走进花园，再次找到那部影片的链接，点击进入。她用"压低声音讲话"②的方式向片中女孩表示了歉意，因为她觉得自己实在太不走心，竟然将她给忘了。

刚好这时候，她父亲从屋里走了出来，打算将一些东西扔进外面的垃圾箱。他朝着花园这边走过来，乔治待在凉亭里，身上没有穿夹克外套，因为觉得冷，背对着父亲走来的方向，屏幕朝着他。当父亲走近时，看到屏幕上播放的内容，不由得放慢了脚步。上帝啊，乔治，他说。你这是在干什么？

我想问妈妈关于这个的事，乔治说。我的意思是，曾经想问。但现在已经做不到了。

乔治向她父亲进一步解释，说自己以前就看过这部电影，当时就决定要反复看，每天都重看一遍这个女孩，以此来提醒自己，不要忘记发生在她身上的一切。

可是乔治，她父亲说。

她告诉他，自己之所以要这样做，是为了见证所有不公

---

① Georgie，乔治亚（Georgia）的昵称。
② 原文为意大利语sotto voce，参见前文。

平的事情,所有错误的事情,这些事情一直发生在人们身上。

乔治,这挺好,她父亲说。我为你的这种观念喝彩。

这不仅仅是观念,乔治说。

实话实说,乔治,当我发现你在这里看东西时,还挺受鼓舞的,父亲说。我心里想,很好,乔治亚回来了,她在用iPad看东西,又开始对生活感兴趣了。我松了口气。但是,我的甜心。这影片的内容,这些东西,实在太骇人听闻了。你不能看这些。你必须记住,这部片子其实并不真的适合你去看。甚至连我都看不下去。而且不管怎样,那个女孩,我的意思是,电影里这件事,可能发生在好几年前。

可那并不是我不该做现在正在做的这件事的理由啊,乔治说。

要知道,她可能因此而获得了丰厚的酬劳,她父亲说。

听到这句话后,乔治瞪大了眼睛。她轻蔑地哼了一声。

我可真不敢相信,你竟然讲出了这样的话,她说。我不敢相信,我跟你竟然有血缘关系。

性爱不该是片子里那样的。有爱的性。真正的性爱。彼此相爱的人之间的性行为,她父亲说。

你真的认为我有那么白痴吗?乔治说。

如果你一直看像这样的东西,会把自己给逼疯的,她父亲说。你会伤害到自己。

伤害已经发生了,乔治说。

乔治,她父亲说。

片子里的这些,是真的发生了,乔治说。真的发生在了这个女孩身上。而且，任何人都有可能看到，在他或者她喜欢的任意时间，任意观看这部电影。观看这部影片，就像是——某件事情发生了，先是第一次发生，然后一遍又一遍。以前没看过这片子的人，点击并且观看它之后，都是如此。所以说，我想看它，是因为有一个跟你所想的完全不同的理由。这是因为我对它的观看方式完全不同，某种程度上而言，每次观看，都等于是在向这个女孩剖白一切。你还不明白吗？

她举起屏幕。她父亲举起一只手来，盖在自己眼睛上。

是啊，不过乔治，她父亲说。你看这部片子，无论你自己认为情况如何，无论你是正在看它，还是打算去看它，都不会对片子里的那个女孩产生任何真正的影响。你的观看仅仅意味着观看这部片子的人数会继续增加。无论如何，你不能确定，你永远无法知道，有一些事情——

——我有眼睛，我自己会判断，乔治说。

好吧，行，很好，那么亨利呢？她父亲说。假如他看到了呢？

你觉得我现在独自坐在冷飕飕的外面是为了什么？他不会看到的。反正不会是因为我。我的意思是，很显然，他必须在自己人生的时间线上，进行独立的观察，做出自己的选择，乔治说。还有，不管怎么讲。你是会看这些片子的。我知道你看。每个人都看。

噢，慈爱的上帝，她父亲说。你刚刚讲出口的这些，我简直不敢相信。

他背过身去，因为电影仍旧对着他，还在播放。一旦背对着她时，他就开始抱怨起来。其他人的孩子如何如何，其他人很幸运，孩子很正常，患有一些普普通通的神经官能症，比方说，总是用同一把勺子吃饭，必须如此，要么根本就不吃任何东西，要么就是吃什么吐什么，拿东西割伤自己，等等。

他讲这些的时候，有点像是在开玩笑，也有点不像。

乔治背了过去，坐回了原本的姿势，点击了屏幕上的暂停按钮。她等待着，直到父亲离开花园。

那天晚上，她跟父亲坐在一起看《新闻之夜》[①]，在这类电视节目里，每天都有屠杀和不公正的事件发生——前提是它们有机会成为新闻——接下来，新闻很快变旧闻，消失在大家视野之外，不再是新闻了。她母亲已经去世了。她父亲看电视睡着了。这段时间里，他极度疲惫，睡觉很多。都是因为哀悼。当他醒来时，甚至连看都没看乔治一眼，就将电视切换到了正在播放英国边防部队相关内容的一个频道上，这个频道名为皮克[②]。

谁敢相信呢？乔治的母亲说。

此时，距离她去世还有一年时间。这天睡觉之前，乔治跟她父母正在看电视上播放的一些垃圾节目，在让步与拖延的间隔中不停切换着频道。

她说，在我长大成人的那段日子里，谁敢相信，有朝一日，我们竟然会坐在电视机前观看那些关于人们怎样接受边

[①] *Newsnight*，自1980年起在BBC二台播出的人物访谈脱口秀节目。
[②] Pick channel，英国天空电视台旗下免费频道。

防安检,并且在查验护照时不予通过的节目?像这样的一个过程,是从什么时候开始变成一种娱乐消遣的?

在她去世前六个月,在她对自己跟那个女人——丽莎·戈利尔德之间的友谊宣告失败而感到沮丧之前不久,乔治的母亲走进了客厅里。这是某个礼拜天的晚上。乔治正在电视上观看以"飞翔的苏格兰人号"列车[1]为主题的一档节目,讲述的是一辆过去的火车。但是,由于乔治在这个节目播出到一半时才点进来,无奈错过了开头,而且这看起来是个挺有趣的节目,所以,她在看电视上节目的同时,还打开了笔记本电脑,将前面没看的部分顺带着又看了一遍。

其中一块屏幕上,这辆火车刚刚打破了每小时一百英里的纪录。另一块屏幕上,火车刚刚被汽车所取代。与此同时,乔治还在手机上搜索"抢镜头照片"[2]。其中一些非常精彩,浏览起来很有意思。还有一些,你甚至都不敢相信它们是原图出片,没经过任何后期处理,或者说,它们看起来显然已经进行了后期处理,但拍摄者本人坚称自己从来没这样做过。

你啊,母亲发现乔治正在同时关注三个屏幕,评价道,简直就是从你自身存在的世界里漂泊过来的一个移民。

---

[1] Flying Scotsman,通过东海岸干线在苏格兰首府爱丁堡和英格兰首都伦敦之间运行的一趟快速客运列车,命名方式对应"飞翔的荷兰人"号。
[2] 原文为photobombs即"照片炸弹",2014年前后非常流行的一个网络词汇,指本来正常拍摄的一张照片因为不相干人等的出现,而失去了原本想表达的意思,仿佛照片被炸弹给"炸毁"了一般。

我不是，乔治说。

你的确是，她母亲说。

你是不是脑子有什么问题，老古板？乔治问。

她母亲笑了起来。

我脑子的问题就跟你一样，她说。实际上，如今的我们，都是从自身存在的世界里漂泊过来的移民。至少在这个现实世界里的一部分我们是如此。所以说，我们最好提前做好心理准备。因为——不妨瞧瞧当今世界，各国各地的移民们都受到了怎样的对待。

不得不说，有时候，你的政治正确是如此乏味，乏味到我突然发现自己已经睡——，乔治话说一半，停了下来，模仿出自己已经睡着了的情态。

你难道就不想让自己变得返璞归真一点吗？她母亲说。比方说，读一本书？

我始终保持着阅读习惯，乔治说。

比方说，集中注意力做一件事，而不是同时处理十五件事？她母亲说。

我是个多面手，乔治连头都没抬，直接回应道。要知道，我本来就是拥有多重技能的一代人。至于你，鉴于你早就是个了不起的线上无政府主义者，你应该认可我如此之高的悟性，这样才对。

悟性，是啊，她母亲说道。请始终保持这种悟性。不管我女儿是个怎样的孩子，我都需要她这样，要有悟性。因为我在任何事情上都如此政治正确，你有悟性是必然的，否则我当初就直接把你给送到孤儿院去了。

确切些讲，假如事情真是如此发展，那就意味着你跟爸爸都得死，乔治说。

好吧，总有一天会如此，母亲顺着她的话说道。如果运气好，希望还是能晚一点，而不是早一点。行了，不管怎么说，我实际上并不在乎你一次要看多少个屏幕。我只是在做自己应该做的事情，扮演对子女付出关心的父母角色。我们都必须这么做。这是在社会契约中早就规定好的。

呸，乔治说。你现在又在假装自己很酷，几年前，前后大概三个月时间里，互联网干涉主义那套玩意儿也一度被认为是很酷的——

谢谢！她母亲说。终于得到了你的认可。

——可是实际上，真实的你，就跟四十岁以上的其他大人一样偏执，乔治说，所有陈芝麻烂谷子的往事，你们却如数家珍，你们都被困在过去，所以——不妨让天灾意外来鞭笞你们脆弱的胸腔，敲响你们心中沉寂已久的小铃铛，污秽不洁！污秽不洁！[1]信息剥夺权力！信息剥夺权力！！

噢，讲得挺好，乔治，她母亲说。我可以引用吗？

用在"颠覆"作品上吗？乔治问。

是的，她的母亲说。

不行，乔治答道。

请帮个忙？她母亲说。

你会付给我多少钱？乔治问。

---

[1] 这里喊着"污秽不洁"的口号，是模仿当年运送麻风病人时的沿街高喊，让行人避让，避免传染。

你可真是个天生的奸商,她母亲说。五英镑。

成交,乔治说。

她母亲从钱包里取出一张纸币,在伊丽莎白·弗莱①肖像和她当年帮助女囚的场景绘画之间的空白处,用铅笔写下了"'信息剥夺权力'这一提法已全额支付使用费"字样。

然后:乔治第二天就花掉了那张五英镑钞票。将写了上述文字的钞票流通到外面世界去的想法,当时很令她感到开心。

现在:乔治多么希望自己当初没有花掉那张五英镑钞票。在外面世界的某个地方,假设没有任何人擦掉那些字迹,或是字迹还没有因为频繁使用而消退,那么,她母亲的笔迹就会持久不断地从一只手传到另一只手,由一个陌生人传到另一个陌生人。

乔治注视着"舞蹈相关事项"下面的"花园"这个词,这是她本人的笔迹。跳一支舞连五分钟都不需要,那女孩的电影却长达四十五分钟,通常而言,她每次打开观看时,都不忍心让自己看超过五分钟。

舞蹈相关事项。花园。亨利像维多利亚时期的孩子一样站在那里,以祈祷的方式双手交握,简直像是从维多利亚时期创作的某一首关于死亡与孤儿的病态感伤歌谣中走出来的人物,自从他上周在电视上看到国王学院演唱颂歌②之后,

---

① Elizabeth Fry,英国知名监狱改革家,社会改革家,慈善家,贵格会教徒。英国五英镑纸钞背面的头像与绘画以她为主角,故有文中所说。

② Carols from King's,由剑桥大学国王学院合唱团演唱的颂歌。

有事没事就像这样握着自己的手。她父亲试图假装自己没有喝醉，要么就是假装自己起床后没有宿醉，没有保持那个醉醺醺的状态，在沙发上一直睡到午餐时间。接下来，他又要开始试着找出一个借口，离开家，到外面某个地方消磨夜晚的时间，去找那些他认为唯一能够帮到自己的人——即那些能够让他顺利喝醉的人——因为放假，一直要到本周末过后，父亲才会回到工作岗位，这意味着他还要再醉上五天。

眼下大约是晚上十点。时间几乎停滞不前。烟花还在外面零星绽放。雨还在威卢克斯[①]斜屋顶天窗上打着鼓点。但她父亲还没有回家，而且可能在很长一段时间里都不会回家，乔治决定等等他，以防他到家时醉得太厉害，不能自己上楼梯。

这时，乔治门外突然传来一阵响动。

是亨利。

他站在门口，眼泪汪汪，面色潮红，看上去有点奇怪，有点像《小爵爷方特勒罗伊》[②]的书中插画——眼下他的头发已经蓄得很长了。

（他一直拒绝剪头发，因为在此之前，一直都是由母亲来负责给他剪头发。

亨利，她不会回来了，乔治说。

我知道，亨利说。

[①] Velux，丹麦屋顶窗户、天窗、遮阳罩及相关配件品牌。
[②] *Little Lord Fauntleroy*，英语世界家喻户晓的儿童文学名著，作者是伯内特夫人，于1886年出版。主角男孩"小爵爷"有一头漂亮的金色鬈发，故有文中所说。

她死了，乔治说。你知道的。

我不想剪头发，亨利说。）

你可以进来，乔治说。特别许可。

谢谢你，亨利说。

他站在了门口。但他并没有走进来。

我真的醒了。我真的很无聊，他说。

他的眼泪已经快要夺眶而出。

乔治走到自己床边，将被子掀开拍了拍，示意亨利过来。亨利走进房间，走到床边，爬进被子里。

来点吐司？乔治问。

亨利正在看他们母亲的照片，乔治将照片放在床榻上方。他伸出一只手来，伸向其中一张。

别碰，乔治说。

亨利很乖，因为最近睡得还不错。他听话地转过身来，老老实实地坐在床上。

请给我两片吐司，他说。

加料的吗？乔治问。

不要黄油，其他你随便放，他说。

我马上给你带两片吐司过来，乔治说。吃完后，你就跟我一起打发打发时间，免得无聊。

亨利摇摇头。

我不是这个意思，他说。我想让自己无聊。但我其实办不到。我真的不想变成我必须变成的那副模样，相比之下，我宁愿无聊。

乔治点点头。

还有，亨利，她说。当我离开的时候，别碰那些照片。我说真的。

乔治下楼，做了一片吐司。她把相当浓稠的黄油用黄油刀抹到面包上，然后将刀直接放进果酱里，无须清洗，因为眼下根本没人会在意这件事。

乔治之所以会这样做，也正是因为她知道现在家里没人愿意管事了，从此以后，整个余生当中，她都可以将抹黄油的残渣留在自己喜欢的任意果酱里，不会再有人管了。

当乔治回到楼上时，亨利已经睡着了——她早就知道他会睡着。乔治从他手里取走他刚刚才从墙上拿下来的照片（这是其中的一张，年轻时代的母亲，大约十几岁时，坐在爱丁堡市内一座公园里的雕像上：这尊雕像是用来纪念什么人的，母亲就坐在此人的马背上），将照片贴回了原处（她故意将照片乱序排列，以免看起来显得像是一份纪念年表）。

做完这一切之后，乔治坐在地板上，靠着自己的床，开始吃那片吐司。

可真是太无聊了，意大利的宫殿建筑里，乔治用一种刻意模仿小孩子的声音抱怨道。他们每次玩这类游戏时，她总是会故意用这种怪声说话。

唯有当你走进这样一座专为排遣无聊而设计的宫殿，穿过这里的一道道大门，意识到自己对事物含义产生了某种神奇理解，意识到自己想要大声讲出口时，才有机会大声讲出自己觉得无聊。她母亲说。

可是实际上，乔治正在玩"艺术的真意何在"这个小游戏。每次开始玩时，她都会用怪声讲话。或许她母亲当时有点心不在焉，并没有意识到她已经开始玩这个游戏了。

这整个地方，除了我们之外，没有任何其他人，她用这种怪声继续说道。所以，又有什么意义？这一切有什么意义？这一切跟既存的任何东西有关吗？

艺术的真意何在？

艺术，它通过令某事发生的方式，来让一切相安无事。（这是她母亲转发最多的"颠覆"作品之一所选用的措辞。）显而易见。母亲回应道。但这其实是个家庭小游戏。他们已经玩了很多年。确切点讲，这是她父亲的拿手小游戏之一，每当她母亲领着他们一起去画廊时，父亲都会找机会玩这个小游戏，惹得她跟弟弟两人哈哈大笑。在游戏中，父亲会假装自己是个稍微有点精神障碍的人。他假装得非常好，好到有时画廊里的人会专门转过身来看他，或者移开视线，以防他可能真的会精神失常。

依循母亲对"艺术的真意何在"这个问题的解答，可以认为画廊房间里的艺术已经令某事发生了。具体而言，那就是——对她母亲的心灵起到了振奋作用。上周，她碰巧在一本艺术杂志上看到了一幅画作，那是一幅蓝色背景的画作，里面有个男人，身上穿着破烂的白色衣服，腰间绑着一根旧绳子充作腰带。在看到并疯狂喜欢上这幅画作的这个时间点，她母亲实打实地从沮丧状态中走了出来（在此之前，她的心情连续低沉了好几个礼拜，因为她的好友丽莎·戈利尔德不告而别，消失得无影无踪）。三天前，趁着早餐时间，她向家人们宣布，他们下周都能亲眼见到杂志里刊登的这幅画作，她已经提前预订好了酒店。

内森，你能从周三开始休假，一直休到这周日吗？她问。

不行，她父亲答道。

很好，她说。既然如此，我就不需要你跟我一起去看画了。乔治，从周三到周五，你不去上学，可以吗？

我得先跟秘书核实一下，乔治说，我的日程可是很繁忙的。而且，我觉得有义务提醒你们，在当今社会，为了方便自己度假而让孩子不去学校可是违法行为。

你的喉咙现在怎么样？母亲问道。

真的很疼，乔治说。我认为恐怕是发炎了。我们要去哪？意大利的某个地方，她的母亲说。亨利，你的喉咙呢？我的喉咙好得很，谢谢你关心，亨利说。

亨利啊，你的喉咙，现在真的很疼，乔治说。

是吗？亨利说。

否则你就不能去意大利，乔治说。

那里对喉咙有好处吗？亨利说。

此刻，在这座宫殿里，当乔治用怪声讲出那些本该很有趣的话语时，当她询问"艺术的真意何在"时，亨利突然开了口——在他眼中看来，她讲这些话所想表达的意思，似乎跟他所认为的一样——说道：

真的很漂亮。

亨利很开心。肯定如此。不过话说回来，他所讲的确实也是事实，这是个非常漂亮的房间。至少，对面的那部分看起来是颇为壮观的，或者说，它可能也只是比房间的其他部分光线更好一点，实际上是一样的。不管怎样，她母亲直直地朝着那边走了过去，就仿佛被什么东西给击中了似的——究竟是什么呢？大概是某种开朗明快的状态。自从他们降落在这个国家的那一刻起，她母亲就已经表现得轻松又活泼，飞机舱门打开，温暖的空气涌了进来。

自从他们走进这个房间的那一刻起，她明显变得更放松了。

当某人不愿接茬、不肯加入你的小游戏时，当然会感到尴尬和痛苦，尽管如此，乔治还是克服了不良情绪，不再继续用怪声讲话，回到了真实的自己。

这就是你在车里说的那个地方吗？她问道。道德困境？

她母亲什么也没说。

她正在看。

乔治同样也在看，至少看起来是如此。

房间里温暖、黑暗。不，不是黑暗，而是光明。两者都是。整个房间就像一处巨大的黑暗歌厅，有一幅灯火通明的画作，环绕着歌厅的墙壁全方位展开。房间里没有别的东西，除了一些低矮的长椅，可以坐下来看看墙上的画。在远处角落里，有位中年女士（莫非是工作人员？）坐在折叠椅上。除此之外，就只有画作了。不可能一下子看清画作的全部内容。因为房间的一半都被画给笼罩住了。房间的另一半有部分褪色的画，或是干脆已经看不见画了。尽管房间里什么也没有，但却如此充满生机，乃至于连房间本身都仿佛拥有生命似的——至少对面那部分的感觉像是如此。观画的人们仿佛置身于一条宽宽的蓝色画带当中，这条长长的蓝色画带，环绕在墙的中间位置，横穿围绕四周的这一整幅壁画，将其划分为上半个与下半个两个部分。因为蓝色画带的存在，使这两个部分看起来就像在空中悬浮一般，或者说像是在空中漫步，对于相对明亮的下半部分而言，更是如此。

它有些像是一套无比巨大的连环漫画。除此之外，它也像是艺术本身。

画里有一些鸭子。有个男人握紧拳头，掐住了其中一只鸭子的脖子。这只鸭子的表情看起来极度惊讶，就仿佛它嘴里正在骂着"什么鬼东西"似的。鸭子的头顶上还有另外一只鸟，无拘无束地坐在那里，坐在男人旁边，看他如何掐住鸭子的脖子，好像对正在发生的事情很感兴趣。

这只是一个细节。整幅画里到处都有这样的细节。还有一只正在奋力划水的狗。乔治盯着它的生殖器看。事实上，瞧瞧这幅画作中所有拥有睾丸的生物，它们的睾丸无一例外都很大，但是，有一种众所周知睾丸很大的生物——公牛，在画中，它反而似乎没有睾丸了。

再来看看其他细节，有只猴子抱着一个男孩的腿部，男孩则以自命不凡的蔑视态度注视着它。画的那边有个年纪非常小的孩子，戴着帽子，身穿黄色衣服，正在看书或者吃东西。孩子身边有位老妇人，手里拿着一张纸，正在殷切关注着那个孩子。除了这些之外，画里还有拉战车的独角兽，有恋人在接吻，还有拿着乐器的人，有人在树上和田野间工作。有小天使和花环，有拥挤在一起的各色人等，有妇女们在看似织布机的机器旁辛勤劳作。在这处局部的下方，有好几双眼睛从一道黑色拱门朝外望去，外面，有些人在说话，有些人在忙手头生意，根本不在意朝着他们投去的目光。还有狗和马，士兵和镇民，花和鸟，河流与溪岸，有河水与溪水里冒出来的水泡，有看起来仿佛在笑的天鹅。有一大群婴儿。他们看上去非常傲慢。有兔子，或者说是野兔，不对，两种都有。

画面中的建筑时而恢宏美丽，时而残败不堪，到处都有碎裂的路石与砖块，破裂的拱门与精美的建筑相映成趣，植物生长在整个建筑内部，断壁残垣随处可见。

不过话说回来，在细细观看整幅壁画的过程中，不被那长长的蓝色画带所吸引，不将自己的目光移向它，是根本不可能办到的事情。蓝色画带就像一段长条横幅一般，联结画作的上部与下部，在中部的空间里延伸，人物和动物似乎都在其间自由飘浮着。无论你看向壁画的哪个部分，那无法忽视的蓝色，似乎永远都在召唤你的眼睛。它的存在，能够让你从上面和下面发生的事情中超脱出来，稍微喘口气。蓝色画带内部，有个穿着美丽红色连衣裙的女人端坐在空中，下方是一只看似有些鲁莽的山羊或绵羊。还有，那个穿着白色破布衣服的男人——正是她母亲在家中杂志上看到的、照片里的那个男人。他就是他们在这里的原因。在他身旁，飘浮在山羊上方的女人的另一侧，还有个年轻的男人，或者也可能是个年轻的女人，身穿漂亮、华丽的衣服，手里拿着箭或棍子、金箍之类的东西，仿佛画中一切都只是场蛊惑人心的游戏。

是男是女？她对站在这些人物下方的母亲发问道。

我不知道，她母亲说。

母亲微笑着指了指那个衣衫褴褛的男人，然后又指了指坐在空中的女人，再然后，是那个俏皮的、身穿华丽衣服的身影。

男的，女的，男女同体，她说。很美丽，所有人物都很美丽，包括羊。瞧瞧那儿。

她指了指这部分画作的顶部，这个顶部看得人眼睛生疼，因为它实在是太高了，那里有三辆战车，由各不相同的生物拉着，很多人站在那里，还有飞鸟、兔子、树木、鲜花，以及远处的风景。

众神来了，她母亲说。

他们真是神吗？乔治说。

甚至都没人注意到，她母亲说。瞧瞧他们周围所有的人。就仿佛神明没什么大不了似的。他们来了，甚至没人眨一下眼。

乔治转过身去，去看另一面墙。在房间另外一侧，较长的那面墙上，还有更多画面。显然，它跟刚刚看过的这面墙是同一类的。整体设计是一样的。但它相比之下却没那么好，没有那么引人注目，或者说没那么有趣——或者还有一种可能，它目前没有修复得很好。

乔治仔细瞧了瞧另一面墙上的画。

画面里的人物相比之下没那么美丽了。诚然，这里也有一些生物——比如那只巨大的龙虾——但它们根本无法跟刚刚那面墙上的那匹骏马相提并论。瞧瞧，那匹骏马几乎是直接朝着画外看的，如此灵动，它的眼神仿佛正在告诉你，它根本不确定自己身上是否背着某个人。这里也有人物与花卉，甚至有人被鲜花覆盖着，但他们没有另一面墙上的人物那么吸引人,或者说,相比较于那边,这边的画面显得颇为怪诞,随着天空渐渐变蓝,马也变得越来越肥。

整幅画是依照季节顺序绘制的,对吗?

她回到了感觉更好的那一面墙旁边。

在这边,一切都是层次分明、井然有序的。每个单元的主体事件乍看起来似乎发生在画作前部,但事实上也同时在其他位置发生,各个要素之间既独立又关联,从最前面一路看下去,可以看到后面、更后面、再后面,就仿佛你可以一直看到最远处、向画内透视了数英里之远似的。主体事件之外,还有各种独立的细节,比如先前提到的那个拿着鸭子的男人。纷繁复杂的旁支,也都按照自身特有的方式发展着。这幅画作能够让你同时看到两者——以特写方式来呈现的主体事件,以及主体之外更为广阔的画面。注视那个拿鸭子的男人,就仿佛直面日常生活中那么多近乎滑稽的残忍。这幅画作以一种惊人的呈现方式告诉我们:冷酷无情的现实,发生在任何事情上都可谓稀松平常、不值一哂。

画作的上半部分似乎找不到狩猎或残忍的画面,唯独下半部分才有。

独角兽的角,看起来就像是用发光玻璃打造而成的。

所有人身上穿的衣服似乎都在微微飘动,并非静止,乍看起来仿佛有微风不断拂过他们。

乔治转向她母亲,感到非常惊讶,此时此刻,她站在蓝色画带之下,看起来如此年轻,整个人仿佛都被照亮了。

这里究竟是什么地方?乔治问。

母亲摇了摇头。

宫殿，她回答道。

接下来，她又说了一个乔治完全听不懂的词。

在此之前，我还从来没有见过类似这样的事物，母亲继续说道。它是如此温暖，几乎给人一种非常友善的感觉。一件友善的艺术品。我这辈子还从来没想过会发生这样的事。瞧瞧它。它从来都不会表现得矫揉造作、多愁善感。它很慷慨大方，但也很懂讽刺。每当它表现出讽刺时，片刻之后，又会变得慷慨起来。

她转向乔治。

这有点像你，她说。

再然后，她就什么也没说了。只是看。

两人沉浸到了画作之中，在她们身后，这个地方完全寂静无声，除了那位女士，那个工作人员，她被亨利这个小家伙给迷住了，主动将他从一个单元带到另一个单元，他伸手指到什么，她就马上为他讲出对应的单词。

马[1]，女士说。

马，亨利说。

对的[2]！女士说。很好。独角兽。天空。恒星。地球。

---

[1] 原文为意大利语Cavallo。
[2] 本段女士所讲内容原文完全是意大利语，除了意大利语Si即"对的"之外，其余均为亨利指到的画中内容，对应意大利语原文为：Bene. Unicorni. Cielo. Stelle. Terra. Dei e dee e lo zodiaco. Minerva. Venere. Apollo. Minerva Marzo Ariete. Venere Aprile Toro. Apollo Maggio Gemelli. Duca Borso di Ferrara. Dondo la giustizia. Dondo un regalo. Il palio. Un cagnolino. 原书中存在大量意大利语原文，为方便读者阅读，本书选择将意大利语直译为中文，仅以脚注标明区别。

众神，女神与十二星座。密涅瓦①。维纳斯②。阿波罗。密涅瓦在三月白羊座。维纳斯在四月金牛座。阿波罗在五月双子座。费拉拉③的博尔索公爵。我给予正义。我送出礼物。赛马节。一只狗。

她发现乔治跟她母亲也在听她说话。于是，她指了指空白的墙壁和褪色的墙壁。

干壁画④，她说。

然后，她又指了指那些被画作完整覆盖的墙壁。

湿壁画⑤，她说。

接下来，她指了指壁画非常好看、熠熠生辉的那面墙。

我们派人去了威尼斯，弄来最好的蓝色。⑥

我觉得她说的意思是，蓝色颜料是来自威尼斯的，她母亲说。

---

① 罗马神话中的智慧、战争、月亮和记忆女神，手工业者、学生、艺术家的保护神，大致对应希腊神话中的雅典娜。
② 罗马神话中的美神，罗马十二主神之一，大致对应希腊神话中的阿佛洛狄特。
③ Ferrara，意大利北部城市。临波河支流波迪沃拉诺河，东北距威尼斯92公里。
④ 原文为意大利语secco，在意大利语中是"干燥的"之意。此处指在干石灰泥上绘制壁画的工艺，亦指运用该工艺所绘制的壁画。干壁画的基本操作，是将不同颜色的颜料用蛋液之类的黏合剂进行研磨，然后涂在凝固的灰泥上。相比之下，干壁画的耐久性逊于湿壁画。
⑤ 原文为意大利语fresco，在意大利语中是"新鲜的"之意。湿壁画的基本操作，是将研磨好的颜料溶解于水，再绘制在熟石灰泥壁上。湿壁画能长久保存，但不太适用于室外壁画。
⑥ 原文为意大利语Mando o andato a Venezia per ottenere il meglio azzurro.

乔治的母亲走过去跟工作人员交谈。她开口讲英语。工作人员用意大利语回话，但她母亲却完全不讲意大利语。她们的脸上带着微笑，进行了一场愉快的对话。

她讲了些什么？乔治问她母亲。对话结束后，他们通过一道挂了帘子的门，离开房间，走下楼梯。

我不知道，她母亲说。但跟她聊天真的很愉快。

之后，他们出了建筑，在这座宫殿花园里的一间餐厅找了张户外餐桌坐下。黄色的花朵，芬芳香甜，从树梢落下，掉到头顶，又落到桌上。乔治注意到宫殿的一侧外立面，靠近屋顶的位置，有一道巨大的裂痕。

或许是因为地震吧，她母亲说。相当近的一次。就在去年。照我看来，我们能够看到这幅画作，实在是很幸运的事情。我想，它恐怕刚刚才向公众重新开放。

这就是为什么有些墙上有画作，而有些只有空白灰泥的原因吗？乔治问道。一侧墙上的战车里，有两个人有脸，另外一个却没有，是因为这个吗？

我不知道，她母亲说。我对它了解不多。很难挖掘出与之相关的任何细节。实话实说，我只是觉得这幅画作相当有趣，对与它相关的知识却不怎么清楚。

那么道德困境呢？乔治说。

什么？她母亲说。

更多的薪酬，提供给更好的艺术，乔治提醒道。

噢，对的。她母亲说。好吧。

她又告诉了乔治一些新的东西：五百五十年前，那位艺术家创作出了房间里的一部分壁画，他认为，相比房间里其他人的作品，自己的作品理应获得更好的酬劳。于是，他写了一封信，要求公爵额外多给些钱。

事实上，真正发生的故事更加曲折离奇、引人入胜，她说。恰恰因为他写了那封信，我们才知道了这位艺术家的存在，那封信是我们对他有所了解的唯一原因。直到一百年前，人们才找到那封信。这已经是在他绘制壁画的四百多年以后了。四百年来，他并不存在。甚至没人知道房间里有壁画。大约一百年前，十八世纪末期，壁画才被发现。这幅画作被外面粉刷的墙皮遮盖了数百年。直到有一天，终于有部分墙皮从墙上掉了下来，他们才在下面发现了这些画作。在此之前，这整个艺术房间都处于失踪状态。

所以说，假如你在一个房间里，我的意思是说，假如你刚好坐在这样的一个房间里，本来一切都好好的，你所在的这个房间会不会突然就失踪了？亨利问道。

他看起来像是受了很严重的打击。

别这样，乔治说。别跟个傻瓜似的。

不要说你弟弟是傻瓜，乔治的母亲说。

你才是个傻瓜，亨利说。

不要说你姐姐是傻瓜，他们的母亲说。

我没有喊她傻瓜，我说的是愣傻瓜[①]，乔治说。愣傻瓜比傻瓜糟糕得多。

你远比我像更像个愣傻瓜，亨利说。

[①] 此处亨利所讲原文为 an idiot，乔治为了狡辩，将其生造为 nidiot，是个本不存在的词汇。

"远比我像",不是"远比我像更像",乔治说①。

她母亲笑了起来。

你就不能不这么做吗?她问道。这就是你的天性,不是吗?

做什么?乔治反问道。

亨利远远跑开了,跑到花园粗糙路面的尽头,那里有峨参②,还有一些现代雕塑,这里的草地没人打理,野草恣意疯长。因为草实在太高,亨利完全消失了。

简直像是个有魔法的地界,她母亲说。

的确,此地颇为壮观,乔治心想——这是她今天第二次想到"壮观"这个词——当他们刚才走出宫殿建筑,沿着花园小径来到这间餐厅时,这里看起来根本不像餐厅,反而像是一间旧货店,结果这里竟然供应意大利面和葡萄酒。一首带老式钢琴和小号伴奏的爵士乐歌曲,突然在半空中响起(实际上是从餐厅里安装的一个扬声器里外放出来的),就像是专门为他们演奏的一样。

眼下花园里已经挤满了比乔治年纪小、但比亨利年长的意大利本地学童。他们围坐在桌子旁,聊着天。

他最后拿到钱了吗?乔治说。

谁?她母亲说。

那位画家,乔治说。因为他真的画得更好。假设画了房间远端那部分壁画的人的确是他。

---

① 此处亨利犯了语法错误,乔治纠正了他。
② 二年生草本植物,花簇秀丽呈伞形,多为白色或粉红色。广泛分布于欧亚大陆。

我不知道，乔治，母亲说。我对细节几乎一无所知。我只知道之前告诉过你的那些，那些都是我在家里杂志上看到照片时，其下面文字所讲的。等我们回去之后，我会再好好阅读一下那些文字，看看有没有遗漏什么。不过话说回来，你懂的，这一切可能没我们想的那么奇妙，很可能只是因为我们的眼睛更善于发现房间里某些部分比其他部分更美丽，因为这是我们当今世界所期盼的美丽，符合我们对美的定义。这可能只是我们的标准，而非他们的标准。但我同意——我同意你的看法。其中一些画面真的格外美丽。其中一些画面令人叹为观止。

而且我发现，非常有意思的一点在于，我们如今之所以知道绘制房间里部分壁画的那位画家的存在，甚至知道有这么个人的唯一原因，是他曾经要求获得更多的钱。

就跟奥利弗·特威斯特①一样，乔治说。

她母亲笑了。

某些方面而言，的确如此，她说。

他叫什么名字？乔治问。

她母亲不由得眯起了眼睛。

你懂的，我是知道这个名字的，乔治，我真的知道。我们之前在家的时候，我读到过这个名字。可我现在想不起来了，她母亲说。

我们千里迢迢来到这里，就只是为了看一幅你非常喜欢的画作，可你现在却不记得画家的名字了？乔治说。

---

① Oliver Twist，指《雾都孤儿》里的主人公。

她母亲瞪大了眼睛看着她。

我明明知道,她说。但这其实也没什么大不了的,难道不是吗?我是说,我们不知道他的名字其实也没什么的。我们看到了画作。还需要知道什么?只要知道有人创作出了这些,这就足够了,然后有一天,我们真的来到了这里,亲眼看到了它们。这还不够吗?

我可以在你手机上查一下,乔治说。

这句话讲出口之后,她立即感受到了一种情绪,从简单的"不愉快"一路上升至"糟糕透顶"的各种情绪的混合物。

(内疚和愤怒:

——给我唱首情歌

——不要,我的歌声自怀孕之后就走失了

——我很好奇它去了哪里。我敢打赌,你的歌声藏在一座有大教堂的城市里,藏在大教堂内某处华丽的天花板上,藏在高高悬挂的天使雕像之间

愤怒和内疚:

——你的眼睛今天怎么样了,你在做什么,你在哪里,我们什么时候见面)

她母亲没有注意到。她母亲不知道。她母亲正在低头寻找手机在哪里,检查它是否依旧安全地躺在包包内袋里。

(乔治当时的手机并非智能手机,尽管她将在不到一年的时间内,也即她母亲去世三个半月后的圣诞节,得到一部属于自己的手机。)

我们什么都不要查,她母亲说。这样就好。不必知道。

她母亲变得温柔了。

并不是说温柔有什么问题。她的母亲,变得温柔、健忘、糊涂、慈爱,变得跟别人母亲一样,这是个全新的发展方向,颇具前景。

可是,不打算去了解或者发现一切明明需要去了解、去发现的东西,这跟平时的她非常不同。今天早上在酒店,当他们离开早餐餐厅,经过接待处时,她母亲对柜台后面的男人和女孩说了晚上好[1],女孩笑了。然后那个女孩意识到自己的行为并不礼貌,开始感到羞愧,马上加以纠正,硬生生止住了笑声。在此之前,乔治从未见过有谁像她那样纠正自己所犯的错误。

不是晚上好[2],夫人,请原谅我的冒昧,那男人说道。其实应该说早上好[3]。因为你刚才是在祝我们晚上好,而现在是早上。

酒店外面,她母亲站在人行道上,眼睛看着乔治。

这个地方正在撼动着我以为自己早就知道的一切,她说。多年以来我一直认为理所应当的各种事情。

她搂着乔治的肩膀。她紧紧地抱着亨利。

能够暂时忘掉自己,可真是太美好了!她说。

商店外面的人行道上,她看起来真的很开心。顺带一提,这间商店专门出售费拉拉主题的各色纪念品与当地

---

[1] 原文为意大利语buona sera。
[2] 原文为意大利语buona sera。
[3] 原文为意大利语buon giorno。

特产。

此刻,乔治在宫殿花园里转了个身,跨坐在长凳上。她早就注意到那些小学童有些奇怪,现在才终于意识到奇怪的地方在哪儿:他们都没有玩手机或是看屏幕。他们在聊天。其中几个现在甚至正在跟亨利交谈,或者至少试图这样去做。亨利正在设法描述些什么。他伸出手臂,在空中画了个圈。跟他交谈的那个孩子也在用手臂做同样的事情。

乔治注视着母亲。母亲也看着乔治。一朵黄白相间的花,从高处落了下来,轻拂过母亲的鼻子,飘过她的长发,最后停在了她的锁骨上。母亲笑了起来。乔治也有想笑的冲动,尽管如此,她脸上依旧带有内疚/愤怒的表情。只见她此刻嘴巴半翘,另一半仍然保持了嘴角朝下的形状。

他们不远千里来到的这个小镇,给人的感觉是既明媚又阴森。这是个拥有古城墙的地方,还有一座巨大、宏伟的城堡。假如让乔治在学校的课堂上描述此地,她大概会选用"密不透风"和"极具威胁性"这两个词来形容。一种持续不断的紧迫围城感扑面而来:高墙下那些蜿蜒曲折的窄街,看起来简直就是噩梦的发生地,走在上面肯定会让你迷路。然而,此地的一切又会在转眼之间发生变化,从光明遁入黑暗,再从黑暗转向光明。虽然此地到处都是石头,有那种怪石嶙峋的肃杀感,但不知何故,此地同时也遍布着轻快的亮绿、亮红与亮黄:所有的墙壁和建筑,只要在阳光底下,都是漂亮的红金色。虽然乍看起来墙壁高耸,墙面上空空如也,可是仔细听来,墙壁之外似乎还匿藏着花园。此地还有长长的、笔直的林荫道,道路两侧的行道树美丽非凡,仿佛这里根本就不是城墙围筑起来的古城，而是树木之城。事实上，此地所有的建筑与墙壁，多少都长出了些许树木、灌木和草丛。它们自明亮的墙体顶部与侧面缓慢发芽、生长。

整座城镇闻起来似乎弥漫着一股茉莉花的香气，细嗅起来，又涌生出更多的茉莉芬芳，走着走着，间或能够闻到些许下水道味道，然后又是茉莉花香。

此地非常非常奇怪，昨晚，当他们准备睡觉时，母亲如此评价道。我不太能理解。

她琢磨着放在床上的城镇地图。

就好像他们给我们的这张地图，跟我们在此地的实际体验毫无关联。她说。

他们整天都在迷路，哪怕手上拿着酒店给他们的地图也无济于事。地图上看起来很近的地点，当真正试图去接近它们时，才发现实际上很远；与此同时，他们也会试着前往一些看起来需要很长时间才能到达的地点，却发现自己几乎能够立刻抵达。假如她母亲愿意使用谷歌地图或街景来查找地点，而不是使用纸质地图，他们就可以更精确、更迅捷地找到一些想去的地方。然而，出于某种原因，她母亲不愿意通过网络查找任何东西，甚至不愿意打开手机。

迅捷？这是个好词，乔治，她母亲说。

出自拉丁语。是"轻松"的意思，乔治说。

我们不需要轻松。这次就让我们试着改变一下，跟随我们鼻子的敏锐嗅觉来探路。这里是全欧洲第一座现代化城市，她母亲在参观过宫殿后走回去时如是说。因为这里拥有完整的城市规划和城墙。不过话说回来，你们俩早就习惯了历史悠久的古城——你们就是在这样的地方长大的,每天都会看到类似这里的情景。所以,这一切对你们而言恐怕也没什么大不了的。无论如何,我们刚刚看到的宫殿,连同那幅画作,完成年代甚至更早于此地的城墙。换句话说,它们早在这座城市被围起来之前就已问世了。真的有那么早。对于那么早就已完成的事物而言,实在是非常出色。

接下来,她就不再讲这类介绍性的话语了,他们一行人开始在迷茫混乱中徘徊,反复迷路,看起来有点像学校里那些吸食了大麻之后的坏孩子。毕竟这里跟家乡完全不一样。比方说,眼下是当地人没事出来闲逛的时间点,街道上到处都是行人。与此同时,街道上同样到处都是骑自行车的人,但这些骑自行车的人走的路线却没有分流,而是混在行人之中,以一种似乎毫不费力的方式,绕过她和母亲、亨利,以及其他所有步行者。谁也不会打扰到谁,人群可以在街道上如此缓慢地流动,并行不悖,不会有谁突然被撞倒,这简直是个奇迹。没有任何人被绊到脚,也没有任何人着急,哪怕在雨中也一样。没有任何人按自行车铃(乔治注意到,除了游客之外,都是如此——骑自行车的游客很容易就能被识别出来)。没有任何人会对其他人大喊大叫,要求对方让开。即使是非常年迈的老妪,也会穿着黑色衣服在此地的窄街上骑自行车,她们的自行车篮子里装满了用纸包裹好的各种东西,外面用丝带或绳子绑起来。似乎连老人去商店买东西然后带回家,在这里都是完全不同的行为。

走到某处十字路口时,有个跟乔治同龄的男孩骑着自行车从他们身边经过,他赤裸着双臂,一个漂亮的女孩轻盈地靠坐在他的车把上，手上什么也没抓着。

乔治的母亲冲乔治眨了眨眼。

乔治脸红了。她对自己此刻的脸红感到恼火。

当天晚上，就连夏日群鸟在他们酒店附近屋顶上盘旋俯冲的声音，也不得不让位给喧闹的鼓声和喇叭声。他们跟随着这种崭新的喧嚣，来到一处广场，这里有一大群相当年轻的人——比乔治年长些，但依旧算年轻——其中部分人在牛仔裤和T恤外面披着像塔巴德式外衣①一样的历史服装，要么就是像他们之前看到的画中人一样，穿着紧身裤，一条裤腿是一种颜色，另一条裤腿又是不同颜色。他们轮流跳着游行舞蹈，或是进行曲舞蹈。他们将巨大的旗帜插在棍子上，朝着空中抛去，旗帜在扬起时展开，甚至比床罩还要大，在下落时又再次折叠，耷拉回棍子周围。抛旗者走路时，将旗帜靠在肩膀上，就仿佛有双折叠的翅膀。需要抛旗时，他们就像超大的蝴蝶扇动翅膀一样，在空中挥舞着它们。他们团队里的其他成员（顺带一提，这一切看起来似乎是抛旗比赛的大型彩排）吹着长长的中世纪号角，敲着他们的鼓。

她跟她母亲，以及亨利和其他人一道，站在一截老旧的、历史悠久的楼梯上，楼梯上方有两块高悬的招牌，上面用大写字母写着"会说话的墙②"（每块招牌上的网址都能下载一份电子版的徒步旅行指南，其中一份会告诉你，她母亲

---

① 中世纪的一种搭肩衫式外衣，由前后两片组成，无领无袖。
② TALKING WALLS。

喜欢的电影导演在这里长大[①]，另一份则是关于某位乔吉奥[②]先生的。她母亲说，他是过去曾经住在这里的一位小说家）。彩排的声音是如此之大，甚至连这些招牌都因为巨大的声浪而震动、摇晃起来。

尽管如此，乔治却看到了一只狗，看着它穿过广场，穿过这些喧闹的噪音，停下来嗅了嗅什么，然后又继续闲逛，仿佛这里并没有发生任何不寻常的事情，就跟往常一样似的。由此看来，兴许类似这样的事情每周都会在此地发生。接下来，在城市中每个人的头顶，在最高处旗帜的上方，教堂钟声响彻四方，宣布午夜已至。仿佛被施了魔法一般，钟声过后，广场上出现的下一支游行队伍，不再使用鼓和号角，而是纯粹由乐手们轻声哼唱，用和谐人声进行无伴奏合唱，调子很温柔。紧跟在之前队伍的巨大喧嚣之后，这温柔的哼唱显得甜蜜又荒唐。

要是所有的仪式和彩排，都是像这样哼哼歌就好了，她母亲说。

"你是否还记得

曾经一切如此喧闹"[③]

一切戛然而止。

[①] 文中这位导演指的是意大利著名导演米开朗基罗·安东尼奥尼，他出生于意大利费拉拉，也在费拉拉拍摄过一些电影，如《云上的日子》等。

[②] Giorgio，此处指 Giorgio Bassani，乔吉奥·巴萨尼（1916—2000），意大利犹太裔小说家、诗人。他出生于博洛尼亚，在费拉拉长大。代表作品有《费尼兹花园》等。

[③] 即前文所提歌词。

她母亲真的死了吗？这是一个精心设计的骗局吗？（所有的恶作剧，无论是在电视、广播、报纸还是网上，都会被描述为精心设计过的，无论是否真的经过了精心设计。[①]）有没有人会像《军情五处》[②]中的某一集那样，以精心设计的方式将她母亲给带走了？所以，现在她其实正以某个全新的名字在其他地方好好生活，只是不允许跟她以前生活中的人们（甚至包括她自己的亲生孩子）联系？

　　否则怎么可能呢？一个大活人，怎么会凭空消失呢？

　　乔治看到她在病床上扭曲了身体，她的皮肤变了颜色，浑身都是伤痕。她几乎讲不出话来。发生在她身上事情的最后一部分，当他们把乔治赶到门外，让她在走廊里等着之前，她说——她的确这样说过——她是一本书。我是一本打开的书。虽然同样有可能，她说的其实是：她是一本尚未打开的书。

　　I a a u opn ook[③]。

　　乔治（对洛克夫人）：我要告诉你这件事。我觉得，在告诉了你之后，你恐怕会建议我接受全新的治疗方式，比眼下建议我接受的还要强力得多。因为你大概会认为我已经完全陷入偏执和歇斯底里状态之中了。

[①] 原文为 elaborate hoax，即"精心设计的骗局"，在英文中是个常用词组，故有文中所说。
[②] *Spooks*，一部由 BBC 出品的谍战惊悚剧集。由彼得·弗斯等主演。其中的经典桥段之一，就是受保护人被伪造死亡，改名换姓后在其他地方生活，故有文中所说。
[③] 原文如此，乔治的母亲病重，无法讲出完整的字句。

洛克夫人：你觉得我会认为你陷入到了偏执和歇斯底里状态之中，对吗？

乔治：是的。但我现在想告诉你，在我告诉你这件事之前，我既不会显得偏执，也不会歇斯底里，尽管表面上听起来的确像是我会做的事情。我想先说清楚，我在母亲去世之前就是这么想的，她也是——她自己也是这么想的。

洛克夫人点了点头，让乔治知道她正在聆听。

乔治告诉洛克夫人，她母亲受到了监视，且一直受到间谍机构的监控。

洛克夫人：你相信你母亲被间谍监视了，是这样吗？

这就是学校辅导员所接受的专业训练，这就是他们要做的事情——用问题的形式来回答问题，重复一遍你所讲的内容。如此一来，你就可以试着再问一遍自己，为什么会这么想或者这么讲。这简直就是对灵魂的摧残。

尽管如此，乔治还是告诉了洛克夫人。她告诉她，五年前，她母亲路过伦敦市中心一家昂贵又时尚的酒店大玻璃窗前。人们在里面吃着晚饭：窗户正好是餐厅的窗户，她母亲当时看到，在其中一个窗户里，一群人坐在很显眼的地方，其中有个政客或是政客助手的人物。当时她母亲碰巧对一些政客感到极端愤怒。乔治不记得窗户里坐的具体是哪个政客，只记得应该是她母亲认为该对某事负责的政客或政客助手当中的某一人。不管怎样，彼时彼刻，她母亲已经从包里取出了自己随身携带的唇膏，接下来，她开始在窗户玻璃上写字，唇膏的字迹就写在这个男人的头顶上，仿若光环一样（她是这样描述的）。

她当时要写的是"骗子"这个词。乔治说，可是，当她才写好L、I和A①时，已经有安保人员从几个方向分别朝着她走了过来。所以她赶紧走了。（她是这样说的。）洛克夫人正在将乔治描述的事件记录下来。

在那之后，乔治说，发生了两件事。嗯，三件事。寄给我父母的邮件，甚至还有寄给我和亨利的。大约在他过生日的时候，邮件送达，看起来像已经被打开过一样。这类邮件总是会被装在透明的、印有"对不起，你的邮件已受损"字样的塑料袋里。一旦有什么东西被破坏了，人们就会使用这种袋子。接下来，有人开始在报纸上披露，说我母亲是"颠覆"运动的干涉主义分子当中的一员。

什么什么当中的一员？洛克夫人问道。

乔治向她解释了什么是"颠覆"运动，以及如何通过使用非常早期的弹出式窗口技术（"颠覆"运动让他们几乎比其他任何人都更早地运用了这项技术），让预先设计好的内容出现在人们访问的任何页面上，就跟现在的弹出广告一样。不同之处在于，"颠覆"运动会采取随机图片或者一条文字信息的形式来呈现。

乔治说，我母亲是最初参与的四个匿名者之一，他们负责创作要发送出去的东西。到了最后阶段，匿名者已经多达数百人。她在最初阶段就没那么重要，后来，人多起来之后，就变得更不重要了。这整件事实际上真的很好笑，因为她完全是个计算机盲。我的意思是，你懂的，曾经是。

---

① 骗子的英文为"liar"。

洛克夫人点了点头。

不管怎么说,她的任务就是用艺术的那套东西来颠覆政治,同时也用政治的那套东西来颠覆艺术。比方说,某个关于毕加索的页面上,会闪现出一个弹出框,上面写着:你知道吗,英国有一千三百万人生活在贫困线以下。或者是,在政治相关页面上闪现出一个弹出框,里面有一张照片或一首诗的诗节,诸如此类。乔治说,可是,在那些事情发生后,报纸上却明确揭露,说她是"颠覆"运动的一分子。此后,每当她在报纸上发表任何关于金钱或经济学方面的内容时,那些对她持反对意见的人都会抨击她,说她粗鲁,说她有政治偏见。

当乔治讲出这句话时,母亲正在她心里放声大笑,因为乔治说那些人称她为有政治偏见之人。这个世界上没有哪个人不是这样的,母亲在乔治心里说道。她说这句话时,就仿佛在唱一首优美的曲子,嗒啦啦。还有粗鲁,她说,粗鲁是我最喜欢的词汇之一。永远保持粗鲁,乔治。继续。我谅你也不敢。

洛克夫人:令你觉得自己母亲被间谍监视的第三件事是什么?

【丽莎·戈利尔德出场】

乔治:噢,不,没什么。只有两件事。

洛克夫人:你刚刚不是先说有两件事,但又马上改口说有三件事吗?

乔治:有那么一小会儿,我自认为是有三件事。后来我马上意识到自己说的其实是两件事。

洛克夫人：正是因为有这两件事的存在，让你确信自己母亲被间谍监视，对吗？

乔治：是的。

洛克夫人：你母亲也确信如此，对吗？

乔治：她知道自己被监视了。

洛克夫人：你认为她知道自己被监视了吗？

乔治：我们之前专门聊过此事。她一直被监视着。对于她而言，长期受监视就是个持续进行中的笑话。总之，她还挺喜欢的。她喜欢被人监视。

洛克夫人：你认为自己的母亲喜欢被人监视着，对吗？

乔治：你觉得我已经疯了，难道不是吗？你觉得这一切都是我胡编乱造出来的。

洛克夫人：你担心我认为你是在胡编乱造，对吗？

乔治：我一点也没有胡编乱造。

洛克夫人：我或者其他人的想法，对你而言很重要吗？

乔治：是吧。不过话说回来，你本人对此事的具体看法又是什么呢，洛克夫人？天哪，你现在该不会是在想，这个女孩需要被送去接受更强力的治疗，是这样吗？

洛克夫人：你想被送去接受"更强力的治疗"吗？

乔治：我只不过是想让你告诉我你对此事的具体看法，洛克夫人。

在此之后，洛克夫人做了一件让人意想不到的事情。她一改往常的手法和剧本，开始告诉乔治她的真实想法。

她说，在古代，"神秘"这个词，意指我们当下无法适应的东西。

这个词本身

——我知道你会对此感兴趣,乔治亚,因为我已经从跟你展开的交谈中了解到,你对探究"意义"非常感兴趣,她说——

——嗯,我之前的确是这样的,乔治说。

——你以后依旧会感兴趣的,在我看来,这样描述你是安全的,虽然在眼下的情境中,我这样描述其实有点冒昧,是冒着风险的,洛克夫人说。不管怎么说,"神秘"这个词最初诞生时的意思其实就是关闭,闭上嘴巴或眼睛。这意味着达成了一项协议或者说相互理解,即某些内容不会对外披露。

关闭。不会对外披露。

乔治不由得产生了些许兴趣。

有些事物的神秘本质在当时就被接受了,其中大部分都被视作理所当然,洛克夫人继续讲了下去。可是如今我们却生活在这样的一个年代、这样的一种文化之中,相比过去,如今的"神秘"往往意味着可以对外给出答案,它意味着犯罪小说,意味着悬疑惊悚片,意味着电视上播出的连续剧,通常而言,我们都可以找出——阅读或者观看的全部意义,就在于我们能够找出——究竟发生了什么。假如我们没办法找出答案,我们就会觉得自己受到了欺骗。

刚好这时候,铃声响了,洛克夫人不再说话了。她的发际线下方和耳朵周围都变红了,不再说话,就好像有人拔掉了她的插头似的。她合上了笔记本,仿佛同时也合上了自己的脸,脸上不再有任何生动的表情。

下周二同一时间，乔治亚，她说。我的意思是，圣诞节之后——假期之后的那个星期二。到时见。

乔治睁开了眼睛。她瘫倒在地板上，背靠着自己的床沿。亨利还躺在她的床上。所有的灯都亮着。她也睡着了，现在她醒了。

她母亲去世了。现在是凌晨一点三十分。新年已至。

楼下传来一阵响动。听起来好像有人在大门口。这就是吵醒她的原因。

应该是她的父亲。

亨利醒了。他的母亲也去世了。她看到他睁开眼睛大约三秒钟后，从他脸上意识到了这一点。

没事的，她说。爸爸回家了而已。回去睡觉吧。

乔治走下第一节楼梯，然后又下了一节楼梯。他恐怕是丢了钥匙吧，要么就是钥匙依旧放在口袋里，但他醉得太厉害了，无法将手伸进去拿，甚至都不记得自己身上还有钥匙。

她透过门上的猫眼朝外望去，却看不到任何人。门外并没有人。

再看一眼，门外又有人了，那人回到了视野中，再次敲了敲门。乔治对此感到颇为惊讶。

这是个跟自己同校的女孩，名叫海伦娜·菲斯克[①]。

海伦娜·菲斯克站在乔治家前门的那一边，她的两侧肩

[①] Helena Fisker。

膀被雨水给淋湿了，湿掉的衣服看起来黑乎乎的，头发也被淋得透湿。

她又敲了敲门，因为站得离门很近，乔治猛一激灵，直接跳了起来。真的，就好像海伦娜·菲斯克敲的根本不是门，而是乔治本人一样。

还记得那时候，当乔治在女厕所里被九年级的那帮蠢女生疯狂骚扰时，海伦娜·菲斯克也在场。那帮蠢女生，她们用手机记录其他女孩排尿的声音。

事情是这样的：假如你是个女孩，你去上厕所，结果到了下一堂课上，你会发现，教室里的每个人都在嘲笑你。因为他们每个人都收到了一段影片。有人把你之前排尿的声音偷偷录了下来，传到了其他人的手机上。影片画面是女厕所里的一扇隔间门，播到最后，门打开了，你从里面走了出来。然后就是上传Facebook。其中一些甚至被放到YouTube上，在那里坚挺好几天才会被删掉。

所有人——也包括男孩们——在议论某人（如果某人碰巧是女孩）时，都会八卦她的排尿有多大声，或是有多安静。如此现状，在所有女孩们当中引发了某种特立独行的狂热、某种存在主义式恐慌，每个人都试图判断自己排尿时发出的声音是否足够安静。现在她们总是三三两两结伴去上厕所，如此一来，就会有人在旁边听着，确保她们的排尿声不会太过明显。

有一天，乔治打开了一扇隔间门，门外有一群女孩，她隐约觉得自己认得她们，但事实上一个都不认识，她们全都挤在一个拿智能手机的女孩周围。

在此情形之下，就仿佛预先排练好了似的，她们组成了一个小团体，就像一个小小的唱诗班，不约而同地对乔治发出恶心的嘲弄声。

可是，就在这时，在她们身后，在厕所门口，她看到海伦娜·菲斯克走了进来。

学校里的大多数学生都非常敬佩海伦娜·菲斯克。

海伦娜·菲斯克一度饱受校方谴责，这还是最近发生的事情。乔治是从喜欢艺术的人们那儿得知此事的，具体而言，是关于学校圣诞卡设计。海伦娜·菲斯克向来以擅长艺术闻名，她给他们看的知更鸟照片显然非常可爱，于是他们直接让她全权负责，找印刷厂下了订单，并在表格上盖了章。订单付过费，东西很快就印好了，卡片背面印有学校的名称。五百张贺卡装在一只大盒子里，转眼就从印刷厂送来了。

哪曾想到，当他们打开盒子时，才发现上面印的根本就不是知更鸟，而是另一张照片：阳光底下非常丑陋的巨大空白混凝土墙的照片。

据说，当海伦娜·菲斯克被叫到校长办公室里，站在办公桌前的地毯上解释这一切时，她却对校长回以微笑，似乎无法理解校长的大惊小怪。

这可是伯利恒[①]，她说。

这帮女孩就站在刚打开厕所隔间门的乔治面前，对她进行拍摄，同时不断尖叫，却不知道海伦娜·菲斯克已经站在

[①] Bethlehem，巴勒斯坦南部城市。

了她们身后。海伦娜·菲斯克在她们头顶上方出现,与乔治目光交汇。这时,乔治看到海伦娜·菲斯克翻了个白眼。

轻描淡写的一个动作,就将面前这帮女孩眼下所说、所做的一切,统统打入了"没太大意思"之地①。

海伦娜·菲斯克伸出一只手来,伸到那些小女孩的头顶上,将手机从那个领头的女孩手里一把夺了过来。

所有女孩一下子全转过身来了。

嗨,海伦娜·菲斯克说。

然后,她告诉她们:你们就是一帮愚蠢的小废物。接着又问她们,为什么都对尿液如此感兴趣,是不是有什么毛病。最后,她推开女孩们,将智能手机高举到乔治刚刚冲过的马桶上方。

所有女孩都尖叫了起来,尤其是那个被拿走手机的女孩。

你可以选择。是删除呢,还是直接扔掉,海伦娜·菲斯克说。

这是防水的,你这头种族牛,其中一个女孩说。

你刚刚叫我种族牛了对吗?海伦娜·菲斯克说。太好了。一个额外收获。

海伦娜·菲斯克将智能手机的正面狠狠地砸在了厕所隔间门的边缘上。塑料碎片飞溅了出去。

现在,我们可以好好测试一下你这台手机的防水性能了,我们稍后也可以测试一下学校针对种族歧视行为发布的

---

① 原文为自造词the land-of-not-meaning-anything-much。

政策，乔治离开厕所时，她正在说这句话。

谢谢。晚些时候，当她们一起在历史课教室外面排队时，乔治对她说道。

在此之前，她从未真正跟海伦娜·菲斯克讲过话。

我喜欢你那天在英语课上发表的演讲，海伦娜·菲斯克当时说。你讲的那个关于英国电信塔[1]的故事。

（依照"按教室座位次序轮流发言"的规则，这次轮到乔治做演讲了，她需要以同理心为主题，做一次时长三分钟的演讲。乔治不知道该讲些什么。见她没反应，麦克斯韦女士[2]只好当着全班同学的面，以一种平和又友善的口吻说道，如果你今天不想讲的话，也没关系，乔治亚。这反而让乔治坚定了今天一定要讲的决心。可是，当她真正站起来时，脑袋里面却一片空白。所以她就随口讲了一些她母亲经常说的话，她说，要真正做到感同身受，几乎是不可能的，无论他们是住在巴拉圭，还是就住在同一条街道上，甚至对方可能就在隔壁房间或是旁边座位上。最后，她引述了一位流行歌手的故事，这位女歌手在英国电信塔的餐厅里吃午饭，当时这座塔还被称为邮政局塔，那是在二十世纪六十年代，她对餐厅中一位领班经理[3]欺负一名侍应生的行为感到非常愤怒，于是就拿起刚用小食盘送上来的餐包，扔向领班经理，打中

---

[1] BT Tower，是一座位于英国伦敦菲茨罗维亚地区的电信塔，伦敦著名景点，建成于1964年7月，1965至1981年间为伦敦最高建筑物。

[2] Ms Maxwell。

[3] 原文为法语 maître d'，高级餐厅领班经理之意，通常需穿正装。

了他的后脑勺。)

在当时那个时间点，以上就是她跟海伦娜·菲斯克之间讲过的全部话语。

自打厕所里那件事情发生之后，乔治发现自己老是在设想一些天马行空的可能性。具体而言，她的设想是：那些女孩，那个拿手机的女孩——假如事后手机储存的内容得以幸存下来——她是否真的删除了这段影片呢？或许她最后还是保留了这段影片。

假如这段影片依然存在，那就意味着在某个地方，依然存有她的影像，在这部分影像里，她正直视着海伦娜·菲斯克的眼睛。

乔治开了门。

还以为你可能不在家呢，海伦娜·菲斯克说。

我在的，乔治说。

很好，海伦娜·菲斯克说。新年快乐。

乔治和海伦娜·菲斯克走进乔治的房间时，亨利从床上坐了起来。

你是谁？亨利问道。

我是H[①]，海伦娜·菲斯克说。你是谁？

我是亨利。那算什么名字？亨利说。

这是我名字的首字母，海伦娜·菲斯克说。那些并不真正了解我的人，都倾向于称我为海伦娜。但我认识你姐姐。我们在学校是朋友。所以你也可以称我为H。

[①] 海伦娜·菲斯克的名字首字母。

这个首字母跟我的名字一样,亨利说。你带礼物了吗?

亨利!乔治说。

乔治为亨利的唐突表示了歉意。她向海伦娜·菲斯克解释说,由于他们的母亲不久前去世了,每当有人来家里做客时,通常都会给亨利带礼物,有时甚至是好几件礼物。

难道你没有礼物吗?海伦娜·菲斯克问。

没有他得到的那么多,乔治说。我想,他们恐怕认为我年纪大了,没资格再收礼物了。又或者他们认为给我准备礼物比较劳心,只送亨利就够了。

她带礼物了没有?亨利问。

带了,海伦娜·菲斯克说。我给你带了一颗卷心菜。

卷心菜不是礼物,亨利说。

假如你是一只兔子的话,那就是礼物了,海伦娜·菲斯克说。

乔治哈哈大笑。

亨利显然也认为这很有趣。他笑得在被子里缩成了一团。

你的头发都湿了,当他停下笑声时,这样说道。

是啊,当你不戴帽子、兜帽或雨伞在雨中行走时,就会发生这样的事,海伦娜·菲斯克说。

乔治把她带到书柜前,向她展示房间里的漏水情况,每隔几分钟,就会有水滴到书堆最上层的书的封面上。

乔治说,到了某个时间点,这个屋顶就会塌下来。

这很酷,海伦娜·菲斯克说。你将能够直接看到外面的群星。

到时候，我跟它们之间不会再有任何阻隔，乔治说。

除了偶尔飞过的警用直升机，海伦娜·菲斯克说。那是天空中的大割草机。

乔治笑了起来。

两秒钟后，她意识到了什么，这令她感到颇为惊讶。

她意识到——自己笑了。

事实上，她已经笑过两次，第一次是因为兔子的笑话，第二次才是因为大割草机。

想到这里，她又惊又喜，再一次大笑出声，这一次是藏于内心、未曾显露在外的大笑。

自九月份以来，乔治就笑过这三次，从语法上讲，这三次都是一般现在时，是她无法否认的事实。

新年那次之后，H又一次来到乔治家里。她先将胳膊下面夹着的一只A4大小的信封递给乔治，然后脱下外套，挂在大厅里。

H转过身来，乔治顺手将信封递还给她。

这是给你的，H说。

里面是什么？乔治说。

我给你带来了一张明星的照片，H说。是从网上搜索后打印出来的。

乔治打开信封。里面是一张印在厚纸上的照片。照片里的季节是夏天。两位女性（都很年轻，年龄介于女孩和女人之间）正一起走在一条路上，经过一些看起来阳光非常明媚的风景，周围有不少商店。这是现在的照片，还是过去的？

其中一位女性是金色头发，另一位是深色头发。金色头发那位，身上穿的是金色与橙色相间的上衣，身形相对较小，目光正望向镜头外，望向在她左边的什么东西。深色头发那位，是个高个子女孩，穿着一条蓝色短裙，裙边装饰了漂亮的条纹——她正转过身来注视对方，哪曾想到，刚好有一阵微风拂过，因此，她抬起一只手来，将遮住自己脸颊的头发轻轻拨开。金发那位看起来全神贯注，脸上表情极为认真。深色头发那位，刚才似乎听对方讲了些什么，那些话语深深打动了她。此刻，她正准备开口回答对方：是的。

她们是谁？乔治问道。

法国人，H说。这是二十世纪六十年代的照片。我跟我妈妈描述了你对二十世纪六十年代的狂热，并且跟她转述了那个故事，那个你在麦克斯韦的课堂上讲的、关于英国电信塔的故事。她想知道故事里提到的究竟是哪位女歌手，于是，她就开始在自己喜欢的女歌手里展开了调查，尤其是那些连她自己的母亲都很喜欢的女歌手。调查了一阵子之后，她突然对我表示了愤怒，因为我居然不认识她们当中的任何一个，因此，作为惩罚，她命令我在YouTube上观看与她们相关的视频。然后，当我在做这件事情时，我发现这位（她指了指金发的那个女孩）——看起来有点像你。

真的吗？乔治说。

我妈妈说她们两个是超级大明星，H说。不是明星组合，各自都是大明星。作为超级巨星，她们两个的星途都很坦荡，都改变了法国的音乐产业。我妈妈不停地跟我讲啊讲啊。实际上，她在讲的过程中已经转换了话题，因为我见缝插针地告诉了她关于你母亲的事情,于是她就说(在引述时,H故意带上了点轻微的法国口音):这对你朋友是不公平的,她没有得到她这个年龄应该得到、应该感受到的那种无聊、悲哀和忧郁,因为发生了这样的事情之后,这些情绪都将被真正的悲哀、真正的忧郁所取代。不管怎么说吧,我觉得自己得赶紧把这张视频截图带过来给你瞧瞧,如此一来,她就没办法再在我耳边唠叨了。还有,我觉得——我想问问你,是否愿意跟我一起去趟停车场。

停车场?乔治说。

多层停车场,H说。想来吗?

现在?乔治说。

我保证真的会很无聊①,H说。

乔治看了看窗外。H的自行车此刻就靠在外面的墙上。她自己的自行车仍然放在花园棚屋里,用的还是去年夏天的车胎。在她脑海中,已经可以看到车胎在黑暗中失灵,自行车歪倒在园艺杂物上的画面了。

好啊,她说。

她们朝着市中心走去,H推着她的自行车,自行车挡在她们中间。抵达多层停车场之后,乔治习惯性地走向电梯门,但H却伸出一根手指,放在嘴边,示意不要讲话,然后又指了指装有玻璃墙的保安室。里面有个穿制服的男人,脸上遮着一张大纸,看起来像是报纸,他在下面呼呼大睡。H指了指通往楼梯的防火门。她非常小心地打开了其中一扇。

---

① 此处为反语,意思是:来吧,别抱太高期待。

很重。乔治用脚支撑着它。当她们都挤过去时，H松开了门，让它自然关闭。

眼下是二月里的一个星期一的夜晚，所以这里并没有停多少车。顶层只有一辆形单影只的四驱车。所谓的顶层，指的其实是停车场建筑的屋顶，是露天的，直接面向天空，混凝土地面已经被雨水完全打湿，在停车场的灯光照耀下闪闪发光。

乔治和H尽可能靠在顶层的墙体上（他们把这里的墙修得如此之高，这样一来，那些想自杀的人就没那么容易自杀，H说）。她们从这里俯瞰她们所居住的这座城市大大小小的屋顶，街道几乎空无一人，在雨中同样也显得闪闪发光。偶尔会有一辆车从下面经过。总之，基本没什么人在外面。

这也是我死后市中心的样子，乔治想。假如我现在就跳下去，又会怎样？也不会有任何改变。他们会清理我弄得一团糟的地面，然后，第二天晚上，下雨，或是不下雨，街道表面依旧会闪闪发光，或是变成黯淡无光，偶尔会有汽车从下面经过。繁忙日子里，车流会排成队，堵在下面，停在这里面，停好车后，大家就可以去逛商店。到时候，停车场顶层也会停满汽车，转眼又空了。一个月接一个月，时间飞速过去，转眼又是二月，二月之后复二月，然后又到了二月。不管时间怎样流逝，这座历史名城将永远保持其历史风貌。

乔治不再继续想这件事了，因为H独自行动起来，将她们两人上楼时偶然遇到的那辆购物手推车（有人将它扔在了下面一层的电梯口）一路拖曳到了顶层楼梯间的那段台阶前。

这是一辆相当新的手推车。它压过混凝土地面时,不会发出太大噪音。

这里,H说。帮我稳住。

在H爬进手推车时,乔治负责保持住手推车不动。不,与其说是爬进去,倒不如说是直接跳了进去。H所做的就是抓住手推车侧面的横杠,将自己甩到空中,一下子就进去了。这套本事令乔治感到印象深刻。

你驾驶战车的水平如何?H问道。

这么说吧,乔治说。这里只停了一辆车,假如真让我来推你,那么,无论我打算将你推往哪个方向,到了最后,你都必然会撞到那辆车。假如你足够吉利,没有撞到它的话——

乔治指了指陡峭的入口,以及出口处的斜坡。这些斜坡会让你非常突然地降到下面一层。

跳台滑雪,H说。这是终极挑战。

她抬头瞥了一眼,看了看监控摄像头的安装位置。接下来,她突然跳出了手推车,就跟刚才跳进去一样容易。

很好,她说。你第一个玩。

她对乔治点了点头,然后又朝手推车示意了一下。

怎么可能,乔治说。

来吧,H说。相信我。

不要,乔治说。

不会滑到斜坡外面去的,H说。我保证。真的会很小心的。照我看来,我们至少有足够的时间来试一次。假如还有额外的时间的话,那就两个人都试一试,他睡着了,没人会上来，晚点我也会让你来推我的。

她稳稳地握住手推车的扶手。

她在等。

没有合适的立足点，所以，乔治必须先在手推车两侧施力，想办法取得平衡，撑起身体之后，一下子滚进去，然后再将自己转到正确的方向（哎哟哟）。

准备好了吗？H问道。

乔治点了点头。她张开双臂，好好攀住手推车两侧，同时也要面对一个事实：她不是那种经常做这类事的人，对此并不熟练。

想让我一直抓着它，还是用力推动它之后就放手？H又问。

后者，乔治听到自己给出了这样一个回答。

她对自己感到无比惊讶。

后者。吉利。H说，你用的词，我从来没听别人用过。你很狂野。

从字面意思看，的确如此，乔治在手推车笼子里说道。

后者。吉利。字面意思。H说。

H转过手推车，让乔治面对广阔的停车场顶层。然后，她用力将手推车从出口斜坡处猛一下推远。接下来，乔治所知道的唯一一件事就是，自己被一股向前冲刺的强大推力给压迫住了，整个人不由自主地向后倒。有那么一小会儿，她觉得自己仿佛同时在往两个方向前进。

稍晚些时候，回到家，乔治下楼煮咖啡，把亨利留在房间里跟H说话。

是啊，就是她，H在说。《愤怒游戏》女主角。

是《饥饿游戏》①，亨利说。

坎特利普②，H说。

她的名字不是坎特利普，亨利说。

当乔治回到楼上时，亨利和H之间正在进行某种类似词语乒乓球的比赛③。

亨利：跟什么一样瞎？

H：房子。

（亨利笑了起来。）

亨利：跟什么一样安全？

H：一只铃铛。

亨利：跟什么一样大胆？

H：一根黄瓜。

（亨利在地板上滚来滚去，嘲笑"黄瓜"这个词。）

H：很好。交换！

亨利：交换！

H：跟什么一样热情？

亨利：一根黄瓜。

H：跟什么一样高兴？

———

① *Hunger Games*，美国于2012年上映的改编电影，H将片名误记为 *Anger Games*。
② 《饥饿游戏》女主角是Katniss，此处H误记为Catnip，意为猫薄荷。
③ 重视气氛的词语交换游戏，有点像成语接龙或脑筋急转弯，回答并不唯一。后文中H与亨利玩的小游戏，基本上都是乱答的，只是为了逗趣。

亨利：一根黄瓜。

H：跟什么一样聋？

亨利：一根黄瓜。

H：你不能一直说黄瓜。

亨利：只要我愿意，我就可以这样。

H：嗯，挺好。够公平。不过话说回来，如果你可以的话，那我也可以。

亨利：好啊。

H：黄瓜。

亨利：黄瓜什么呢？

H：不要在意，我只是在按你的方式玩而已。黄瓜。

亨利：别这样，照规矩玩嘛。跟什么一样什么？

H：跟黄瓜一样……一根……黄——

亨利：照规矩玩！

H：你也一样，亨利。你也———样。

当H在十一点回家时，乔治真的感觉房子里瞬间就变得黯淡无光，就仿佛室内所有的光线都停滞在节能灯泡预热完毕正常发光之前的那种昏暗里了。房子，真的就变得跟房子一样瞎，跟房子一样聋，跟房子一样干巴，跟房子一样坚硬。睡前，乔治做了所有应该做的事情。她洗漱、刷牙，脱掉白天穿的衣服，换上晚上该穿的衣服。

但是，等到了床上之后，她没有像往常那样在脑子里嘀嘀咕咕一些有的没的，而是在认真思考H怎么会有一位法国母亲。

她想起H的父亲，想起他来自卡拉奇①和哥本哈根，还有哪里。H说过，根据她父亲的说法，一个人完全有可能同时来自北方和南方、东方和西方。

照她看来，这恐怕也是H那双奇妙眼睛的来源。

她想起了桌上那两位法国歌星的照片，想起了H是怎样说她像二十世纪六十年代法国女歌手的。

她会将那张照片单独挂上去，给它一整面墙，就跟她母亲给她买的电影女演员海报一样——这是他们前往费拉拉当地的博物馆、参观她母亲所喜爱导演的一场展览时，母亲专门给她买的海报。那位导演总是在自己拍的电影中用这位女演员。

她想起自己以前从未试过两个人一起骑自行车：一个人站在踏板上骑，另一个人坐在车座上，扶着对方的腰，但不会扶得很用力，而是给予足够宽松的空间。如此一来，她就可以继续自由地上下移动身体、向前骑行。

她想起H在停车场向保安道歉时，态度是多么诚恳，多么有礼貌。结果到了最后，哪怕他用呼叫警察来威胁她们，感觉也只是说说而已，因为他早已被H施了魔法，迷糊到不知道应该说什么话才好了。

最后，她又强迫自己去思考，回忆当时究竟是种怎样的感觉：

心中如此害怕，几乎无法呼吸

速度如此之快，快到完全失控

---

① Karach，巴基斯坦第一大城市，位于巴基斯坦南部海岸。

知道了何谓"无助"

在闪动的空间内旋转不停,知道自己随时可能受伤,但同理可知,同理——可知,也可能毫发无伤,这两种可能性是完全一样的。

然后她醒了,已经是早上,她一觉睡到了大天亮,没有像往常一样突然惊醒。

这之后的一次,当H来家里时,乔治没有专门等她,而是在母亲书房里。乔治偷偷溜进了自己本不该去的地方,坐在书桌前,打开那本大字典,想看看没有R的LIA[①]是否恰好也是一个单词。

(并不是。)

乔治开始查找以LIA开头的单词列表。她想象自己的母亲站在法庭的被告席上。没错,法官大人,我的确在他头顶上方写了这个词,但我真正要写的却并非您想象中那个词。我当时正在写"藤本植物[②]"这个词,而藤本植物,我相信,尊敬的大人,您肯定知道,那是一类以不断扭曲的方式生长的木本热带植物,通常可以承受住一个在树与树之间荡来荡去的成年人的体重,举例而言——就像我年轻时看过的《人猿泰山》电影里那样。对于藤本植物,我们都很熟悉。由此不难得出判断,我所写的这个词,最终想要表达的,其实不过是种恭维罢了。

或者

[①] 参见第69页脚注。
[②] LIANA。

是的,尊敬的大人,但我要写的其实是麒麟菊[1]这个词。您可能早就知道,但也可能不知道,这实际上是一株植物,但也可以代表一颗炽热的星星,从中应该很容易推断出其他含义。

不。因为她母亲永远不会对自己真正想写的东西撒谎隐瞒。会撒谎隐瞒、模棱两可的那个人是乔治,而不是她母亲——假如乔治因为在重要人物头顶上方的窗玻璃上写了一些字而被逮住,在法庭上就会这样做。

当然,这并不是说她母亲被逮住了。

不过话说回来,乔治倒很可能会被逮住。

跟乔治相反,她母亲会在法庭上说一些简单而真实的话,比方说,是的,法官大人,我不会说谎,我相信他是一个说谎者,这正是我写这个词的理由。

我不会说谎。是我砍倒了樱桃树。既然我已经这么诚实了,那就给我开个先例吧。不,不是总统。我说的是先例[2]。

假如她母亲在这里,这个"颠覆"作品可能价值五英镑。

(但现在她不在了,这是否就令它变得一钱不值了呢?)

除了上述之外,还有其他可能的词,蓝色石灰岩、两、利亚德[3]。意思分别对应为:一种石头,中国的一种计量单

---

[1] LIATRIS。
[2] 原文"总统"与"先例"分别为president和precedent,在英文中容易混淆,此处乔治引用了美国总统华盛顿砍倒樱桃树后诚实认错的轶事。
[3] 分别为LIAS, LIANG, LIARD。

位，一种灰色，以及价值不大的硬币。(乔治感兴趣之处在于，"说谎者"这个词加上一个D之后，既可以表示金钱，也可以表示颜色)。

还有"负有偿付责任[1]"这个词。

以及"联络[2]"这个词。

(我敢打赌，你的歌声藏在一座有大教堂的城市里，藏在大教堂内某处华丽的天花板上，藏在高高悬挂的天使雕像之间

我敢打赌

你的歌声

你的歌声)

错误。

其中的错误，惹人愤懑。

后来的乔治仍然能够感受到对诸多事情中所出现错误的愤懑，这些错误在过去乔治的胸口击打出了巨大的凹痕。

她转过身来。H站在门口。

你爸爸让我进来的，她说。我去了你的房间，但你不在那儿。

那一天的早些时候，在学校里，H决定运用一个加深记忆的好方法：她们可以将需要记住的东西转换为歌词，然后用她们都很熟悉的一些歌曲的曲调唱出来。H说，这将使信息变得难以忘记。她们两个下周都有生物学考试，除此之

---

[1] LIABLE。
[2] LIAISON。

外，乔治还有一门拉丁语考试。

H说，具体而言，我们要做的事情是这样的：我负责编一个生物学版本的歌，我们把它背得滚瓜烂熟。然后，你再把这首歌改成拉丁语，这样你就可以通过这套方法获得双倍的益处。

她们一直站在历史课教室外面的走廊上。

你觉得怎么样？H说。

我在想的是，乔治说。当我们死后。

唔，怎么说？H问道。

你认为我们死后还有记忆吗？乔治说。

这是她的测试题。

面对这样一个问题，H甚至都能做到面不改色。她从来不会被任何东西给困扰住。说实话，她的脸上确实显露出了某种表情，但那是正在认真思考的表情。

唔，她开口了。

然后她耸了耸肩，说：

谁知道呢？

乔治点了点头。好答案。

现在，H也在这里，她单脚转了个圈，看了看书房里堆积如山的书籍、纸张和画片。

哇哦。多么了不起的地方，她感叹道。这是什么地方？

这是什么地方？乔治打开母亲专门为了在书房里做研究而购买的自动转椅，用余光捕捉到了此地正式装裱、印刷出来的第一个"颠覆"作品。上面是十九世纪末至二十世纪初，在伦敦艺术学院学习满三年的所有艺术系女学生的名字。这样一份没有附上任何额外解释的纯名单，它会在任何一个上网查询"斯莱德①"这个词的人的页面上弹出，干涉行为持续了一个月（包括那些碰巧在网络上查找同名乐队资料的人——乐队里那帮老男人写了那首脍炙人口的圣诞歌）。之所以会创造出这个作品，是因为乔治的母亲当时一直在阅读一本传记，那是二十世纪初一位非常著名的艺术家的传记。阅读过程中，母亲对这位艺术家在就读同一所艺术学校时邂逅的一位女性，也即他未来妻子的经历越来越感兴趣。他妻子也曾是一名前程似锦的艺术系大学生，可是，在生育了远远超出她身体所能承受极限的孩子们之后，很早就去世了（乔治的母亲是一名女权主义者）（曾经是）。在这位女士去世之前（显而易见的事实），曾经有个名叫埃德娜②的女性朋友，也是这所学校里的学生。事实上，埃德娜是这个学校培养出的最具才华的艺术家之一。埃德娜后来嫁给了一个富有的男人。有一天，这个富有的男人回到家时，发现埃德娜的颜料和画笔就这样随便摊在餐厅的桌子上。于是，他命令埃德娜，把这些垃圾统统扔掉。以下是亨利出生之前发生的一件事。当时，乔治跟她父母一起到萨福克郡③度假，住在一间小屋里。她母亲一直在读这本书。她读到了发生在埃德

---

① Slade，即斯莱德乐队。1966年在伍尔弗汉普顿成立的一支英国摇滚乐队。后文中的圣诞歌曲指的是他们创作的《大家圣诞快乐》这首歌，发布于1973年。
② Edna，即埃德娜·金·吉内西（1902—2000），英国画家，擅长静物风景画。
③ Suffolk，英格兰东部的一个郡。

娜身上的故事，在花园里泪流满面。当年的故事讲起来就是如此。发生的事情虽然没在乔治脑海中留下任何印象，但事实的确如故事所讲。当时，她母亲简直像发了疯一样，在小屋花园里四处搞破坏，狂怒不已。事后，租房机构因为她破坏了一些设施而寄来了账单。你母亲是个非常有激情的人——每当讲这个故事时，她父亲总是会给出这句评价。不管怎么说，埃德娜的生活最后也未见得有多糟糕，因为她丈夫很早就去世了，她自己则活到了将近一百岁，在画廊里展出了许多画作，甚至被一家著名报纸称颂为英国最富想象力的艺术家（她确实也曾一度精神崩溃，在历史上的另一个时刻，她的工作室被炸弹击中，连同她的许多作品一起灰飞烟灭）。

短短一秒钟时间里，这一大堆信息纷纷在乔治脑海中掠过。最后，当自动转椅转完了一整圈，坐在母亲椅子上的乔治再一次面对H时，她讲出了这样一句话：

这是我母亲的书房。

酷，H回应道。

H随手将一张写得满满当当的作业纸放到乔治旁边的桌子上。接下来，她又从一沓信笺的最上端取过一张画片。乔治探了探头，想看看她到底找到了些什么。

她非常喜欢这幅画作，乔治看过之后，开口说道。我们千里迢迢去了趟意大利，只为看这幅画的真迹。

这画的是谁呢？H问道。

我不知道，乔治说。就是某个男人。画在一面墙上。在某处蓝色的空间里。

谁画的？H又问。

我也不知道，乔治说。

她低头瞧了瞧自己准备翻译成拉丁语的歌曲。她不知道DNA的拉丁语会是什么。

使用了《破坏球》[①]原曲

（第一节）

弗里德里希·米歇尔[②]先生发现了它在/1869年，在一些脓液里/克里克[③]、沃森[④]和罗斯·富兰克林[⑤]看到过/两股线，像藤蔓一样，交织到一起/1953年的双螺旋/52年的X光片/富兰克林死在，获诺贝尔奖前/生命不是一缕，而是两缕。

（副歌）

G——A——T——C[⑥]和D——NA/脱氧核糖——核酸/

---

① *Wrecking Ball*，美国歌手麦莉·赛勒斯演唱的一首歌曲。
② Herr Friedrich Miescher（1844—1895），瑞士生物学家。1869年，他率先从白细胞的细胞核中，分离出了一种被他称为"核素"的化学物质，即后来的DNA。
③ Crick（1916—2004），即弗朗西斯·克里克，英国生物学家。1953年在剑桥大学卡文迪许实验室与詹姆斯·沃森共同发现了DNA双螺旋结构。二人也因此与莫里斯·威尔金斯共同获得1962年诺贝尔奖。
④ Watson，即James Dewey Waston（1928— ），詹姆斯·杜威·沃森，世界著名生物科学家，遗传学家，被誉为"DNA之父"。
⑤ Ros Franklin（1920—1958），即罗莎琳德·埃尔西·富兰克林，英国化学家，X射线晶体学学家。因发现DNA双螺旋结构而闻名。然而，这一发现在她短暂一生中基本未获承认。假如富兰克林1962年时还活着，她可能会因此而获得诺贝尔奖。
⑥ Gene Array Technology Center的缩写。

鸟嘌呤腺嘌呤——胸腺嘧啶胞嘧啶/超螺旋大分子结构，可以同时是/正——超——螺旋/耶，和/负——超——螺旋。

（第二节）

植物、真菌、动物——组成了/真核生物/细菌和古细菌/原核生物/这是 A&T 还是 G&C[①]/唯一的方式/两条长长的染色体，三联序列的密码子[②]/我将永远想要你。

H仍然站在那里，注视着那个衣衫褴褛的男人的照片。

最后一节只是为了押韵，她说。当我决定该用点什么时，忽然想到了这句。

说罢，她举起男人的照片。

这是历史上什么时期画的？她问道。

这幅画作来自一座宫殿，乔治说。你可以试着在网上搜索费拉拉宫的照片，费拉拉就是我们看到这幅画作的地方，可能能够找到一些相关的信息。

她又瞧了瞧那首歌。

我觉得我最多能把这些歌词的大概三四节内容翻译成拉丁文，她说。再说了，其中很多内容看起来已经比较像希腊语了。

先翻译最后一节，H说。

她咧嘴笑了笑。然后移开视线，继续注视照片里那个衣衫褴褛的男人。

[①] DNA碱基配对方式，此处指A腺嘌呤与T胸腺嘧啶配对，G鸟嘌呤与C胞嘧啶配对。
[②] 指信使RNA分子中每相邻的三个核苷酸编成一组，在蛋白质合成时代表某种氨基酸的客观规律。

我们实际上完全不需要或者说根本就不会使用的那一节,你反而想让我先用拉丁文翻译出来,是吗?乔治问。

我只是很想听你用拉丁语讲这句话,H说。

她张开嘴大笑,不过仍然将目光给移开了。她坐在了地板上。

她在等。

没问题,乔治说。但是,我可以先问你一件事吗?

好的呀,H说。

这只是个假设性的提法,乔治说。

我对这句话不太理解,H说。大家都知道,每当我看到针头亮出来,都会马上晕过去[①]。

乔治从她母亲的椅子上下来,盘腿坐在H对面的地板上。

假如我对你说,当我母亲还活着的时候,一直在被监视着,你怎么看?她说。

为了健康,还是别的?H反问道。比方说,为了节食,或者其他什么目的?

乔治开始小声讲话,因为她父亲明确表示过,不喜欢听她讲这方面内容:她编造出了这些,用来分散自己对现实生活的注意力。所以,你觉得我对此是什么感觉,乔治?你也一样,你是在复述这些故事,用来分散你对她死亡的注意力。她曾经处于青春期。你也是。所以,好好控制一下自己

[①] 此处H将"假设性(hypothetical)"一词误以为"皮下注射(hypodermic)"。

的情绪吧。国际刑警组织、军情五处、军情六处和军情七处，统统对你母亲不感兴趣。他特别叮嘱过她，不准再提这些，假如乔治敢对外人再提起，他会因此而失去理智。尽管他在母亲死掉之后的大部分时间里都会下意识地表现得很温柔，但不包括这个。

你懂的，被那些人，就跟在电视里一样，乔治说。不过也不太像，没有炸弹、手枪、酷刑什么的，只有这么个人。一直在盯着她。

噢，H说。原来是那种监视啊。

假如我全部讲出来，乔治又问。你的脑袋里会冒出诸如"妄想狂"或者"妄想症"之类的词，会觉得我需要定期服用某些药物吗？

H想了想。然后她点了点头。

你真的会吗？乔治问。

毕竟没有活在现实世界里，H说。

听到这个回答，乔治心里有什么东西突然掉了下来。不管怎么说，这都是一种解脱，一种让心中一切同时感到受伤与释怀的解脱。

H还在继续说话。

更有可能的是，你母亲被弥诺陶洛斯化[①]了，她说。

这不是开玩笑，乔治说。

我没有开玩笑，H说。我所指的弥诺陶洛斯化，并不是

[①] minotaured，弥诺陶洛斯是古希腊神话中被关在迷宫中的牛头怪。此处是H在打趣，用该词的动词化来取代发音相似的"受监视（monitored）"，代指"受到官方监视"。

指我们生活在神话时代。并不是指在我们所生活的这个世界里——打比方说——警察会将他们本应调查的弑子案的当事人弄成弥诺陶洛斯，媒体会将社会知名人士甚至已经死掉的人弄成弥诺陶洛斯，借此从他们身上捞钱。

哈，乔治说。

并不是指政府会将*我们*给弥诺陶洛斯化，H说。我的意思是，这不是*我们的*政府会做的事情。很显然，一切不民主、不那么善良、不怎么文明的政权，都会用这种方式来对待*他们的*公民。但是，我们自己国家的这个政府——我的意思是，他们可能会把他们需要进一步了解的人弥诺陶洛斯化。但他们绝不会对普通人这样做。比方说，通过他们的电子邮件或手机，要么就是通过他们在手机上玩的游戏。哪怕我们买东西的商店，也不是我们每次买东西时都会对我们这样做。所以说，你被欺骗了，疯了。对于普通人，根本就没有弥诺陶洛斯化这回事。这简直是异想天开。你母亲是谁？是干什么的？是个政治人物？是在报纸上发表了与金钱相关文章的那类人吗？是在网络上搞出了什么破坏性事件吗？如果不是，为什么有人要监视她？我觉得你的想象很危险。应该有人来监视你才对。

讲到这里，H抬起头来。

我会这么做的，她说。如果是你，我肯定会这么做。

如果是你，乔治在自己脑海里重复道。

我会免费弥诺陶洛斯化你，H说。

她带着笑意却又极度认真地注视着乔治的双眼。

或者说，如果是你就好了，乔治想着。

此刻，乔治仰躺在母亲的地毯上。母亲当年从米尔路①附近的一间古董店里买到了这块地毯。好吧，不算古董店——卖废旧破烂的商店，真的。

H在她旁边躺下，如此一来，她们的脑袋就齐平了。

两个女孩都盯着天花板。

问题在于，医生，H说。

此刻，乔治仿佛正从几英里外聆听她的声音。乔治正在思考古董与废旧破烂之间的区别，以及她母亲会怎么描述这种区别。

我有这个需求，H还在说。

什么需求？乔治说。

更进一步，H说。

更进一步要成为什么？乔治说。

这个嘛，H说，她的声音变得很奇怪。更进一步。

噢，乔治说。

我觉得，恐怕，本质上而言，更想亲力亲为，H说，而不是提出一些假设性的东西。

说着，她的一只手伸了过来，握住了乔治的其中一只手。

这只手不仅握住了乔治的手，还跟她十指紧扣。

此时此刻，一切话语仿佛都已从乔治大脑中保存话语的部分流了出来，一丁点都不剩了。

H的手握着她的手，握了好一会儿，然后，H的手放开

---

① Mill Road。

了她的手。可以？她说。不行？

乔治没有说话。

我可以放慢些，H说。我可以等。我可以等到时机成熟。我可以的。

然后她又说，

或许你并不想——

乔治没有说话。

或许我并不——，H说。

乔治突然看见父亲在房门口，天知道他已经在那里待了多久。乔治坐了起来。

女孩子们，他说。乔治。你知道，我不希望你进来这里。什么都没整理好。还有很多重要的东西，我不希望里面的东西被搞乱。我还以为你在准备今晚的晚餐呢，乔治。

对的，乔治说。我会的。我正要去。

你朋友留下来吃晚饭吗？她父亲问。

不了，库克先生，我得回家，H说。

她仍然仰面躺在地板上。

非常欢迎你留下来，海伦娜，她父亲说。晚餐分量很够的。

谢谢，库克先生，H说。您真好。可惜家里正等着我回去呢。

你可以留下来吃晚饭，乔治说。

不，我不能，H说。

她站了起来。

再见，她说。

一分钟后,她已经不在房间里了。

又过了片刻,乔治听到房子前门关上了。

于是,乔治又躺回到地毯上。

她不是女孩。她是一块石头。

她是一堵墙。

她是某种东西,在未经她许可或理解的情况下,绝对不会受到其他任何事物影响。

时间回到去年五月,意大利。乔治跟她母亲,还有亨利,他们坐在城堡附近的几道拱门下方、某间餐厅外面的一张餐桌旁。晚饭已经吃过了,眼下她母亲正在反反复复地跟他们两个讲解壁画结构(好吧,其实是在对乔治一个人讲,因为亨利正专注于看游戏视频)。关于二十世纪六十年代意大利另一座城市的一些壁画,关于这些壁画怎样在严重的洪灾中受损,当局和修复人员怎样将它们移走,以及怎样尽可能修复它们的内容。修复过程中,专业人士发现,在画作下方,竟然存留有当年艺术家们为画作绘制的底图,而且有时候,底图跟上方画作有着明显的不同。假如这些壁画没有受损,他们就永远不会发现底图的奥妙。

乔治也只是心不在焉地听着,因为亨利在iPad上看的游戏叫《不义联盟》①,乔治认为亨利年纪还太小,不适合这个。

这是什么游戏?她母亲问。

这是漫画里全部的超级英雄都变得非常邪恶的一个游

---

① *Injustice*,根据DC漫画《不义联盟》改编的游戏。

戏，乔治说。真的很暴力。

亨利，她母亲说。

她从亨利的一侧耳朵里取出一只耳机。

什么？亨利说。

找一些不那么暴力的事情做吧，他母亲说。

好的，亨利说。假如我必须照办的话。

你必须照办，他母亲说。

亨利将耳机放了回去，关掉了游戏。然后，他点击了《糟糕历史》[①]的下载。很快，他就自顾自地咯咯笑出了声。过不多久，他就在餐桌上睡着了，脑袋枕在iPad上。

问题在于，哪个是先出现的？她母亲继续说道。先有鸡还是先有蛋？是先有下面的画作，还是先有上方的画作？

下面的画作为先，乔治说。因为它是先完成的。

可是，我们最先看到的东西，她母亲说，在大多数时候，也是我们唯一看到的东西。既然事实如此，是否意味着上方的画作为先呢？是否意味另外一幅画作——假如我们没发现它——就不存在了？

乔治重重地叹了口气。她母亲指了指街道对面的城墙底下。有辆公共汽车正从那里经过。公共汽车的整个车尾印了一幅巨大的广告，广告正中间是圣母玛利亚和圣子的画像，乍一看去，就仿佛来自过去的画作一般，除了圣母正在向婴儿耶稣展示如何在iPad上搜索某些内容……

---

① *Horrible Histories*，BBC出品的儿童节目，通过喜剧视角向观众们展示历史上糟糕的一面。

我们坐在这里吃了晚饭,她母亲说,随意观看环绕在我们周围的一切。还有那边。我们正前方的那堵墙。假如这是七十年前的一个夜晚——

——是啊,但事实*并非如此*,乔治说。现在就是*现在*。

——我们会坐在这里,看着人们排成一排,面朝着那堵墙,被当众枪决。就从沿着咖啡吧的那些座位开始。

哎呀呀。上帝啊,乔治说。妈。你是怎么知道这些的?

假如我不对你说这些,眼前的一切会更好,还是更糟?或者换种说法,会更真实,还是更虚假?她母亲问道。

乔治皱了皱眉头。历史是可怕的。历史是在无休止的战争、饥荒与疾病中压在城市和城镇地下的一大堆尸体,所有人都饿死了,或者被消灭掉了,被围捕,被枪毙,受着折磨死去,要么靠在城堡附近的墙上,要么站在沟渠跟前,被集体枪决。乔治对历史的真相感到震惊,历史唯一的救赎,是它往往在成为历史时就已经结束了。

哪个为先?她那难对付的母亲继续追问。是我们看到的,还是我们如何去看?

是啊,但那是之前发生过的事情。枪击。很久以前的事了,乔治说。

只比我早二十年,而我现在就坐在这里,她母亲说。

远古历史了,乔治说。

我所在的历史,她母亲说。而且我来到了这里。历史仍在发生。

可事实并非如此,乔治说。因为那是在那个时刻,不是现在。此刻才是现在。时间就是这样。

所以那件事就这样消失了,对吗?她母亲说。发生过的事情是不存在的,还是因为我们看不到它们在我们面前发生,而终结了存在?

当一切都结束时,就是会这样的,乔治说。

既然如此,那些明明就在我们面前发生,我们明明亲眼目睹,却仍然无法真正理解的事情呢?她母亲说。

乔治翻了个白眼。

毫无意义的讨论,她说。

为什么?她母亲说。

很好。那座城堡,乔治说。它就在我们面前,对吗?

嗯,我看到了,她母亲说。

我的意思是,你不可能看不到它,乔治说。除非你的眼睛派不上用场。哪怕你的眼睛不起任何作用,你仍然可以走到它面前,触摸它,你可以用某种方式感知到它的存在。

千真万确,她母亲说。

虽然这座城堡还是很久以前建造它时的样子,乔治说,它也有它的历史,各种事情都发生在它身上,发生在它里面,发生在它周围,里里外外,无穷无尽,但是——这一切与我们此刻坐在这里看它没有任何关系。除了它是风景,我们是游客之外。

游客的视角跟其他人有什么不同吗?母亲说。更何况,在从来不去考虑此地过去的存在可能意味着什么的前提下,你怎么可能在你土生土长的城镇里真正长大成人呢?

乔治夸张地打了个哈欠。

我土生土长的那个城镇,恰恰是学习如何去忽略它的最好的地方,她说。比世界上其他任何地方都好,因为它教会了我完成此项学习所需知道的一切。尤其是跟游客视角相关的那些。置身于历史建筑之中长大成人,我的意思是,久而久之就会发现,它们纯粹只是些建筑物罢了。你总是在谈论那些乍一看去似乎比现实意义更重要的事情,恰如拖泥带水、絮絮叨叨的嬉皮士宿醉一般,恰如你因为自己小时候被周遭环境注入了嬉皮士文化,如今忍不住要把一切当象征一般。

她母亲说,这座城堡是依照埃斯特[①]宫廷的命令修建的,德·埃斯特家族是统治该省长达数百年之久的权贵家族,同时也是催生出大量艺术、诗歌与音乐成就的赞助人家族。因此,对于此地随后涌生而出的文艺复兴时期艺术、文学和音乐,无论你我,都会认为是水到渠成。就算没有阿里奥斯托[②]——他因为这个宫廷而诗名远播——也会出现一个非常不同的莎士比亚。假如在那个假设中真有莎士比亚的话。

是啊,或许吧,但对眼下来讲,几乎无关紧要,乔治说。

你懂的,乔吉,一切皆存因果,她母亲说。

当你想要对我摆出高人一等的派头时,总是会喊我乔吉,乔治说。

我们眼下的现实也不是凭空而来的,她母亲说。我已经

[①] Estense,即下文中的德·埃斯特家族(d'Estes),欧洲贵族世家,在中世纪和文艺复兴时期即掌控着费拉拉城,自1288年起开始掌控摩德纳和雷焦等地区。
[②] Ariosto(1474—1533),文艺复兴时期意大利著名诗人,费拉拉人。

讲过，那座城堡，这整座城市，都是好几个世纪之前由某个家族建造的，他们这一血脉的头衔与世袭，或多或少跟法兰兹·费迪南①有着直接联系。

跟那个乐队？乔治说。

是啊，她母亲说。1914年在萨拉热窝被暗杀的流行乐队，引发了第一次世界大战。

第一次世界大战也是整整一百年前的事情了，乔治说。你也不能说它跟我们当下有什么关系了。

什么，第一次世界大战？你知道吗？你的曾祖父，碰巧也是我的祖父，他在战壕里遭受了毒气袭击：不止一次，而是两次。这意味着他跟你曾祖母都很贫穷，因为他受毒气侵害的后遗症实在太过严重，退伍后根本无法正常工作，最后英年早逝。你知道吗？这意味着我继承了他虚弱的肺部。你还说这一切跟我们当下无关？母亲说。一战结束，巴尔干半岛解体②，以色列人和巴勒斯坦人之间起了冲突，中东领土纷争启幕③，爱尔兰内战④，沙俄权力转移，奥斯曼帝国权力转移，以及德国的破产，经济灾难和社会动荡，所有这些都

---

① Franz Ferdinand，此处既指奥地利大公弗朗茨·斐迪南，亦指苏格兰男子摇滚乐队法兰兹·费迪南。前者于1914年6月28日在塞尔维亚遇刺，史称萨拉热窝事件，为第一次世界大战导火索。后文中乔治母亲所讲的话，其实是在调侃乔治的无知。
② 指一战结束后，奥匈帝国战败解体，巴尔干半岛形成诸多国家。
③ 指一战结束后，中东国家的边界由英法重新划定一事。
④ 1922年6月28日至1923年5月24日爆发于爱尔兰的内战，是《英爱条约》支持者与反对者之间矛盾激化的后果。内战伤亡远大于英爱战争，并在爱尔兰社会留下深刻裂痕。

在法西斯主义崛起和另一场大战的爆发中产生了巨大的作用。凑巧的是,你自己的祖母和祖父——也即我的母亲和父亲——在他们只比你大两三岁的时候就开始打仗了。这一切互不相关吗?跟我们无关,对吗?

她母亲摇了摇头。

什么啊?乔治说。什么?

在剑桥度过了一段富裕的童年时光,母亲说,并且还自嘲般地笑了笑。笑声激怒了乔治。

既然如此,假如你不想让我们在那里长大,你跟爸爸为什么还要选择住在那里呢?她问。

噢,你懂的,母亲说。好的学校。靠近伦敦。活跃的房地产市场,总能在衰退中保持坚挺。现实生活中所有真正重要的点,都可以得到满足。

她母亲这样说,是在进行反讽吗?难以判断。

母亲继续说了下去:以及优秀的食物银行系统[①],当你从中学毕业以后,尤其是当你爸爸跟我没钱供你读大学、没钱给你吃饭时,你可以从这套体系取得食物,不至于饿死。再往后,等你出了大学踏上社会时,可能也要用到它。

这样也太不负责任了吧,乔治说。

好吧,但至少我的不负责任是全新的,是符合这个时代的,她母亲说。

他们周围的桌子正在逐渐清空。天色已晚,凉爽了不

[①] 一类会员制慈善机构的统称,专门为困难群体提供食物和必要生活用品。会员仅需支付少量会费即可在固定日期取走足够一段时间生活的新鲜食品。

少。拱门外还下着雨,他们继续坐在这里,一边吃饭,一边争论不休。她母亲将一只手伸进手提包里,取出一件毛衣,然后又将毛衣交给乔治,让她用它裹住亨利的肩膀。接下来,她又从包里取出手机。她开了手机。*内疚和愤怒*。过了一小会儿,母亲关了手机。乔治感到如此内疚,几乎都快干呕出来了。乔治很机敏地提出了母亲喜欢回答的那类问题,她知道她肯定喜欢。

我们今天早些时候去过的那个地方,你很了解吗?乔治问道。

唔,嗯哼,母亲说。

你觉得其中有任何女性艺术家的手笔吗?乔治说。

母亲忘了手里还拿着手机,立即伸出手来(她肯定会这样做,一切恰如乔治预料)。

她告诉乔治,大家都知道,文艺复兴时期的画家里面,有几位碰巧是女性,但数量实在没多少,按男女比例来算,简直可以忽略不计。母亲说,当时有一位名叫凯瑟琳[①]的女性,是在此地的宫廷里长大的,就在前面那座城堡里——她是某位贵族的女儿,埃斯特宫廷里的一位女士收养了她,保护她,照顾她,确保她接受良好教育。长大后,凯瑟琳进了一间女修道院——假如你是活在那个时代的女人,并且想要画画,那这无疑是个好地方——总之,凯瑟琳进了修道院,奠定了成名的基础。她既写书,又画画。不过,直到去世以

---

① Catherine(1413—1463),1712年被追认为圣人。史称"博洛尼亚的圣凯瑟琳"。

后很久，关于她的一切才真正被人们发掘出来。

她的画作，非常漂亮，她母亲说。而且，时至今日，你依旧可以亲眼看见凯瑟琳。

你的意思是，通过亲眼观看她的画作，或者其他什么作品，来感受她的个人魅力，对吗？乔治说。

不，我的意思就是字面意思，母亲说。看见她的肉身。

怎么看到呢？乔治问。

在博洛尼亚①的一座教堂里，她母亲答道。他们将凯瑟琳封为圣人时，将她的肉身从墓地里挖了出来——各种各样的证据表明，他们将那肉身挖出来时，现场香气扑鼻——

妈妈啊，乔治说。

——接下来，他们将她的肉身安置在一只大盒子里，供奉在专门为她指派的一座教堂里，假如你现在去一趟，仍然能够看见她，随着年岁的增长，她的肉身逐渐发黑。凯瑟琳，她就端坐在那个盒子里，手里拿着一本书，还有一件貌似圣体匣②之类的圣物。

这也太疯狂了，乔治说。

但是与女性相关的其他事情还要更加疯狂，不是吗？母亲说。在那个年代，女性不太可能参与到能够留存下来的东西中去，尤其是我们今天还能看到的东西。不过话说回来，

---

① Bologna，意大利古城，始建于公元前534年，公元190年罗马化。文艺复兴期间，博洛尼亚是意大利唯一允许女性担任专业职位、获取大学学位的城市。
② 教堂中用于在祭坛上展示某些虔诚供物的容器，可用来公开展示圣人遗物或遗骨。

假如我必须以女性为主题来写一篇文章……我也说不上来……或者甚至说，必须以此为主题来写一篇论文的话，那么，我还是可以写一篇妙文的：关于我们在这里看到的阴道形状——

妈妈，乔治说。

——我们在意大利呢，乔治，没事，根本没人知道我在讲些什么，母亲一边说，一边在自己胸骨位置用手指勾勒出了一颗钻石的形状。那是刚才看过的壁画里、绘制在蓝色画带部分的一个符号，是那个衣衫褴褛的漂亮工人身上浮现出来的阴道轮廓。正是这个轮廓的存在，才使他成为了整个房间里最阳刚、最强大的形象，甚至比公爵本人都更有力量。要知道，公爵本应该是房间的主角，是唯一的英雄人物，因此，这种处理手法肯定会给艺术家带来一些麻烦，尤其是当特意突出的人物是工人或者奴隶，而且显然是黑人或者闪米特人①时，更是如此。除此之外，还要考虑到他胸前敞开的阴道轮廓，是如何跟他腰间的那根绳索一道，并置了悬垂与勃起的象征意义，借此起到了相辅相成的功用——

（她母亲获得过艺术史学位）

——至于贯穿整部作品的、反复出现的性爱暗示与性别模糊倾向

（以及女性研究学位）

——好吧，至少也是这位艺术家创作中很特别的部分。

---

① 由古阿拉伯人、犹太人、迦南人、亚述人、巴比伦人等同源民族构成的群体，其遗传特征包括深色皮肤和棕色眼睛，故有文中所说。

或者换句话说，假如我们想要更详细地了解此人。抑或我们想要更详细地了解这幅画作。他是如何用弱不禁风的男孩，要么就是看似男孩的女孩，来平衡那位工人身上强劲有力的男性气场的？与工人相对的这个男孩或女孩，怎么又偏要拿着箭头和圆环呢？如此一来，相当于左右手分别拿着男性和女性的象征了。单就这一点而言，假如一定要我说，那我可以马上提出一个颇为巧妙的论点：照我看来，这部分壁画的创作者其实是女性。不过，真有这种可能性吗？

乔治心里不由得嘀咕道：她怎么就能记住自己之前看到过的这一切呢？我看到的无疑是同一个房间，跟她看到的房间一模一样，我们站的明明是同一个地方，可我什么都没看到。

母亲摇了摇头。

可能性极低，乔治，给出这个结论，我很抱歉。

那天晚上，酒店房间里，他们睡觉前，母亲正在浴室里刷牙。在人们还在创作湿壁画的那个年代，这间酒店是某位名人的宅邸。如今，这里被称作普里西亚尼公寓酒店①，资料显示，这栋房子曾经的主人，跟他们之前去过的那座宫殿里的壁画制作相关（酒店门口一条长长的资讯面板上，写有这些内容。乔治不懂意大利语，但她还是想方设法进行了破译）。所住房间的墙壁上，残存了一些原始壁画的碎片。近在眼前的壁画，无疑是曾经在那个年代生活过的人们留下的痕迹——乔治甚至可以伸手触碰它们。它们从眼前爬上了墙壁，穿过了阁楼，亨利就睡在上面的一张小小单人床上。总

---

① Prisciani Suite。

之,只要你愿意,你就可以触碰它们。

万事皆可尝试——佩莱格里诺·普里西亚尼①。

佩莱格里诺,就跟瓶装水品牌②一样,她说。也跟鸟的名字一样,母亲说。什么鸟?乔治问。游隼③,母亲说,佩莱格里诺最初的意思是朝圣者,在某个时间点,它也成了我们所熟知的这种鸟的名字。

还有什么是她母亲不知道的吗?

酒店内部充满了艺术气息。在她跟母亲将要睡觉的那张床的上方,是一位意大利艺术家的现代作品:形状好似一只巨大的眼睛,但一端却装有一个螺旋桨,就跟飞机的螺旋桨一样。除了这个螺旋桨以外,其他部分看起来像是用巨大的悬铃木种子制成的。扭曲的金属条,或者某种原本试图呈现为瞳孔的东西,其扭曲的上部顶端、一处极为扭曲的位置上,粘有一只蜗牛壳。整个作品似乎在床上方的半空中非常缓慢地挪动着,蜗牛壳本身似乎就会动,可是细看又会发现,它显然并没有挪动分毫。墙面上安装有一块嵌板,上面是关于该艺术品的介绍:"莱昂·巴蒂斯塔·阿尔伯蒂④赠予

---

① Pellegrino Prisciani(1435—1518),意大利占星师、建筑师、历史学家,出生于费拉拉,历史上关于他的记载不多。乔治一行人居住的酒店即为此人故居,乔治母亲引用的是普里西亚尼的一句名言。
② 此处指意大利矿泉水品牌 San Pellegrino,即圣培露。
③ 原文为英文 peregrine falcon,意大利语的游隼一词即为 Pellegrino,故有文中所说。
④ Leon Battista Alberti(1404—1472),意大利文艺复兴时期建筑师、作家、诗人、语言学家、哲学家、密码学家,著有《论绘画》《建筑论》等。

莱昂内洛·德·埃斯特①的一份手稿里，附有一幅长翅膀的眼睛图画。该寓言之意象代表了智识的升华：神明象征之眼，或曰极速之象征，更确切些讲——直观的知识，唯一能令你遁入沉思、体验知识奥妙之物②。"嗯，莱昂·巴蒂斯塔·阿尔伯蒂，不管他是谁，他给莱昂内洛·德·埃斯特送上了（假设他是埃斯特家族当中的一员，这很重要，因为乔治已经开始收集这方面信息，比如费拉拉王室成员之类）一份手稿，其中有一些跟比较与设计相关的内容，还有一些乔治完全不知道意思的意大利语词汇。但是，有一个词，occhio③，可能是一只眼睛或者一双眼睛的意思，这无疑是很关键的。不仅因为这件艺术作品本身看起来显然是一只眼睛，而且英语中的"眼科医生④"这个词跟它显然也有联系。一则重塑的寓言，代表了智识的升华，眼睛象征了神明、神性，还有些东西象征了速度，诸如此类吧……直观，令你，沉思——

---

① Leonello d'Este（1407—1450），1440 至 1450 年间的费拉拉侯爵，博尔索·埃斯特的哥哥。莱昂内洛统治时期，费拉拉进入文化兴盛期。莱昂内洛赞助了许多艺术家，是阿尔伯蒂的朋友兼赞助人。此处提到的阿尔伯蒂赠予莱昂内洛之手稿应为 *Theogenius*。
② 原文为意大利语，Leon Battista Alberti regalo a Leonello d'Este un manoscritto in cui compariva il disegnodell'occhioalato. Questa raffigurazioneallegoricarappresental'elevazionel'intellettuale : l'occhiosimbolodelladivinita, le alisimbolodellavelocita, o megliodellaconoscenzaintuitiva, la sola chepermette di accedereallacontemplazione e alla vera conoscenza。
③ 意大利语，"眼睛"之意。
④ oculist，和意大利语 occhio 同源。

乔治放弃了。

她母亲的手机，收在手袋里，放在床头柜上。

内疚和愤怒。内疚和愤怒。

有一些她母亲不知道的事情，乔治抬头，望着那只眼睛，沉思着。

巨大的眼睛，在床的上方，在半空中自行转动，乔治在它下方，朦朦胧胧似在发光，仿佛她整个人就是一盏有缺陷的霓虹灯。

乔治已厌倦了艺术。她厌倦了艺术总摆出一副无所不知的模样。

我想坦白，坦白一些事情，母亲从浴室出来时，乔治说。

嗯哼？母亲说。具体是什么事？

我做过的事，我不应该那样做，乔治说。

什么事呢？母亲一边问，一边在走到中途时停了下来，一只手拿着保湿霜的圆罐，另一只手拿着保湿霜的圆盖。

这几个月以来，我一直感觉不太好，乔治说。

母亲将手里的东西放下，走过来，坐到床上，坐到她的旁边。

甜心宝贝，她说。现在不要再担心了。不管发生了什么。一切皆可原谅。

我可不认为这是可原谅的，乔治说。

她母亲脸上写满了担忧。

好吧，她说。告诉我。

乔治没有告诉母亲——在她看手机时，她看到了关于走失的歌声、关于天使雕像的聊天短信。但是她说，她那天看到，母亲的手机，在厨房的餐具柜上，闪了一下。乔治看到丽莎·戈利尔德的名字在手机屏幕上亮了起来。

所以呢？母亲说道。

乔治决定不讲出短信里所说的关于她母亲眼睛的那些内容。

上面说，你在做什么，你在哪里，我们什么时候能见面，之类的，乔治说。

母亲点点头。

问题在于，乔治说。我发了回复。

你？母亲说。你发短信回复了？

乔治说，是"你"发短信回复了。

从我的手机上发的？母亲问。

我假装是你写的短信，乔治说。我一直对此感到非常难受。我知道，我不应该去看。我不该侵犯你的隐私。我知道，我在任何情况下，都不应该假装成是你。

"我"说过什么？你还记得吗？母亲问。

都记在心里了，乔治说。

具体呢？母亲追问道。

我很抱歉，丽莎，但我目前正忙于跟家人一道共度美好时光，被自己跟丈夫还有两个孩子之间发生的各种充满爱的事情所占据，所以，我担心自己在很长一段时间内，都将无法再与你见面，乔治说。

她母亲大笑起来。乔治惊呆了。她母亲笑的程度之夸张，搞得好像这是她很长时间以来听到过的最有趣的事情似的。

噢，你可真是个漂亮姑娘，乔治，你可真是——你就是个完美的大美女，她说。然后呢，她回信了吗？

回了，乔治说。她回信说：你没事吧，这听起来不像是你讲的话。

她母亲高兴坏了，拍打着床沿。

乔治说，于是，我继续回信说，我非常感谢你，只是由于忙于重要且耗时的私人家庭事务，实在是太忙了，导致我甚至没有太多时间来看手机。我稍后会再与你联系，所以请不要主动同我联系。暂时再见了。然后我就删除了自己发出的消息。之后我也删除了她发来的消息。

她母亲笑得那么大声，那么开心，甚至连睡在她们上面的亨利都醒了过来，下楼看看到底发生了什么。

她们让亨利回到床上、再次安顿下来之后，自己也回床睡觉了。她母亲关了灯。她们听亨利的呼吸声来判断他的睡眠情况：他很快就睡着了。

再然后，就是母亲在黑暗中悄悄告诉她的一个故事：

有一天，我在国王十字车站的自动取款机前等着，前面刚好有个女人，跟我大差不多。

"跟我差不多大"，乔治纠正道。

乔治，她母亲说。这是谁的故事？

对不起，乔治说。

我看向她时，她给了我一个微笑，因为我们都在等待，等着轮到我们。她脚边的袋子是敞开放着的，里面装满了我感兴趣的东西，一卷又一卷手工纸，一大团绿色纱线——要么是羊毛线，或者是园艺用的那种麻绳——还有许多钢笔和铅笔，以及一些金属工具、尺子。不管怎样吧，反正，终于轮到她了，她将自己的密码输进去，然后，开始翻找自己身上所有的口袋，翻动那个敞开的袋子，又看了看自己双脚周围的地面，于是我问，你在找什么吗？我可以帮忙吗？结果她伸手拍了拍额头，说，我什么时候变成了那种对自己的银行卡放在哪里感到恐慌的人了？她说，当她在取款机前面，打算从里面取钱时，卡就在她面前，已经插进去了，只是她忘记了，忘记自己实际上已经将它给插到机器里去了。这番自嘲让我笑了起来，因为我在其中看到了自己的模样。我们聊了一会儿，我顺口问了问她包里的纸卷是做什么的，她告诉我，她正在做书，独一无二的书，就跟艺术品一样，这些书本身也是艺术品。你懂我。我对这类东西向来很感兴趣。于是我们交换了电子邮箱。

大约两周后，我的收件箱里有一条来自这女人的消息，内容只写了一句话：你怎么看？当我打开附件时，看到的是一本漂亮的小手工书照片，各种各样的颜色、弯曲的文字线条和数字，有点像马蒂斯[①]的作品，我回信告诉她，我真的很喜欢这本书，她给我回了电子邮件，提问：我应该在自己的人生中做些不同的事情吗？我被这个问题的亲昵程度震撼到了，我们只不过是陌生人而已，最多算点头之交。于是我回信道，你呢，你想在自己的人生中做些不同的事情吗？接

[①] Matisse（1869—1954），法国著名画家，野兽派创始人和主要代表人物。绘画风格直率、粗放，对比强烈。

下来，我没有收到任何回信，所以我又忘记了她。直到有一天，她突然给我发了语音消息，邀请我共进午餐，这很奇怪，因为我不记得曾经给过她我的电话号码，你懂我，我从来不会将电话号码给外人。语音信箱里的消息说，她有东西要给我看，并邀请我先到她的工作室去。

去到那里之后，看到的一切倒是挺让人兴奋。有很多印刷用的字模，很多装字模的抽屉，有些是敞开的，有些是半开的，到处都是墨水和油漆，还有切割纸张用的机器，有一台旧式印刷机，一大堆装满的瓶子，谁知道里面是什么，定影液？颜料？我也不清楚。不过，我挺喜欢这一切。

她想给我看的是个玻璃盒。她当时正在为某人制作一套手工书，那个委托人希望她制作其中三册，做好之后，将它们密封在玻璃盒中交给他。换句话说，虽然这些书里都是装饰精美的书页，但却没有任何人能看到，至少在打破玻璃盒之前，没有人可以看。

她坐在那里，跟我说，所以，我目前面临的困境在于，卡罗尔，我是应该煞费苦心地用大量美丽的文字与图画来填满这些书，还是应该只将显露在外的边缘部分弄得很粗糙，看起来似乎有什么东西在里面？你知道的，将三边磨损些，稍微弄脏一点，如此一来，看起来就像里面也被精心填满了一样。做完这一切，密封起来，直接将盒子交给他，然后获得报酬，这样好吗？如此一来，我就可以大大减少工作量。我该选择做个骗子，还是老老实实做很多工作，但这些工作甚至可能没有任何人看到？

我们一起去吃午饭，喝得酩酊大醉。她说，*这件事对我*

而言可真不赖，我感到很兴奋，因为可以看你吃饭。我说，什么？真的吗？这种事情能让你感到兴奋吗？

不过，管他呢。你这样说，可真令我开心。竟然有人想看我吃饭。

诡异，乔治说。

她母亲忍住不大笑出来。

随着时间的推移，我越来越喜欢她，母亲说。她性格挺阴郁，但同时又是可敬的：她持无政府主义主张，粗鄙无礼，经常做出人意料的事；她的生活满是鸡毛蒜皮，又无比狂野，就像学校里的坏女孩。还有，她很可爱，她很细心，对我很好。她身上有些东西，一些闪着微光的东西。她会盯着我看，我知道，她的目光里有些真实的东西，我喜欢，我喜欢她关注我，对我生活的关注。我喜欢她主动来关心我每天的感受，或者关心我从这个时刻到下个时刻都做了些什么。她吻了我，确有此事，真真正正地吻过我一次。姿势恰到好处，我的意思是——我们靠着墙，一个真正的吻——

噢，上帝啊！乔治说。

你父亲当时的回应跟你一样。她母亲说。

你告诉爸爸了？乔治说。

我当然告诉他了，母亲说。我总是将一切告诉你的父亲。无论如何，亲爱的，在那个吻之后，我知道，这就是一场游戏。你总是会在亲吻过后，确切知道自己身处何方。的确是个相当不错的吻，乔治，我喜欢它，它很好。但也就这么回事了——

（我永远都不会原谅她，乔治心想。）

——我知道，在那以后，有些事情听起来恐怕显得不太真实，母亲说。在那以后，她变得总是很好奇，时刻关心我在哪里，在做什么，我跟谁一起，跟谁做什么，我跟谁见面，跟谁一起工作，尤其是——我在创作些什么，写什么，我对这个或者那个有什么具体看法，总是这样。于是我就想，好吧，有点像是爱情，那种难解的痴迷。当人们恋爱时，他们总是需要知道对方身上一些最奇怪的事情，所以，或许这就是爱情？兴许这些只是让我感觉很奇怪吧，因为这实际上是一种无法公开表达的爱，除非我们俩都打算彻底搞砸我们的人生。我无意这样做，乔治。我知道自己的生活有多美好。而且，我猜，她也无意如此，没有任何这样做的打算，她也有自己的人生，有丈夫，有孩子。至少我认为是如此。至少如此，因为我看过一些她的照片。

　　可是后来有一天，我到她的工作室去看她，当时没有告诉她我要来。我敲了敲门，有个陌生女人来到门口，穿着工作服，我问，丽莎在吗？她说，丽莎是谁？我说，丽莎·戈利尔德，这是她的手工书工作室。那女人说，不，那不是我的名字，我是谁谁谁，这是*我自己的*手工书工作室，有什么我可以帮你的吗？我说，但你有时会将你的工作室借给其他印刷公司，或者手工书匠人使用，对吗？她目瞪口呆地看着我，好像我疯了一样，然后她说，她真的很忙，有什么是她可以切实帮到我的吗？当我转身走开时，我突然想到，在我认识丽莎的整个过程中，也就是那几年里，我从来没有见她在这个工作室里制造过任何东西，或者说做过任何具体的事。我们只是坐在里面聊天。我从未见她写过任何东西、装订过任何东西、打印过任何东西、裁切过任何东西。

然后,当我回到家之后,我在网上查了她,找到了我以前查过的两个网页,没有任何变化:其中一个页面上仍然写着"网站即将上线",另一个页面,链接指向坎布里亚郡[①]的一位书商,但也仅此而已,没有其他线索了。除了这两个网页,没有其他任何信息。连一点点蛛丝马迹都没有。

她几乎不存在,乔治说。她只是存在过而已。

并不是网上查不到就意味着不存在,母亲说。她肯定存在。绝对存在。

如果这是一部电影或者小说,她的身份恐怕就是间谍,乔治说。

我知道,母亲说。

她在乔治旁边的黑暗中,相当开心地讲着这些。

这是有可能的,她说。并非完全不可能。虽然听起来似乎不太可能。但这不会令我感到惊讶。因为我遇到她确实很奇怪,这一切发生得都非常奇怪。就好像有人偷窥了我的生活,提前计划好了应该如何来吸引我,然后,一旦引起了我的注意,就要开始如何如何愚弄我。水平真高,堪称艺术。好吧,她是个不错的间谍。假如她真是间谍的话。

不错的间谍?有这种说法吗?乔治问。

放在以前,我应该不会这么讲,母亲答道。但我们甚至对此进行了一番对话,我当时开了个玩笑。我说,你是搞情

[①] Cumbria,坎布里亚是英国英格兰的一个郡。建于1974年。位于英格兰西北端。

报工作的吧？不是吗？她则说，我恐怕不可能回答你这个问题。

你后来告诉她你去过她的工作室了吗？乔治问。

我告诉她了，母亲说。我告诉她，我独自去过了。我去的那天，那里不是她的工作室，她大笑着回应道。她告诉我，我见到的是偶尔会在那里工作的另外一个人，这个人是真正拥有这栋大楼的人，此人担心上面的人——与这栋楼产权相关的一个理事会——可能会知道这里不止她一个人使用，因为她正打算将这处空间再转让给其他人。所以，每当她被外人问到时，总是赌咒发誓，说除了她之外，没有其他人使用它。当她告诉我这些时，我就想，嗯，这是完全可能的，这也合理解释了发生的一切。与此同时，我也能感觉到自己在想，嗯，这完全是在撒谎。无论如何，我认为，这个摇摆不定的想法就是自那以后我很少再去见她的主因。

可是乔治，我真正要讲的是，我不指望你能马上理解它，直到你长大以后——

谢谢，乔治说。

不，她母亲说。我真的不是在倚老卖老。不过话说回来，想要真正理解我要讲的话，确实需要一点年龄积累。有些事情，的确是需要时间的。这么说吧，哪怕我怀疑自己在这件事情上的确被人给愚弄了，也还是有些货真价实的东西存留了下来。货真价实，而且充满激情。这是不言而喻的。这一切要留待你去理解，留给你去想象。这本身就非常令人兴奋。好吧，我要讲的是，我非常喜欢这些。哪怕我真的被愚弄了也一样。最重要的是，我亲爱的。它们被人偷偷注视着。它们被监视。这一切都让生活变得非常——我不知道该怎么形容——变得非常轻佻。

轻佻？乔治说。这是个什么样的词？

被人监视着，母亲说。的确不简单。

但是，其中有区别的，要看是被一个间谍监视，还是被一个说谎者监视。乔治说。

注视和被注视，乔吉，绝不简单算，她母亲说。

"绝不算"，乔治纠正道。

什么？母亲说。

"绝不算简单"，乔治说。你告诉爸爸她是间谍了吗？他对此又说了些什么？

他说（下面这部分，她母亲刻意装出来的声音，应该来自她父亲），卡罗尔，没人监视你。这是一种受压制后的反弹表达。你被她的中产阶级倾向所吸引。她为你的工人阶级出身而倾倒。这是典型的阶级迷恋偏执狂现象。你们都在努力编撰一部青春期戏剧，让自己的生活更有趣。

难道爸爸还不知道，不再只有三个，而是有一百五十个不同的社会阶层，可以决定我们到底属于什么阶级？[①]乔治说。

母亲在乔治旁边的黑暗中笑了起来。

无论如何，甜心。游戏顺其自然，自有其规律可循。总之，我有点厌倦了。到了冬天，我就不再继续跟她联系了。

[①] 此处乔治引用的是政治经济学梗，指父亲所持的还是老旧的无产、中产、资产三阶级论调。

是啊。我懂的，乔治说。

我对发生的一切感到有点沮丧，母亲说。你能懂？

我们都懂，乔治说。你这个人啊，真是太糟糕了。

我有吗？母亲一边回应，一边轻声笑了笑。好吧，我想她。我仍然想念她。感觉就像我有了一个真正的朋友似的。她曾经是我朋友。上帝啊，乔治，这件事让我觉得自己得到了上帝的恩许。

恩许？乔治说。这太疯狂了。

我知道。恩许，母亲说。就像我*得到了*恩许。当我意识到这点时，这个念头令我暗自发笑。再然后，它又令我觉得……嗯，很特别——就像电影中的某个角色，突然之间，在她周围形成了一个光环。你能想象出来吗？

说实话吗？不能，乔治答道。

我们能够超越自己的身份界限吗？母亲说。难道我们就永远无法超越自我？比方说，就你而言，莫非我能得到恩许，拥有除了你母亲之外的任何其他身份？

不行的，乔治说。

那这是为什么呢？母亲说。

因为你就是我的母亲啊，乔治说。

啊哈，母亲说。我明白了。无论如何。我非常喜欢发生过的这一切，至少很享受这个过程。我疯了吗，乔治？

说实话吗？是的，乔治答道。

至少我现在总算知道，为什么一直问我没联系的短信不再发来了。哈哈！母亲说。

挺好的，乔治说。

多么好笑,她母亲说。

你那个丽莎·戈利尔德,或者说得更确切些——当她不假扮成别人时那个现实世界里真实的她,都可以他妈的滚回她那个间谍之地去了。乔治说。

出现了一段短暂的、并非表示赞成的沉默,乔治开始觉得自己说得太过分了。然后,她母亲开口道,

请不要使用这样的语言,乔治。

没关系。他睡着了,乔治说。

他可能是睡着了。但我没有,母亲说。

说过。

那是当时。

这是现在。

现在是二月。

但我没有。

她母亲现在什么都没有了。

乔治躺在床上,双手放在脑后,回想她一生中唯一一次见到过的那个丽莎·戈利尔德的真身。

当时,他们在去希腊度假的路上,很早就到了机场,早上六点半,他们正在普瑞特①店里吃早餐,她转过身,打算让母亲帮她买个有西红柿和马苏里拉奶酪的热三明治。但母亲不在那里。她母亲往后退了一段距离,躲在他们身后稍远处,正在跟一个看起来像是染了全白长发的女人讲话。这女人很年轻,也很漂亮,乔治光是看她背影就能看出来。但她

---

① Pret,一家总部位于英国的三明治连锁店。

母亲看起来却有些奇怪,有点踮起脚尖,是这样吗?好像正在很用力地往上爬,就像试图从高高的架子上取出某个放得太高的东西似的,或是想要够到某个长在非常高位置的苹果。那女人向前倾身,将她的一只手放在乔治母亲肩膀上,吻了吻她的脸颊,当她转过身来,打算最后道一声再见时,乔治在短短一瞬之间,看到了她的脸。

那是谁啊?乔治问母亲。

她母亲一步步走过来。偶然碰到的,一个做书的朋友,很难碰到,嗯哪,算是意外惊喜。

乔治看到,母亲的脸色明显起伏不定。

过了好一会儿,母亲的脸色才算恢复正常。经过了一半的飞机旅程——跨过北欧大部分地区之后——母亲的脸色才终于平静如常。

弥诺陶洛斯,一个牛头人身的怪物,被放置在某座卑劣迷宫的正中央。每隔一段时间,国王——正是他妻子生下了这怪物——就必须喂给它活生生的小伙子和少女作为祭品。怪物最终被一位持剑英雄打败,迷宫被一个简单的毛线团给破解掉了。世上的事情不都是这样的吗?

乔治起身,走到房门口,从挂在门后面的牛仔裤口袋里取出手机。现在是凌晨一点二十三分。给任何人发短信都有点晚了。

她给H发了短信。

——有些事情,我必须搞清楚。

没有回应。乔治再次发出短信。

——你之前开弥诺陶洛斯的玩笑,是因为你认为她被监视这件事无足轻重,对吗①?

屏幕一片漆黑。

没有回应。

乔治蜷缩在床上。她尽可能放空大脑,不去想任何事情。

第二天到了学校,H也没有真正跟乔治讲过什么话。并非以通常令人感到不快的方式,而是以一种很有礼貌、颔首致意然后转身离开的方式,拒乔治于千里之外。H之所以这样做,可能是因为她的确认为乔治是偏执且疯狂的。乔治对H讲话时,H并没有不回答,而是没有真正回答,并且倾向于通过转移视线的方式来给自己的话收尾——这显然不利于进行连续的对话。

H的态度使情况变得特别复杂,因为她们已经在英语课里的同理心/同情心项目中组队了,原本计划在一起讨论各自看法。这项作业必须完成,而且还将在本周五当着班上其他人的面进行公开演讲。但是,当她们坐在一起时,H经常

---

① 此处原文为 a load of bull,bull 为 "公牛" 之意,可对应弥诺陶洛斯,乔治认为这个玩笑其实是一语双关。

会站起身来，走到打印机所在的另一张桌子那里去打印东西。打印机在教室的另一侧，那边有三个女孩，H跟她们关系很好，但她们跟乔治却不怎么对付。等她打印回来之后，就侧过身默默做笔记。唯有当乔治直截了当地询问她什么的时候，她才进行回应。她的回应无可挑剔，但她无疑对乔治不感兴趣。

今天是星期二，所以要见洛克夫人。

我想，我恐怕不是个很有激情的人，乔治说。

自圣诞节以来，洛克夫人就不再对乔治重复乔治刚刚讲过的话了。她的新策略是坐下来听，什么也不讲，等到这次会面快结束时，再来给乔治讲一个故事，或者拿乔治刚才用过的一些重点词来即兴创作一席话，又或者复述一遍乔治讲的话中能够打动她的内容。这也意味着现阶段的会面主要是由乔治的独白和洛克夫人的总结构成的。

今天早上，我问我父亲，乔治说，他是否认为我是个满怀激情的人，结果他说，我认为你绝对是个非常有驱动力的家伙，乔治，你的驱动力里肯定有很多激情。但我知道，他这样说其实是在忽悠我，无论如何，我父亲不可能知道我有没有激情。后来我弟弟开始在手背上搞出亲嘴的声音，我父亲感到尴尬，改变了话题。再后来，当我们走出大门去上学时，我弟弟站在父亲那辆面包车旁边的车道上，大声说这辆车的驱动力里肯定也有很多激情，这种驱动力，充满了激情。看到这一幕，我觉得自己很蠢，像个大白痴——将自己内心的想法对任何人大大咧咧说出来的人，都是大白痴。

洛克夫人静静坐在那里，一言不发，像一尊雕像。

这导致今天总共有两个人没有真正跟乔治进行交流。

假如她父亲也能算进去的话,那就是三个。

此时此刻,坐在洛克夫人对面的学生专用靠椅上,乔治心中突然萌生出一种对着干的冲动。她闭上嘴,双臂交叉,不再开口。她瞄了一眼时钟——这才过去了十分钟。本次会面还剩下六十分钟(这次是长会面,时长翻倍)。她不会再讲哪怕一个字。

嘀嗒,嘀嗒,嘀嗒。

五十九分钟。

洛克夫人坐在乔治对面的书桌旁,就像与岛屿隔海相望的一整块大陆,而且这一天中的最后一艘渡轮早已离开,不会再返回了。

沉默。

五分钟时间,在这种沉默中过去了。

仅仅这五分钟,就好像过去了一个小时。

乔治正在考虑,是否应该冒着在对方眼中显得颇为傲慢的风险,从包里取出耳机,开始用手机听音乐。但她现在没办法这样做,难道不是吗?因为这是她的新手机,她还没有将任何音乐下载到这部手机上!这部手机她已经用了将近两个月,但是,除了H为她下载的那首歌之外——H昨天还为DNA修订了歌词——上面什么都没有。

我将永远想要你。

此处的"想要",在翻译成拉丁语时是个相当麻烦的词汇,可以选择的词有volo,这个词的意思就是"我想要",但它通常不表达"想要某人"的意思。Desidero?意思是

"我感到对某物有着很想要的意愿",对应的其实是英语里的"我渴望"。Amabo?那是"我将去爱"的意思。

可是,假如我永远不会去爱呢?假如我永远不渴望呢?假如我永远都不想要呢?

Numquamamabo[①]?

洛克夫人,你介意我发个短信吗?乔治说。

你想要给我发短信吗?洛克夫人问。

不,乔治说。不是给你的。

那我确实介意,乔治亚,因为眼下是一个我们已经决定要花一段固定时间进行相互交流的会面,洛克夫人说。

嗯,乔治说。但我们并没有交流,我们只是坐在这里,一句话也没讲。

那是你自己的选择,乔治亚,洛克夫人说。你可以自由选择如何使用跟我在一起的这段时间。

你的意思是,这次会面是由某人在某次学校会议上决定的,乔治说,因此,我应该经常到你房间来坐坐,如此一来,你们就可以将我当成弥诺陶洛斯,监视母亲去世之后我的具体状况。

将你当成弥诺陶洛斯?洛克夫人反问道。

什么?乔治说。

你刚才说,将你当成弥诺陶洛斯,洛克夫人说。

不,我没有,乔治说。我说的是监视器[②]。你们在监视

[①] 拉丁语,"我永远不会爱你"之意。
[②] 参见第100页脚注。

我。你一定是在自己脑海里听到了另一个词,并且认为我之所以讲出这个词,是因为你们自身某种不可告人的原因。

洛克夫人看起来很不自在。她写下了一些东西。随后,她又抬起头来,注视着乔治,脸上带着跟谈话开始之前一模一样的茫然与空白。

无论如何吧,至少从字面意义上讲,假如我真的可以自由选择如何使用这段时间,那我当然可以选择在这段时间里发短信,乔治说。

除非是给我的短信,洛克夫人说。否则一旦你这样做了,就会有麻烦。因为,正如你所知道的规则,假如你现在从包里取出手机,与此同时,我看到你在学校里使用手机,而且还不是在午餐时间,我只能没收它,直到周末,你才能重新取回手机。

哪怕在心理咨询会面时,这条规则也适用吗?乔治问。

洛克夫人站了起来——在会面过程中,她这样做是很令乔治吃惊的——她将外套从门后取下,打开了门。

跟我来吧,她说。

去哪里?乔治问。

来吧,她重复道。

需要我穿上夹克吗?乔治又问。

她们沿着走廊一路走了出去,经过所有教室——里面挤满了上课的学生。她们走出校内的一道道主门,然后沿着校前广场,走到了学校大门。洛克夫人走过大门。乔治紧随其后。

她们两个刚走出大门,洛克夫人就停了下来。

你现在可以取出手机了，乔治亚，这不违反任何规则。她说。

乔治取出了手机。

洛克夫人背过身去。

现在你可以发想发的短信了，洛克夫人说。

——Semper，"总是"的意思，乔治写道。或者还有一个好词，usquequaque，意思是"无处不在"，或是"在所有场合"。Perpetuus，意思是"连续或不间断"，continenter，意思是"连续不断地"。都不错，但我不能指定它们当中任何一个，因为对我而言，它们目前只是些拉丁语单词而已。

然后她按下了"发送"。

她们回到洛克夫人的房间时，会面时间还剩下十分钟。

现在是你坐下来跟我讲故事，或者任何你决定告诉我的事情的时候了，乔治说，你通常都会以此来作为结束。

是啊，不过今天呢，乔治亚，我认为，应该由你来结束我们之间的会谈，洛克夫人说。在我看来，我们今天的主题是说与不说，以及与这两者相关的时间、地点及方式。这也正是我认为规则很重要的根本原因：我们走了很长一段距离，离开了学校，如此一来，你才可以跟某人建立起你内心感到无比清晰、并且迫切需要赶紧建立起来的联系。

接下来，洛克夫人又讲了一点关于"勇敢发声的意义"之类的东西。

勇敢发声，意味着尝试去表达的决心。与此同时，也意味着克服一切自以为不能说出口的话语，哪怕你试图用文字来代替其中一部分也无济于事。①

洛克夫人是好意。她真的很好。

乔治解释说，等自己过会儿离开这里，离开校园，并且查看自己手机时，她将会看到，洛克夫人刚刚特意让自己发送出去的那则短信，前面将会出现一个红色的小感叹号，小感叹号旁边的标志将会显示"未送达"，因为你无法向不再存在的电话号码发送短信。

也就是说，你刚才发送了一条短信，哪怕你知道这条短信永远不会抵达自己想送达的人那里，也要发出去？洛克夫人问。

乔治点了点头。

洛克夫人眨了眨眼。她看了眼时钟。

我们还有两分钟，乔治亚，她说。你今天还有什么想说的吗？或者你觉得还有什么需要说的吗？

没有了，乔治说。

她们静静地坐了一分三十秒。这时，铃声响起。

下周二同一时间，乔治亚，洛克夫人说。到时候见。

当乔治回到家时，H正在门口台阶上等她。

这是H第三次来家里。

> 我还以为你已不再跟我讲话/假如我永远不去爱/永

---

① 这其实是洛克夫人在鼓励乔治将想讲的话讲出口，而不要用短信文字来代替。

远不想要/永远不渴望/我想我恐怕不会是个很/

嗨,乔治说。

嗨,H说。我可真是。我可……

没关系,乔治说。

我今天感觉真挺糟糕的,H说。不太能承受将要发生的事情。

H告诉她,昨晚回家时,发现自己全家人要搬到丹麦去。

搬家?乔治问。你也去?

H点点头。

离开这里?乔治问。

H点点头。

永远离开?乔治问。

H望向远方,又回头注视着乔治。

就这样随随便便地把学校里上了半学年的学生带走,这可能吗?乔治问。

H耸了耸肩。

具体什么时间?乔治问。

三月初,H说。因为我父亲的工作。他目前人在哥本哈根。他为我们找到了一处很棒的公寓。

她的表情看起来很痛苦。

乔治耸了耸肩。

同理心同情心?她问。

H点了点头。

我带来了自己的一些想法,她说。

她们在楼下的书桌旁坐下。H打开了自己的iPad。

具体而言,她有这样一个创意:她们应该针对画这幅壁画的画家进行一次演讲,乔治的母亲非常喜欢这幅画,甚至愿意远赴意大利去观看。为此,她还专门在网上找到了画家的其他一些作品,以及部分传记内容。

没太多可用信息,她说。当你查他的时候,总是能够看到网页里面出现这样一句话:对此人知之甚少。不确定他是什么时候出生的,只知道他死了,因为有一封信明确说他已经死亡。或许是在瘟疫中死去的,那年他四十二岁,至少信里是这样讲的。这当然意味着可以计算出一个粗略的出生年份,但没人能够确切断定是哪一年,只可能知道个大概。还有,他本人写的那封信,你母亲告诉你的那封信,是他写给公爵的,要求提供更高的薪酬。英国国家美术馆里有他的一幅画,大英博物馆里还有一幅。全世界总共只有十五六件他的作品。至少我目前是这么认为的。我看到的很多东西都是意大利语,用谷歌进行了翻译。

说罢,H读出了自己查到的一些内容。

> 科萨是1477至1478年间博洛尼亚城中瘟疫肆虐的受害者……78年,是最有可能的年份,夹克外套在这一年的疾病变生硬[①]。

[①] 原文为jackets in this year's disease came of rawness,谷歌翻译错译。

夹克外套什么？乔治问。

夹克外套在这一年的疾病变生硬，H重复了一遍。我一字不差地写下来了。翻译软件里就是这样写的。

她又读了一点：

> 早期为数不多的几部作品，几乎没有留下任何可资评判的成分，如此具有创新精神、极富想象力的——

接下来她说的那个词，听起来像是"恼怒"或者"妄想症"。

她干脆直接在页面上向乔治展示了这段话：

> ——如此具有创新精神、极富想象力的斯齐法诺亚[①]。

就是这里。这就是我们去过的那个地方，乔治看到这个词时，马上开口说道。

[①] 原文为Schifanoia，即斯齐法诺亚宫，名字源自意大利语 schifar la noia，词意为"逃避无聊"。乔治母亲喜爱的那幅画作的所在地——斯齐法诺亚宫是费拉拉历史上的一座著名宫殿。宫殿内部最有名的艺术作品，即本书中所提到的壁画。斯齐法诺亚宫月鉴厅中的这幅十二星座壁画，自1463年开始创作，由博尔索·埃斯特委托弗朗西斯科·德尔·科萨、科斯莫·图拉、埃尔科莱、巴尔达斯·埃斯特等画家一同绘制。这幅壁画的三月至九月部分保存较为完整，十月至二月的画作已基本看不见了。其中三月至五月部分由弗朗西斯科·德尔·科萨绘制。

（几个月前，她母亲在意大利开车时，在她旁边说的就是这个词。这就是他们当时正赶往的地方。

小艇①，一个，诺伊②，一个……H继续说道，翻译过来，意思是"逃离无聊的宫殿"。

我会对此细加评判的，乔治回应道。

他们当时正经过一块让乔治发笑的路牌，因为它指向一个叫"跛脚③"的地方。

他们又经过另一块路牌。上面写着：

活着的意义

勿饮酒

人生④

确实是这么说的吗？是活着的什么，而不是生活的什么吗？当时经过路牌实在是太快了。）

H认为，她们应该以这位画家为主题，进行同理心/同情心的演讲。因为大家对此人知之甚少，这意味着她们两个可以杜撰大量内容，不会被任何人发现有误，毕竟没人真正知道任何相关情况。

---

① 原文为Skiff，发音与schifar la noia中的schifar类似。
② 原文为Noy，发音与schifar la noia中的Noia类似。
③ 原文为意大利语Lame，此处路牌上的全文应为Porta delle Lame，即拉梅门，为博洛尼亚昔日城墙上的一处古城门，现为当地著名景点。
④ 原文为意大利语Scagli di vivere/ non berti la/ vita。

话虽如此，但麦克斯韦会期望我们在课堂上给出一大堆沉闷无聊的历史想象吗？乔治说，试想想看，我们真能模仿另一个时代的人物吗？比方说，假如你是一名中世纪的洗衣女工或者巫师，突然穿越到了二十一世纪。

这位画家，他讲起话来无疑就是另一个时代的人物，H说。他会说：嗬，或者噶啜咯，或者喔唷①之类的词。

我不认为大家知道"嗬"这个词，我是指，大家只知道它在说唱歌曲中的意思，古代意大利人用这个词的时候，意思完全不同，乔治说。

我希望他们的语言里也有与此对应的词语，H说。

乔治走上楼，走进母亲的书房，将那本大字典从架子上取了出来。上面说，"嗬"这个词在1300年就已经是一个常用词汇，当时它的意思是"表达惊讶的感叹词"，同时也对应了船夫的呼唤声。如今，"嗬"除了"妓女""笑声"的意思之外，还可以作为警察对惯犯的专业称呼，以及英国政府对内政部的称呼。

嗬嗬嗬，H说。莎士比亚作品中就有很多嗬：嗨嗬，绿色的冬青。友交皆虚妄，恩爱痴人逐②。

（去年夏天，H在莎士比亚节上担任售票员兼清洁工，每晚工资是十英镑。）

假如说，我们就只是假设——他会跟*我们*一样讲话，岂不是更好吗？乔治说，岂不更具有同理心？

---

① 原文为ho、gadzooks、egad，皆为英文中相对古老的感叹词。
② 出自莎士比亚诗歌《不惧冬风凛冽》。

是啊，但语言肯定有所不同，H说。

对呢，讲的应该是意大利语，乔治说。

不过*话说回来*，意大利语，H说。他们当时讲意大利语的方式，跟现在相比也有所不同。不妨想象一下。这位画家，他穿着他们那个年代可能会穿的任何衣服，在楼梯间里上下徘徊，也说不上来。假如他到了多层停车场，看到许多汽车，他会有什么看法？

一堆装上了轮子的小监狱，乔治说。

一堆装上了轮子的小忏悔室。对他而言，一切都跟上帝有关，H说。

这个创意很好，乔治说。这个要记下来。

他就像是一名交换生，不仅来自另一个国家，而且来自另一个时代，H说。

他恐怕会说，哎呀呀，我被一个十六岁女孩杜撰得很糟糕，她对艺术一无所知，除了我画过一些画，似乎死于瘟疫之外，对我也一无所知，乔治说。

H大笑出声。

你不能随意杜撰真实人物的往事，乔治说。

我们一直都在随意杜撰关于真实人物的一切，H说。此时此刻，你在杜撰关于我的事情。我肯定也在杜撰关于你的事情。你知道我正在这么做。

乔治脸红了，片刻之后，她才惊讶地发现自己脸红了。于是，她转过脸去。这时候，她突然想起了一些别的事情——她发现，与此事相关的这一切是多么典型：你希望心里想着的某个人死而复生。因此，你一直在等待，等那个人回来。可是，此人真的回来之后，你才发现，这也并不是你真正想要的那个人。你等来的不过是某个早已死去的、文艺复兴时期的画家，他不断谈论自己，不断谈论自己的作品，可他事实上是个你根本就一无所知的家伙。辛辛苦苦做这一切，只是为了教育你，告诉你什么是同理心。难道不是这样吗？

这恰恰是她母亲经常会耍的花招。

现在电视上正在播出一则人寿保险广告，有人打扮成了瘟疫受害者，因为广告试图向观众们暗示，这家人寿保险公司已经存在了数个世纪之久，没有什么是不能投保的。

可是，现在她很想知道，死于瘟疫会是什么感觉？被埋在一个堆满其他人的骨头的大坑里，大家害怕被传染，会在你还没有发病之前就把你给铲进去，然后再将其他死人直接铲到你身上，是这样吗？有那么一小会儿，她的脑海中冒出了冰冷地板下埋藏人骨的意象，也许是在古老教堂厚重的石板之下，也许是在人们如今生活与工作的不起眼的城镇建筑之下，尽管如此，他们却不知道人骨就埋藏在他们脚下。霎时间，人骨猛烈抖动起来，各种意象开始在她脑海中来回切换。人骨，是那男人的骨头，他画了那只令人震惊的鸭子，猎人的拳头狠狠掐在它脖子上，他画了马儿的温柔眼睛，那飘浮在表情轻浮的绵羊或山羊背脊上方的女士，那个令她母亲感到颇为震撼的、衣衫褴褛的强壮黑人形象……这时候，乔治看到，H将那黑人的影像搬到了她的iPad屏幕上。

假如是在现实生活中，那他过得还算不错，乔治说。

网上的说法显示，这幅画是一则关于懒惰的寓言，H

说。我想是因为他身上的衣服破了,他看起来很穷。

假如我母亲还活着,她肯定会把他们做成一个"颠覆"作品,乔治说。假如她听到有人说这幅画是个懒惰寓言,她的心脏病恐怕会当场发作。

H说,在说这幅画是懒惰寓言的同一个地方,也说另一幅画是代表活力的寓言。

她将画有一手执箭、一手拿圆箍富家青年的那部分壁画调出来,展示在iPad屏幕上。

我的意思是,假如她还没有——你知道——没有死,乔治说。我当时也在那里看到了屏幕上的这个人。沿着衣衫褴褛的男人往前走就能看到。亲眼所见。

H还找到了这位画家的另外三幅画,不在费拉拉的宫殿里。其中有一幅画,一位天使跪下来,向圣母玛利亚报喜,说她即将生产。在这两个人物上方,遥远的天空中,画有一个飘浮的人物。是上帝。他呈现出来的形状很奇怪,像一只鞋子,或者说一个——那是什么?

乔治突然发现,这幅画作的底部有一只彩绘的蜗牛,它直接穿过了画,就仿佛它是一只真正的蜗牛,慢慢爬过了这幅画似的。蜗牛的形状跟画中上帝的形状几乎一模一样。

这是否意味着上帝等于蜗牛?或者说,蜗牛爬过这幅画,超然物外,就跟上帝一样?

蜗牛壳中绘有一根完美的螺旋线。

另一幅是色彩明亮、使用了大量金色的画作。画面中是一位女士,她手里拿着一朵细茎的花。这朵花长有两只眼睛,没有通常意义上的花头。

风格挺狂野，H说。

拿着花之眼的女士在画中微微一笑，好似一位害羞的魔术师。

H找到的最后一幅画作，画中是个有一双棕色眼睛的英俊男人。他的手里攥着一枚金戒指，他紧紧握住它，就仿佛他的这只手正打算从画面边缘伸出来，进入现实世界，就仿佛他在说：这里，这是给你的，想要它吗？

他戴着一顶黑帽子。或许他也在哀悼。

瞧瞧这个，H说。

她指向背景中的岩层，男人脑袋后面，那里有一块形状有点像阴茎的岩石，隐约显露了出来，正指向对面的岩岸——穿过一处小海湾，在英俊男人脑袋另一侧——那里恰好有一处开放的洞穴。

两个女孩心领神会地大笑起来。

这幅画既明目张胆，又似乎隐而不见。这幅画颇为微妙，同时也是世界上最不微妙的东西。从不微妙，到很微妙，一步之遥。一旦你看到它，就不可能不去注意它。上方的隐语，将英俊男子的脑中意图完整呈现了出来。但前提是——你注意到了背景中的这些奥妙之处。假如你注意到了，就会改变观看画作时想到的一切。就仿佛有人勇敢地、大声地喊出了一句诙谐滑稽的评语，但是，唯有当你的耳朵能够做到耳听八方、不仅仅只关注单独的一处声源时，才可能听得到。既没有撒谎，也没有装腔作势——哪怕你根本没注意到，它也很真实地存在着。假如这就是你想要的画面，它完全可以只是一些普普通通的岩石与风景。但是，假如你想要看更多,那就总会有更多东西让你去看。

她们同时止住了笑声。H慢慢朝着乔治俯过身去,似乎想要亲吻她的嘴唇。是啊,距离那么近,如此之近,乃至于在那么一两秒钟的时间里,乔治仿佛跟H的呼吸完全同步了。

可她并没有吻乔治。

我会回来的,她说。

乔治什么也没说。

H又将头挪远了。

她对乔治点了点头。乔治冲她耸了耸肩。

半小时后。乔治和H在乔治的房间里。她们已经达成共识,谈论一位她们俩几乎一无所知的画家,需要进行太多解释,太多艰苦工作。到时候,她们恐怕很容易就会被人揭穿,指责她们其实并不了解当时的人们理应知道的各种事情。比方说,如何从甲虫身上磨出油漆所需的染料?或者解释关于教皇、圣人、众神、女神、神话和德尔菲[①]什么的(德尔菲什么?乔治问。德尔菲,我不知道,三脚凳吧,H说。好吧,什么是德尔菲三脚凳[②]呢?乔治说。看到了吗?我们什么都不知道,H说)。

因此,她们决定用一部简单的独幕剧来向大家展示同理心与同情心之间的区别。

[①] 原文为delphic,意为(阿波罗神殿)的神谕。
[②] 传说中最著名的三脚凳即为德尔菲凳——根据古希腊神话故事,皮西亚坐在德尔菲凳上制作圣谕。

同理心方面，H会假装在街上绊倒，乔治作为一名路人，偶然看到了H的倒霉模样，结果乔治因为看到H这样，故意也来绊一下自己的脚。同情心方面，H会假装再一次绊倒，但是这一次，乔治会主动走过去，询问她情况是否还好，并且还要讲出"可怜的你"之类安慰的话语。接下来，H会假装自己吸食毒品，乔治假装偶然看到这一幕，她会表现得自己好像也开始感到头晕目眩、昏昏欲睡、莫名兴奋。最后，她们会在全班进行一次民意调查，看看最后一个部分，也即毒品这一环节，表现出来的究竟是同理心还是同情心。

她们将自己策划的这场演讲称为"同理心与同情心绊倒之旅[①]"。

H正在欣赏房间里潮湿痕迹的蔓延。乔治已经将这些湿乎乎的痕迹给藏了起来，上方遮盖了她父亲永远不会怀疑后面可能藏有潮湿痕迹的掩饰物：一些小猫咪照片，眼下学校里的家伙们正在听的几支乐队的照片——乔治对他们不屑一顾，她丝毫不介意他们被下方的潮湿给毁了。

她是谁？H注视着房间对面墙上的海报照片，开口问道。

一位意大利电影女演员，乔治说。我妈妈给我买的。

她很好吗？H又问。

我不知道，乔治说。我从来没看过她演的任何电影。

H瞧了瞧法国女歌手的照片，瞧了瞧乔治床榻枕头上方

[①] 此处双关，"绊倒"与"旅行"的英文皆为trip。

乱序排列的那些照片，其中有乔治的母亲——有她母亲成年后的照片，也有她还是一个女孩时的照片，有她还是小孩子时的照片，甚至还有一张年纪非常小的、婴儿时期的黑白照片。她坐在乔治床上，看着她们。

跟我讲讲你母亲吧，她说。

你先告诉我一些事，乔治说。然后我才会讲。

什么事？H问。什么类型的事？

什么都行，乔治说。只要是你记得的东西。今晚某个时候，出现在你脑海中的东西。

具体什么时候的？H说。

什么时候都可以，乔治说。比方说，当我们看网上图片时。随便什么时候。

噢，好吧，H说。很好。的确有些可讲的，关于"夹克外套"和"生硬"的那部分。

H告诉乔治，她在去年夏天参加了戏剧节，在圣约翰学院[①]出售、撕验《皆大欢喜》[②]的门票。当时是两班倒，观看晚上演出的观众，数量多得出乎意料，有将近三百人——通常情况下是七十人左右。

所以，我疯狂地验票、撕票，同时还要出售手头十一英镑和十五英镑的门票。十五是全价票，十一是优惠票。刚开始售票时，身上几乎没有零钱，只有两张五英镑钞票、一枚一英镑硬币，一大把便士，这意味着在相当长的一段时间

[①] 剑桥大学第二大学院，学生人数仅次于著名的三一学院。
[②] 莎士比亚"四大喜剧"之一，场景主要发生在远离尘世的亚登森林中，大约创作于1598—1600年。

里，我只能把票卖给那些手头刚好有那么多钱的人。那是个非常寒冷的夜晚，排队的人既寒冷又愤怒，我至今都清楚地记得那天到底有多冷，因为我那天没有穿"夹克外套"。

皮肤都冻得"生硬"了，乔治说。

是啊，但是等等，还没说完呢，H说。门票售卖结束后，我又不得不从酒桶里一点点搞出总共可供两百七十五人饮用的聚苯乙烯杯装的热葡萄酒。他们都想要酒，因为天气实在太冷了，但当时只有我在负责。酒桶，只有当你努力令它朝一边倾斜的情况下，才能勉强正常运作。这非常困难，因为酒桶很重很重，除了酒桶之外，杯子也很难拿住，而且还要保证热葡萄酒不会从杯子里洒出来，直接浇到我的手上。那天上演的戏码，我已经看过一遍半——我看了上午的后半部分，还有下午的整场——我想回家，但我不能，因为我的下一项工作，是要在下半场结束之后举起手电筒，指引人们在黑暗中应该往哪里走，如何抵达出口。所以，我花了下半场的很多时间，想方设法在酒桶旁取暖，实际上我的胳膊因为环抱着酒桶，已经温暖了许多，我甚至还试图去读一本书，尽管当时天几乎已经全黑了，而且还不能使用手电筒，因为它会分散台上表演者的注意力。

扮演罗莎琳德[①]的女孩有这样一个习惯，就是会在观众席后面走来走去，一会儿假装女孩，一会儿又假装男孩，以此来纠正自己表演时容易出现的形体问题。那天晚上，她的心情非常糟糕，不仅是因为她不得不在休息时间溜走，到三

---

① Rosalind，《皆大欢喜》的女主人公，男扮女装，机智美丽。

一学院帮忙扮演奥菲莉亚[1],为自己生病缺席的朋友打掩护,而且还因为她下午演《哈姆雷特》的时候,有人在她开始做迷迭香演讲[2]时,莫名其妙地将一瓶樱桃汁给弄炸了,突然的惊吓令她忘记了该讲的台词。总之,她当时就在那半暗不暗的环境里走来走去,上上下下,假装自己是某一个人,一会儿又假装自己是另一个人。从我坐的地方可以看到她,我一半时间在看她,一半时间仍在尝试阅读。这时,有个什么东西突然引起了我的注意,是个速度很快的小东西。刚开始时,我还在想,兴许还是她,忘了自己究竟在哪部戏里,身临其境,变成了奥菲莉亚,四肢着地。我之所以这样猜,是因为我知道,她确实在她那些疯狂场景里这样表演过了。但那个东西移动得太快,而且实在太小了,不可能是她。更何况我同时还能听到她发出的声音——她回到了台上,已经有一段时间了,正在表演我非常喜爱的一段台词,"不可能用门来锁住智慧"[3]那一段。四条腿的小东西,先是在观众席后面飞奔,然后又蹿了回来,我总算看清了,那是一只狐狸,嘴里正叼着东西。它从某位观众后面叼起了一件外套或者夹克,带着这件衣服逃之夭夭。五分钟后,它又这样做了

---

[1] Ophelia,莎士比亚"四大悲剧"之一《哈姆雷特》中仅有的两名女性角色之一。
[2] "有迷迭香,这是为了纪念:请你,去爱,去记住。"——这是奥菲莉亚在《哈姆雷特》中的一段著名台词,迷迭香一直与逝者的回忆联系在一起。
[3] 《皆大欢喜》中的一段,全文为:你用门锁住女人的智慧,它会从窗户飞出来;你关上窗户,它会从钥匙孔钻出来;你塞住钥匙孔,它会像烟一样从烟囱飘出来。

一次：飞奔进来，带着一个看起来像是手提包的物件离开了。最后，当戏剧终于结束时，我站在路上，举着手电筒，告诉人们该往哪儿走。有三四个人的东西被狐狸拿走了，他们正在花园里四处寻找，什么也没找到，只好一无所获、一无所知地离开花园。我知道东西去了哪儿，他们不知道，但我并不打算告诉他们，因为一旦告诉了他们，感觉就像是背叛了狐狸。在回家的路上，我意识到自己早已没再去想什么冷不冷的了，因此也就不再感到寒冷。当我观察狐狸身上发生的那些事情时，变化已悄然发生在了我的身上。

"夹克外套在这一年的疾病变生硬"，乔治嘀咕道。我想，"夹克外套"大概是指皮肤。

故事怎么样？H问。

故事里提到夹克外套的部分，乔治说。可能跟当年疾病如何使皮肤变得生硬有关。故事里还提到了狐狸来来去去的过程。还有"生硬"：生猛、野生。

她问H，她的家人们计划何时离开。

三月的第一周，H说。

新学校，乔治说。

四年以来，第五次了，H说。你可能会说，我习惯了改变。这也是我在处理人际关系方面能够如此游刃有余，并且善于社交的原因。该你讲了。

什么？善于社交？乔治说。

现在告诉我一些你想起来的事情，H说。当我们看网上图片时，你想到了什么。

那还是在去年五月。意大利。他们在返回机场的路上租了辆车。

斯齐法①是什么？乔治问。

无聊②，她母亲答道。

亨利开始在车后座唱起歌来。

斯齐法来了，斯齐法来了，船来了，船来了③。

真挺烦人的，亨利，乔治说。

母亲开始哼唱宠物店男孩④的歌。

她唱道：*他们从不感到无聊，他们穿上了思想的衣裳，思想本身也给出报偿*⑤。

歌词不对，不是"思想"，乔治说。是"争抢"。

你错了，不是你这个词，乔治的母亲回应道。

就是这个，乔治说。这句歌词应该是：*我们穿上衣裳，开始了争抢，随后又想了想，给出了补偿*。

不对，她母亲说。因为他们这帮家伙总是能写出非常有才的歌词。想象一下：穿上了思想的衣裳，因为思想本身给

---

① 此处原文为Skiffa，与前文Skiff呼应。
② 此处原文为Noia，与前文Noy呼应。
③ 此处原文为Skipannoy, Skipannoy, Ship ahoy, hip ahoy。实为亨利随意将"斯齐法诺亚宫Schifanoia"一词逐步换成了与英文读音相近的单词。
④ Pet Shop Boys，1981年成立于伦敦的合成器流行乐队组合，由主唱尼尔·坦南特和键盘手克里斯·洛组成，被公认为是英国流行音乐史上最成功的二人组。
⑤ 出自宠物店男孩 *Being Boring*，但此处乔治母亲确实记错了歌词。

出了报偿。思想亲自来报偿——这应该是个比喻。假如我有属于自己的纹章盾牌,那我很希望在上面用拉丁语写出这个意思,这将是我的座右铭。而且我一直认为这是一句非常美妙的哲学诠释,富于哲思的理解,也正因此,他们才从来不会感到"无聊"[1]。

你提供的版本完全讲不通,乔治说。你并不能穿上思想的衣裳。这个词实际上是"争抢"。这很明显。你听错了。

我会证明给你看的,她母亲说。下次有机会我们就放放这首歌,好好听一听。

我们现在就可以在网上找到歌词,乔治说。

母亲说,得了吧,那些网站上的歌词,到处都是错漏。我们要懂得好好运用我们人类的耳朵——回家以后,一起听原声。

我跟你赌五十英镑,我是对的,乔治说。

我跟你赌,她母亲说。准备好承受巨大损失吧。

---

[1] 此处一语双关,因为 *Being Boring* 的歌名即为《无聊》。

弗朗西斯科·德什么？咨询台后面的女士问。

科萨，乔治说。

科塔①？那位女士说。

科萨，而且是德尔，乔治答道。还有一个"尔"。

德拉·弗朗西斯卡②，另一位女士走过来说道。

不对，乔治说。是"弗朗西斯科"。然后是"德尔"。最后是"科萨"。弗朗西斯科·德尔·科萨③。

第二位女士摇了摇头。第一位女士也摇了摇头。

是一幅圣文森特的画像。费拉拉的圣文森特，乔治说。

事实上，乔治搞错了。要找的这幅画并不是费拉拉的圣文森特，而是一位名叫文森特·费雷尔④的圣徒画像，跟乔治在意大利去过的地方没有任何关系。

---

① Cotta。
② Della Francesca。
③ Francesco del Cossa（1430—1477），意大利文艺复兴时期画家，自1470年起在博洛尼亚工作。科萨最著名的是壁画作品，尤其是他在当时费拉拉统治者埃斯特家族斯齐法诺亚宫内月鉴厅的壁画。
④ Vincent Ferrer（1350—1419），知名传教士，死后封圣。文中乔治将费雷尔（Ferrer）与费拉拉（Ferrara）搞混了。

可是，即便如此，在乔治第一次去看《圣文森特·费雷尔画像》①的那天，就连美术馆咨询台的两位女士也没能认出画家的名字，或者直接认出这幅画。实话实说，恐怕除了众人皆知的名画之外，平时也没人问起这里的其他任何藏品。不过话说回来，乔治觉得这倒也挺合理的，因为的确不能指望仅凭一个人就对美术馆内所藏数百——不，成千上万幅画作中的每一幅都了若指掌，就算他或她在美术馆一隅的咨询台里工作也一样。

当乔治第一次亲眼见到这幅画时，她认为这幅画也没什么了不起。你可以很轻易地从这幅画旁边走过，看上一眼，自以为已经看到了想看的一切。大多数人，在大多数日子里——恰如乔治日复一日看到的那样——皆是如此。这并不是一幅能够立即拨动看客心弦的画作。乔治花了点时间细看，才总算克服了自己对它浮于表面的认识。这幅画跟意大利王宫里那些画作不怎么像，说得更确切些，乍一看去，似乎一点也不像。

如果你不介意自己动手拼写一下的话，谢谢你，其中一位女士说道。

乔治照办了，于是，她将乔治拼写出来的名字输进一台电脑。接下来，她开始耐心等待查询结果。结果出来时，两位女士显得很惊讶，仿佛她们在某个领域突然大获成功了似的，继而又显得很开心，似乎因为乔治专门过来向她们提问、并且她们能够很好地回答她的问题，能够让她们所过的

---

① 弗朗西斯科·德尔·科萨传世至今的几幅画作之一。

这一天变得更好。

它在五十五号展厅！第一位女士说道。

她看起来甚至想跟乔治隆重地握握手。

那是在三周前，接近三月初的时候。自那时起，每周两次，乔治都会早早起床，穿好衣服，吃完早餐，确保亨利已准备好上学，将他送上公交车，到客厅去跳一场纪念母亲的舞蹈，听一听播放列表上随机出现的法语歌曲，然后穿上外套，去旧书桌那里偷偷取出跟"颠覆"作品收益绑定的那张银行卡（她父亲早就忘了这个账户），离开房子，假装要去上学，实际上却从房子的另一端绕回来，如此一来，父亲就看不到她真正外出的方向。接下来，骑自行车，去车站。到了之后，她会在售票处或者候车室里晃悠一个小时，直到进入非高峰期廉价票时段[1]。再然后，乔治在监控摄像头下穿行，恰如古典小说中的人物，在树叶或光秃秃的树枝、鸟儿的眼睛与翅膀下穿行一样。乔治默默地向都市地平线尽头的英国电信塔点头致意，从这里看去，高高的电信塔犹如一根巨大无比的昆虫触须，五十年前，有位女歌手在塔里将餐包扔向了那个领班经理。乔治下到地铁里，在离美术馆侧翼不远的另一个位置上来，那里有她母亲很喜爱的画家在这个国家保存的唯一画作。

弗朗西斯科·德尔·科萨
（约1435/6年至约1477/8年）

---

[1] 英国部分地区实行浮动票价制，上班高峰期的票价更贵。

圣文森特·费雷尔创作于约1473—5年

圣文森特·费雷尔，西班牙多明我会①传教士，活跃在欧洲各地，热衷于劝说异教徒皈依。在这幅画中，他左手执福音书，右手手指朝上，暗指头顶上方的基督。基督两手平摊，双脚及额头皆显露在外，正在展示自己身上的伤痕。基督两侧是手持各种受难器械的天使。这幅画原本是博洛尼亚圣佩特罗尼奥教堂②中、圣文森特礼拜堂祭坛画的中心部分。

白杨板蛋彩画③—编号NG597—购于1858年。

美术馆方面对画中人物的了解，比对创作这幅画的画家的了解要多得多。解说牌上没有关于这位画家的任何信息，他们不仅不知道他画这幅画的确切年份，甚至连他的死亡与出生年份都不太清楚。

这幅画放在一间小展厅里，厅内陈列有大约在同一时期的其他一些画家的作品。刚开始时，乔治觉得这里其他所有人的画作看起来都比这幅画有趣。这幅画乍看起来就是又一

---

① 天主教托钵修会主要派别之一。由西班牙人多明我于1217年创立。1232年受教皇委派主持异端裁判所，残酷迫害异端。曾控制欧洲一些大学的神学讲坛。
② San Petronio，欧洲第六大教堂，意大利第四大教堂，于1663年落成。教堂内有十七世纪天文学家乔瓦尼·多梅尼科·卡西尼设计的子午线。
③ 即在白杨木上用蛋液调制的颜料作画，蛋彩画是一种非常古老的绘画技法，多画在敷有石膏表面的画板上，盛行于十四至十六世纪欧洲文艺复兴时期。

幅很典型的宗教画（第一个不想看的理由），画中有个表情相当严肃的传教士（第二个不想看的理由），摆出准备就绪的姿势，手指朝上，等待着，另一只手拿着一本打开的书——手指和书，这副模样，感觉他可能随时会去向任何一个停下来看他的人展开一番说教（第三个不想看的理由）。

可是，细看起来，你又会注意到，他其实并没有看你。他看的是你后方，稍微偏上的位置，也可能看的是远方，仿佛在你之外，还有什么事情正在发生，虽然你看不见，但他可以看见正在发生的一切。

另一个奇怪的地方是他脚边一侧的石子路。当你细看这条路时，你会发现，这条路似乎变成了瀑布——铺路的石头真的在变形，铺路的石头变成了水。

这些细节开始让你注意到，这幅画里面其实充满了意想不到的东西。顶部有一道金色的拱门，里面端坐的那位耶稣，他的模样看起来挺奇怪，相较于通常的耶稣形象而言，似乎过于朴素，又似乎过分友好，就像路边随便一个衣衫褴褛的男人，或者说，像个装扮成耶稣的流浪汉。他身穿一件鲑鱼粉色的长袍，不知为什么，这令他（祂？）看起来如此违和，跟画中其他事物一点也不搭。耶稣身边是飘浮在云上的天使们，但却非常不起眼。天使们的翅膀是鲜红色、紫色和银色的。天使，可能是男性或女性，手里拿着各种刑具，就跟网上SM①课程里的家伙一样，但与SM课程中的人相比，他们看起来更加冷静，或者说看起来很和善？

---

① 虐恋亚文化，一般指通过痛感获取快感的性活动。

解说牌上说他们拿着"器械",这很贴切,因为他们很像要用这些器械演奏音乐,就像一支正在等待调音的小型管弦乐队。

接下来你会注意到,圣人是站在一张小桌子上的。这张桌子就像一方小小的戏剧舞台,使得他身上的黑色斗篷看起来也像是剧院的幕布。你可以透过桌腿看到他身后的柱子底部,就像一个存在"幕后场景"的暗示,就仿佛这一切都是戏剧的安排,可是与此同时,拿着书的那只手的手腕皮肤上呈现出的皱纹又是如此真实,纹路细节就跟举着重物的那只手完全一致。

最巧妙之处在于,圣人头顶上,柱子的顶部折断了,看起来就仿佛有一座微型的森林,从柱子里面生长出来。

在圣人两腿后面的背景中,有一些非常小的人物。因为透视的原因,近大远小,所以他们显得很小,但同时也让观看者觉得前面的圣人是个巨人。果不其然,当你细看过这幅画之后,再望向展厅内的其他人时,他们个个都像变成了矮人似的——细看过这幅画之后,现实中的人类看起来个个平淡无奇、老气横秋,仿佛他们才是一场陈旧的戏剧,是假装的真实。反观这幅画,它至少承认了所有一切不过是场表演。

兴许也存在着另外一种可能:之所以会有这种感触,仅仅是因为乔治刚好在很凑巧的人生阶段看到了这幅画,或许她将同样的时间投入到她所看到的其他任何事物上,也能获得如此之好的体验。

截至目前,乔治已经去过七次美术馆。她每多看这幅画一次，那位传教士就会显得更不严肃一点。此时此刻，他的模样看起来已经变得极为平和、淡定，仿佛他不会被任何事情困扰，无论是展厅里的其他画作，还是这些画作上发生的事情，乃至于每天在他面前来回走动的人们，他们各自不同的生活，以及这一整座美术馆的其他所有部分，以及——大小广场、阡陌交通、来往车流、整座城市、郊外乡村、大海汪洋、其他国家、千里之外……一切都无关紧要。瞧瞧那高高在上的神明，瞧瞧那宽阔的双臂，多少有些像那类古早画作，孕妇身体的横切面中，藏在子宫内的胎儿：一个年纪颇大、充满智慧的胎儿。瞧瞧圣徒身上的斗篷，敞开的胸怀，在圣徒身体的正中央部分，黑色陡变为银白色。他的手指已不再僵硬地指向某处，而是逐渐在抬起，而且并非真的指向神，方向不太对——根据美术馆解说牌上所言，他指的是基督——相比之下，指得更多的反而是背景天空中的蔚蓝色，这种蓝色在逐渐上升的过程中变得更深、更蓝，手指的方向存在一个具体的指向性。抑或是在暗示石柱上方即将长满森林。也可能是指向画家原本想要表达为受难器械的东西，可惜这种意图眼下早已无能为力，因为这幅画如今也只是博物馆内的一件藏品，恰似某部古老戏剧中使用的舞台道具，其中的恐怖感早已消失殆尽。

乔治对这幅画越来越感兴趣，尽管这幅画——或者这个展厅内陈列的任意一幅画，因为这些画基本都是五百多年前完成的——乍一看去似乎跟现实世界没什么联系，当乔治此刻走进五十五号展厅时，感觉却很奇怪，就好像遇到了一位相识多年的朋友。虽然这位朋友跟其他现实中的朋友不一样，并不会直视她的眼睛——因为画中的圣人总是望向一侧——但这其实也是件好事。这很好，对方望向你的身后，仿佛你不是现场唯一的看客，仿佛一切不是只发生在你身上。更何况一切确实也不是只发生在你身上，确实也不止你一个看客。

一件友好的艺术作品。彼时彼刻，她母亲如是说。母亲还说，她们当时观看的这种艺术风格有点像你。慷慨大方的表扬，但是，这样讲的具体原因是什么呢？恐怕还有些其他东西有待勘明。

难道当时是在讽刺挖苦她吗？

乔治想不起来了。

刚开始来这里时，乔治一直很清楚地知道这样一个事实，即她在此处所看到的，是她母亲甚至都不知道其存在的一幅画。她很可能从这幅画前面走了过去，但却没有注意到它，就跟那些走在去看更有名画作的路上的人们一样。

今天，她所看到的是：圣人左侧的岩石景观是破碎的，一堆碎石瓦砾，好像尚未开发一样。相比之下，另一侧却是相当宏伟、华丽的建筑物。

假如你只在这一侧观看，看到的一切都是完整的，假如你从另一边走过，看到的又都是破碎的。唯有从圣人的一侧走到另一侧，才会发现其中存在差别。

两种截然不同的状态，都很美丽。

隔着一道敞开的门，乔治看了看圣人画像左侧的另一幅画。在那幅画里，有个女人坐在一个漂亮的宝座上，右手拿着一株樱桃——画家的名字是科斯莫·图拉[①]——女人头上挂着一根绳子,绳子上穿了些小玻璃球或红色珊瑚球。乔治左边的那幅画也差不多,是一幅圣母玛利亚怀抱婴儿耶稣的画像,也是科斯莫·图拉的作品。

圣文森特画上的两串红色珊瑚球和玻璃珠,是乔治目前为止看到细节上最让人震撼、最令人信服的。当时或许有一所专门的玻璃珠与珊瑚球学校,画家们都要先到那里去学习如何画这类东西。

今天是星期三。她错过了两节数学课、一节英语课、一节拉丁语课、一节生物课、一节历史课和两节法语课。今天,她打算进行一次统计:在预先设定好的半小时时间内(将从中午十二点整开始计数),经过五十五号展厅的总人数,以及其中会有多少人停下来,驻足观看弗朗西斯科·德尔·科萨的画、看了多长时间。

借此,她将能够做出一份关于注意力与艺术品之间关系的统计研究报告。

统计结束后,她要给自己弄点午餐对付对付,然后回到国王十字车站,及时赶回家,等亨利放学。

再然后,她会跟往常一样,将取走的银行卡塞回原处。假如没有下雨,她会到花园里去,跟每天都会看的影片中、蒙古包房间里的那个女孩打声招呼,问问她今天过得好吗。接着,她会进来做晚饭,并祈祷她父亲回家时身体情况不要

[①] Cosimo Tura(1431—1495),意大利文艺复兴早期画家,费拉拉学派创始人之一。

太糟。

那天晚上,她父亲说,喝醉了可真好。就仿佛在我跟世界之间,挤进了一整只毛茸茸的大肥羊。

乔治在听他讲这些话时,心想,哪怕家里挤进了一只老羊,满身骚味,羊毛上全是干草屑,上面还沾满排泄物,都比她父亲喝酒归来后的味道好闻得多。

某个周末。她正在看电视上播放的一部电影。这部电影[①]讲述了四个妙龄少女身上发生的故事:她们四个是好朋友,有一天突然发现大家每个人都要独自过暑假,彼此之间相隔千里,这一事实令她们感到颇为难过。因此她们约定,大家要共享一条牛仔裤,也就是说,她们会将牛仔裤从一个地方寄往另一个地方,每个人都穿一阵子,以此作为她们永恒友谊的见证。接下来发生的事情是,这条牛仔裤对她们各自的生活起到了神奇的催化作用,令她们跨越了各种学习曲线[②],经历了自我尊重—陷入恋情—父母分开—有人死亡等等各种事件。

当讲到其中一个少女死于癌症,牛仔裤帮助另一个女孩来面对这个问题时,乔治坐在客厅地板上,像一匹狼似的,冲着这段一点实际作用都没有的废话哀嚎。

她决定放弃这部电影,看一下H在离开之前带来的DVD当中的一盘。

[①] 该电影名为《牛仔裤的夏天》,2005年上映,改编自安·布拉谢尔斯2001年出版的同名小说。
[②] 指在一定时间内获得技能或知识的速率,此处形容她们成长得很快。

母亲联盟来支援你了,H一边这样说着,一边递给她一小摞各种不同语言的电影,这是H母亲在搬家时整理出来的碟片:*给你那个喜欢二十世纪六十年代电影的可怜朋友吧,她正在为现实哀悼。*

为现实哀悼。乔治挺喜欢这句话。DVD播放器旁边的那摞碟片中,最上面那张的封面上,刚好就是乔治墙上挂着的那位女演员。这部电影大致上讲的是:一群人乘船去了一个近乎荒芜的小岛。接下来,他们当中的一个女人突然失踪了。她就真的这样完全消失了。于是,那群人在影片剩下的时间里一直在寻找她,里面几个人相爱了,又分手了,但他们始终不知道她究竟去了哪里,她身上究竟发生了什么。乔治一动不动地坐在地板的那个位置上,从头到尾看完了这部电影[1]。播完后,她将碟片弹了出来,从那摞碟片的顶部抽出了下一部电影,接续播放。

第二部电影的原名为法语,翻译过来为:《一部平淡无奇的电影》[2]。这部电影没有字幕,刚开始看时,如同盗版一般,模糊不清,像是从某个可疑的视频库中拷贝出来的版本似的。

这时,她父亲走进房间,坐在她身后的椅子上。

她能闻到他身上的味道。

---

[1] "这部电影"是意大利导演安东尼奥尼拍摄的《奇遇》,上映于1960年。
[2] *A Film Like The Others*,即法国导演让-吕克·戈达尔拍摄的电影 *Un film comme les autres*,上映于1968年。电影对1968年5月工人和学生抗议后立即发生的社会动荡进行了分析,内容较为晦涩。

他问，这是什么电影，乔吉？

乔治正准备告诉他片名，但她立刻意识到，假如她告诉了他片名，他会认为她是在耍赖。①这个念头令她忍不住笑了起来。

法国片，她说。

很高兴能听到你的笑声，他在她身后说。

这部电影以两个年轻人正在砌一段非常小的砖墙的镜头拉开序幕。他们似乎在学习如何砌墙，是这样吗？除此之外，在这个镜头上方，很多人在用法语讲话，乔治完全听不懂。这部电影似乎是政治题材的。接下来，画面切换到一些年轻人坐在高草丛生的草地上聊天。除此之外，还有一些看起来像是罢工和抗议的镜头。这让乔治想起了这里的大学生，他们在大学的大楼里，进行了长时间的抗议活动，学校里至今还流传着警察和私人安保人员粗暴对待这些抗议者的传闻。她母亲专门请她将这些传闻讲给她听，其中部分传闻，被她通过"颠覆"媒介，以短语和段落的形式传播了出去。

她的父亲，现在正喋喋不休地谈论着令她母亲最终决定给女儿取名为乔治的电影和歌曲。

我当时说，假如你最后看起来真的跟电影中那个女孩一样，该怎么办呢？那个女孩，她平凡又普通，过得还有点失败。但你母亲是对的。她喜欢反英雄这个概念。反女英雄。她相信，人们都可以成为真正的自己，不管过程多曲折，仍

---

① 因为片名就叫《一部平淡无奇的电影》。

然能战胜困难,取得胜利。也包括我,至少我希望如此,对吗?是这样吗,乔吉?

是吧,乔治说。

她叹了口气。她讨厌那首据说是她名字来源的歌。

她父亲开始吹口哨,唱了一段关于世界将如何看待一个新出生的乔吉女孩的歌词。至于电影里的人,你永远看不到他们的脸,只能看到他们的胳膊、腿和躯干,他们围坐在一起,谈论着鬼知道的什么事情。影片里表现他们讲话的方式,就好像他们真的在随意交谈一样,这才是最重要的。当他们交谈时,他们还会摆弄他们所坐草地上那些草的根茎。他们会将草茎折起来。他们将草茎打结。他们将它撕开,搞得好像要用它来吹口哨。他们会举起一根草茎,一边讲话,一边用烟头烫它,烧着它,一直拿着点燃的那一头,直到前面部分烧完,掉下来,接着再沿着根茎继续烧,或是找根新的草茎,重新开始玩一遍。之后,镜头切到一堵墙上,上面喷着一行大字:宁愿生活①。

你知道,她父亲在她身后说,你不久之后就要离开我了,对吗?

乔治没有回头。

你已经为我买好了去月球的票,不是吗?她回应道。

一阵沉默,除了电影里生活在多年前的法国人还在说话之外,再没有任何声音。这时她转过身来。父亲看起来很严肃,既没有如往常那样泪眼婆娑,也没有表现得多愁善感,

---

① 原文为法语PLUTÔT LA VIE。

甚至都不像是已经喝醉了,尽管他周围的空间里仍旧弥漫着一股"他不可能没喝醉"的气味。

这就是世事运转的规律,父亲说。你母亲,某种程度上而言,可以说是幸运的。因为她现在永远不可能再失去你,或者失去亨利。

爸,乔治说。我不会去任何地方。我十六岁了,想干吗就干吗。

她父亲低下头,目光朝下,看起来像是要哭了。

或许那天终究会到来,乔治想,到时候我会听话,听我父亲的话。不过现在是现在,我怎么可能听话呢?他可是我父亲啊。

当她冒出这个念头的时候,突然觉得自己很卑鄙。于是她让步了,让步了一点点。

噢,对了,还有件事,爸爸,她说。我房间里漏水了。

你什么?她父亲说。

他坐了起来。

屋顶一直在漏水,她说。这种情况可能已经有段时间了。出现在海报和其他一些东西后面,所以我之前没留意到。直到今天早些时候才发现。

她父亲从椅子上一跃而起。

她听到他一次跨过了两级台阶。

乔治离开了那部正在播放的有趣/无聊的法国电影,打开了自己的笔记本电脑。她键入"意大利电影导演",点开搜索到的图片。

屏幕上出现了一张照片,照片中的男人身在黑暗之中,她看不清他的脸,男人胸前挂着一张后面亮着灯的照片。不对,不是照片。是有人将他当作屏幕,在他身上投影,放映一部电影。

乔治点开了这个链接。内容是关于行为艺术的。有一位电影导演[①],他坐在意大利的一座艺术展览馆内。有一位艺术家,将这位导演的一部电影,从头到尾投放到他胸口上,以这样一种方式进行放映。

上面说,在这次行为艺术完成之后不久,这位先生被发现死在了海滩上。

上面说,年轻男妓,幽会,谋杀,阴谋论,黑手党,梵蒂冈。

上面有一张人们在发现他尸体的地方放烟火的照片。

她听到父亲在楼上敲东西,砰砰作响。想想看,假如有人将电影投放到你房子的一侧会怎么样?她很想知道,这些电影里播放的内容,会不会影响到你的生活?或者影响到你的呼吸状况?想想看,假如他们直接将电影投放到你胸口上,又会怎样?

不会的,他们当然不会这样做。

可是,不妨想象一下,假如你创造出了一样东西,自此以后,大家总是必须通过你所创造出的东西才能看到你,这种情况,就好像你所创造出的东西变成了你本人似的。

乔治坐在几百年前创作出来的一堆画作前,目不转睛地

[①] 此处对应的是意大利著名导演皮埃尔·保罗·帕索里尼(Pier Paolo Pasolini,1922—1975),生于博洛尼亚,作品有《索多玛一百二十天》等。

努力注视着其中一位画家创作的一幅画。这位画家在历史上消失了很久,几个世纪过后,通过识别他的牙釉质组织,他才终于得以重见天日。他牙齿的皮肤①。那位画家想要更多报酬,是因为他很贪财。或者说,之所以想要更多的钱,是因为他很清楚自己的价值。那位认为自己比别人更优秀的画家。或者说,那位知道自己应该得到更好待遇的画家。

价值跟金钱是等同的吗?它们是同样的东西吗?金钱能决定我们的身份吗?我们仅仅是通过我们赚多少钱来判定我们是谁吗?"赚"这个词究竟是什么意思?我们是我们"赚"来的吗?*能够暂时忘掉自己,可真是太美好了!我们看到了画作。还需要知道什么?*银行危机。粮食储备危机。蒙古包房间里的女孩。(她可能因此而获得了丰厚的酬劳。)

权且,考虑一下,道德困境。

她摇了摇头,仿佛里面充满了嘎嘎作响、坚硬且乌七八糟的东西,就好像,她的房间,在十一月的某个下午,大风吹开了威卢克斯牌斜屋顶天窗,窗户大开,房间里转眼落满了脏乎乎的悬铃木种子,那种长得很像翅膀的种子碎片,以及从房子后面大树上飘落下来的枯叶,桌上、床上、书上、地上,到处都是,城市污秽的碎片,就这么散落到她最后剩下的干净衣服里。

美术馆内不太像日常生活场景。总体而言,这里是如此洁净。关于这点,他们没有想到要在任何实体手册或者在线讯息中提及,但这实际上是个很好的卖点——对于乔治而言

---

① 牙釉质英文为skin of teeth,乔治直接将之合并为teethskin。

是这样——这里的气味很好闻，至少在这一侧新建的场馆里的确如此，毕竟乔治也不知道旧场馆的情况。这里有木头的清香，经常突如其来地从寡淡转变为浓郁。你可以坐在这里的长椅上，展厅里除了你（以及工作人员）之外，再没有其他人，尽管你总是能听到来自其他展厅的脚步声，这是因为所有的地板都是很容易吱嘎作响的。然后，不知从哪里来的一大群日本或者德国，或是其他国家的游客会挤爆这里，有时是一群孩子，有时是成年人，轮到他们去看大厅里陈列的列奥纳多手稿[1]前，他们通常会在这里消磨时间，此时大厅里通常会有更多人在排队等候。

她取出手机，给H发短信。

——你知道列奥纳多·达·芬奇是一位漫画家[2]吗？

发完短信，她准备好自己的笔记本和钢笔，准备开始统计研究。

H立刻回了短信。

——是啊，他是如此领先于他的时代，他发明了螺旋猫[3]

---

[1] 此处指英国国家美术馆藏品，列奥纳多·达·芬奇的《伯灵顿宫草图》。
[2] 馆藏作品《伯灵顿宫草图》中的"草图"一词为Cartoon，所以乔治说达·芬奇是漫画家。
[3] 原文为Helix the Cat，H指的是动画片《菲利克斯猫》(*Felix the Cat*)，此处一语双关。因为达·芬奇被认为是"螺旋猫"的发明者。

H已搬到了丹麦的一座小镇上,小镇的名字听起来很像是苏格兰人在说"妓院"这个词时的发音。H自离开的那天起就开始发短信。短信内容似乎都很随意,不是关于H在哪里,那里是什么样子,就是H有什么感觉,或是正在做些什么。H从来不曾提到过任何人们通常要通过短信来聊的内容,没有任何交流沟通,这些短信就这么直愣愣地发来了,没有任何附带解释,就仿佛一道道讯息的箭矢刺破了空间,直接瞄准了它们既定的目标,那目标正是乔治。

第一条短信上说,

——他母亲名叫费尔德里西亚·马斯特里亚[①]

然后,过了很长一段时间之后,

——他的父亲建造了大教堂的钟楼

这之后的第二天,

——1470年3月25日,他给一个名叫博尔索·德·埃斯特[②]的公爵写了一封信,要求为你去看过的那些画

---

① Fiordelisia Mastria。
② Borso d'Este(1413—1471),费拉拉公爵,埃斯特家族成员,同时也是第一位摩德纳和雷焦公爵,自1450年起一直统治费拉拉,直到去世。正是他委托建造了斯齐法诺亚宫,并委托弗朗西斯科、科斯莫等画家创作了宫中月鉴厅的十二星座壁画。

支付更多酬劳

这条短信之后，乔治（她没有回复这些短信，因为每当她将手机拿在手里，试图回复时，她都会先打上半个词或者几个词，然后又会停下来，删除全部内容，最后什么也不发）知道，她们之间发生的一切都非常真实。

两小时后，又有一条短信，

——公爵用铅笔在信纸底部写了一串拉丁文，让他满足于既定酬劳

那天深夜，

——于是他愠怒地离开了，到其他地方去工作

然后，第二天，过了整整一天，

——1470年3月25日是星期五

以及

——他们认为多年来他的所有画作都是由别人完成的

再然后，H显然已经没有关于这位画家的更多信息了。

取而代之的，在接下来的几天里，她用拉丁语向乔治发射了一大堆神秘的讯息小箭：

——这就是疯狂的爱情
——帮助！
——棕眼睛女孩
——我想要什么
——我要走五百英里①

在收到拉丁语短信的第二天，乔治发现，"我要走五百英里②"这句话，是二十世纪八十年代一支由戴眼镜书呆子双胞胎组成的乐队演奏的一首苏格兰歌曲的名字。

她下载了这首歌，随心一听。

然后她又下载了名为《帮助！》③《这就是疯狂的爱情》④和《棕眼睛女孩》⑤的歌曲。乔治将这些歌统统听了一

---

① 原文为拉丁语
  - Res vesana parvaque amor nomine
  -Adiuvete！
  - Puella fulvis oculis
  -Quem volo es
  -Quingenta milia passuum ambulem
  与下文中乔治所找的歌名逐一对应。
② *I would walk five hundred miles*，也叫 *I'm Gonna Be (500 Miles)*，苏格兰双人组合"宣传者"乐队1988年发布的单曲。
③ *Help!*，披头士乐队1965年发布的歌曲。
④ *Crazy Little Thing Called Love*，皇后乐队2004年发布的歌曲。
⑤ *Brown-Eyed Girl*，范·莫里森1967年发布的歌曲。

遍。她创建了一个播放列表——这是她在新手机上创建的第一个播放列表——并且按拉丁语名称进行了排序。当她发现"我想要什么"那句话或许是代指那首名为《你是我想要的那个人》[①]的歌时，忍不住大笑起来。

一切都挺好。H没学过拉丁语，也正因此，她写的这些拉丁语可以说是非常有意思，意思甚至比语句本身承载得更多。

这同时也意味着，当乔治听这些歌曲时，真的可以随心一听，比方说，当她在外采购时，这些歌曲听起来就跟背景音乐一样自然，简直就跟阿斯达超市[②]的喇叭正在放歌一样，完全不会有任何突兀感。对于乔治而言，这种自然而然融入的感觉很有用，因为这意味着不管去哪个地方，耳边几乎都有自己挑选的歌曲在播放。要知道，生活在这座城市里，几乎到处都能听到歌曲——露天环境下，商店或者咖啡店里，电视广告——不得不听歌，一直都是日常生活中最难应付的麻烦事之一。

此外，还有一个额外的好处：H让她听的这些歌，是那种到处都会播放的常见歌曲。但又不止于此。当你认真聆听时就会发现，它们全都是非常优秀的好歌，无一例外。更加奇怪且美好的一点在于：在这个世界上，竟然有人想让乔治听这些歌，而且——并不是随随便便的哪个人，而是海伦娜·菲斯克。

---

① *You're The One That I Want*，约翰尼·特拉沃尔塔和奥莉薇亚·纽顿·约翰在1978年演唱的歌曲。
② Asda，英国连锁超市，创立于1949年，总部位于英国利兹。

这种感觉就像无须开口说话就能进行对话一样。与此同时，也像是H正在努力寻找一门语言，这门语言要能让乔治在听的时候感觉更加亲密。在此之前，还从来没有人为乔治做过这类事情。她活到现在都在说别人的语言。这对她而言是全新的。这种新意有一股力量，可以令旧的事物——跟那些老歌一样老旧，甚至跟拉丁语本身一样古老——摇身一变，成为崭新事物，但这种崭新事物并不会抛弃自身，而是一脉相承。你怎么称呼它呢？

乔治坐在国家美术馆一侧的新馆里，坐在一幅老画前，绞尽脑汁思考该用什么词来称呼它。

旧事物的古典雕像？

她点点头。这就是了。外界发生这样那样的事情，给旧事物创造出了焕然一新的雕像，但因为是古典雕像，所以它们仍然保持了旧有面貌。焕新与守旧，二者同时进行。

下载完全部歌曲之后，乔治正式给H回了第一条短信。

——*让我们再次helix，跟去年夏天一样。*

她马上回了条短信，说

(*Helix：希腊语的"摇摆"*[①]。)

这条回复刺透了外界与乔治胸口之间的一切事物。换句话说，那一瞬间，乔治真的感觉到了什么。

能听到你的声音真好

那个叫雪儿·薇瓦丹[②]（顺带一提，乔治甚至可能跟她

[①] 原文为twist，与前文歌曲呼应。
[②] Sylvie Vartan（1944— ），法国国宝级摇滚女歌手。代表作有《坏女人之墓》《黑天使》等。

有一点相似）的女歌手，她声音的伟大之处在于，几乎没办法让自己的声音变得柔情似水，或者隐瞒自己真实的声音。另外，虽然歌曲是在几十年前录制的，但她的声音永远会让你在听到的那一刻，感受到粗犷的活力。那声音，就像心情愉快地用砂纸细细打磨过似的。她的声音让你知道，你是活着的。每当乔治想在自己耳朵里放一些激烈又感伤的东西时，她就会听这首歌，在这首歌里，雪儿·薇瓦丹像狼一样号叫，用法语唱着*梦想*与*阅读*之类的词句。上周的某一天，她耳边重复着这首歌，骑车向阿登布鲁克医院[①]奔去，那是她母亲去世的地方。抵达之后，又穿过医院，来到乡间，因为在前一天早上，在去伦敦的路上，她从火车上看到了一件金属结构的户外艺术装置，一尊形状非常像双螺旋的雕塑。

这显然是一个DNA结构，是表现这类结构的雕塑作品，是一条自行车道[②]开端的标志。你可以沿着涂在柏油路上的各种不同颜色的小矩形，往前骑上两英里，途经的每个矩形都代表着人类某条基因编码中的一万零二百五十七个碱基对当中的一个。

初春阳光下，她坐在小路边的一处草丛里。草是湿的，但她毫不在意。到处都有蜜蜂和苍蝇飞来飞去。一只小蜜蜂

[①] Addenbrooke，世界知名教学医院，是DNA双螺旋结构的发现地，隶属于剑桥大学。
[②] 文中地点为阿登布鲁克医院旁的一条专用骑行道路，建成于2005年，路上用10257个不同颜色的矩形来代表一个完整基因编码中的全部碱基对。人类基因组约有三万条编码，因此后文中乔治会提到"三万分之一"这个概念。

一样的生物落在她外套的袖口上,她用拇指和食指精准地一弹,将它给弹开了。

不过,这一瞬间,她马上就意识到,自己的手指肯定对这么小的东西造成了不小的影响。

这种感觉,恐怕就像被一根巨大树干的圆形前端击中,这根树干在空中向你狠狠抡过来,你却不知道它已经来了。

这种感觉,恐怕就像被一个天神打了一拳。

此时此刻,她朦朦胧胧地感觉到——犹如透过模糊的玻璃隔断隐约瞥见——某种看不清具体形貌的、动个不停的东西正朝着她飞舞过来,那既是爱情,同时也是她对这份爱情的无能为力。

不知之云[1],母亲在她耳边说。

来瞧瞧知晓之云,乔治用这个念头反击道。

于是,她骑着自行车走完了这条基因编码,打开手机相机,朝着眼前场地,拍了另一尊双螺旋雕塑的照片,这尊雕塑标志着自行车道的终点。

她看了看手机上的照片,然后又抬头看了看艺术品本身。

它看起来有点像令人心情愉悦的弹簧床垫内部,或者一把专门定制的梯子;它像是某种呼喊——假如冲着天空高声呼喊这件事也拥有具体形象,恐怕就是这样的;它看起来像历史的化身,尽管他们学校里总是在争论,DNA的历史是

---

[1] 该说法出自 *The cloud of unknowing*,十四世纪佚名英国诗人所写的基督教神秘主义作品。

如何在这座城市里、在此地被创造出来的。

假如历史是那声呼喊,是那个向上的弹簧,是那把阶梯状的梯子,情况又会如何?假如每个人都习惯于将完全不同的东西称作历史,情况又会如何?假如人们普遍接受的历史概念其实是具有欺骗性的,情况又会如何?

欺骗性的概念。哈。

任何迫使或推动这样一个弹簧向下,或者阻碍我们冲着天空呼喊的东西,兴许都是跟揭露历史本来面目的意图相抵触的。

乔治回到家,下载了影片和照片,并将它们随邮件发送了出去。

当你回来时,我们将骑行人类基因组三万分之一的长度。假如我们想将整个基因组骑完,需要四年时间,这还是在我们从不间断、一直骑行的理想条件下,除非我们能够将任务分摊开来,每人做一半,这就意味着我们各自骑两年,耗时虽大幅减少,但同时也会损失很多乐趣。整个人类基因组对应到此地的距离,就好比骑自行车绕地球十五圈,假如我们每人只骑一半,就只用绕七圈半。

在写这封邮件的过程中,乔治发现自己在第一句话中使用了将来时,就好像真的会有这样一个未来似的。

!

你知道吗(你很可能知道)?罗莎琳德·富兰克林

几乎没有因为发现DNA双螺旋而获得嘉奖。尽管她拍摄了最早的X光片，在此基础上，克里克和沃森才可能取得他们的科学发现，更何况她自己显然也在朝着同样的发现迈进。当沃森看过她发表的关于自己研究的演讲之后，居然认为她在关于衍射部分的演讲中应该表现得更热情、更轻佻（！）。沃森说，假如她取下眼镜，打理一下头发，他可能会对她所讲的内容更感兴趣。有鉴于此，我们需要为我们那首《破坏球》增添一段全新的唱词。这件事发生在六十三年前，还没你祖母的年纪大，比我母亲的出生年份也只早了十一年。这是一例反对制造真实历史的历史事实。总之，在这段影片里，绿色矩形代表腺嘌呤，蓝色代表胞嘧啶，绿色[①]代表鸟嘌呤，红色代表胸腺嘧啶。

噢，对了，还有，假如你还记得——你问过的，答案是 te semper volam[②]。

千万要记得啊，她一边发送，一边在心里默念着。

"讽刺挖苦"！这是另一个词，当时是跟"慷慨大方"这个词联系在一起的，母亲当时曾说某种艺术风格跟乔治有点像。当时并不是在讥讽她。

当我记起来时，就好像发生了一场地震，亨利昨天说。

[①] 原文如此，但道路上还有黄色矩形，理应是四种颜色对应四种碱基，此处可能是故意笔误。
[②] 拉丁语，意为"永远想要爱你"，与前文歌曲中的"永远想要你"相呼应。

有时我几乎一整天都不记得，然后我突然又想起来了。或者我记得的不对，真正发生的或许是另外的情况。比如我们去那个商店买了个管子，当你吹气时，管子里会冒出很长的泡泡。

亨利正在学校参与一门关于地震与海啸的专题课。他用来随手画画兼获取讯息的那本教科书的封面上，有一幅高速公路插画，看起来像是被一只巨大的手给抬了起来，然后又重重地放回了原位，所有卡车和汽车都从公路上滑落，车顶翻了过来，车轮朝上。

插画内容很怪，但却很美。这本书里的插画都很美：支离破碎的道路，塔楼上的钟面裂成了两半，只有七到十一的罗马数字还在，其余部分都是天空。书中有一张照片，是一个小女孩拿着茶壶，站在援救帐篷的背景之下。这明明是一场自然灾害，看起来却有点像时装摄影。好吧，书中几乎所有以断壁残垣为主题的照片，只要里面没有真正死人，看起来都像时装摄影。

  迟早有一天，乔治的母亲在乔治脑子里说，那些有死人的照片也会搞得跟时装摄影一样。

时装摄影。哈哈。
这会是个很棒的"颠覆"作品。
乔治看着自己小小的弟弟坐在早餐吧台前，翻看他的地震与海啸教科书，耷拉着脑袋，像朵枯萎的花。
她拉过一把椅子，坐到他身边。

你是个裂缝,她说。

我是什么?他用很低的声音回应道。

你是个断层,她说。

我不是,他说。

你是,你是个圣安德烈亚斯断层[1]。你是个构造板块,她说。

你才是个构造板块,他说。

棍棒和石头可能会打断我的骨头[2],她说,但这些名字永远不会伤害到我。你是个漂移的大陆块。

你才是个漂移的大陆块,他说。

你是个漂移的无节制者[3],她说(尽管这其中的微妙之处,亨利完全理解不了)。你是个里氏震级。有鳞的里克特[4]。一个愣傻瓜。

棍棒和石头,亨利说。

他现在正满面愁容地自哼自唱。

可能会打断我的骨头。棍棒和石头。

---

[1] San Andreas Fault,一段横跨美国加利福尼亚州西部和南部、墨西哥下加利福尼亚州北部和东部的知名断层。英语的"断层"与"错误"是同一个词(fault),乔治故意用这个词来调侃亨利。

[2] 英谚,指被人攻击只会承受肉体上的痛苦,不会影响到精神上的坚定与勇敢。

[3] 无节制者(incontinent)与前文中大陆(continent)一词颇为相似。乔治认为亨利应该听不懂这个文字游戏。

[4] 里克特是里氏震级的制定者。此处"有鳞的里克特(scaly Richter)"与"里氏震级(Richter scale)"这两种提法中,scaly一词与scale很相近,又是乔治的文字游戏。

乔治走进花园，在那里收集了一些砾石、一点树篱碎片，还有几根小树枝。然后她又回到厨房，将它们扔向亨利。小树枝和树叶沾在他头发上。砾石被丢得到处都是，还进到了糖罐里，沾到了黄油上，掉到了餐具抽屉里。

亨利先是看了看散落四周的碎屑，接着又看了看掉在自己身上的碎屑，最后无比讶异地抬头注视着她。

你骨头断了吗？她说。是吗？

话声未落，她挠了他一下痒。

是这里断了吗？她说。还是这里？那里？

这起了作用。他放松了下来，他投降了，他哈哈大笑，在她怀里扭动着。

挺好。

她用勺子将黄油和糖罐里的砂砾仔细舀出来。将树枝、树叶和各种碎屑用软抹布擦掉，然后又将桌子擦干净。她给他们两个做了鸡蛋当晚饭。（使用鸡蛋在白杨木上画画。这种做法跟高级餐厅里做出来的精致菜品很像。会是什么味道呢？想想看，几百年前那些用蛋液绘制出来的画作，拥有温热血液的母鸡产出的鸡蛋，为这些画作提供了充沛的活力。）

过了好半天，亨利还觉得棍棒和石头的笑话很有意思，当她给他洗澡、哄他睡觉时，仍然在他头发里找到了少许砂砾。

地球是由岩石构成的，有超过四十五亿年的历史。五百年根本不算什么。相比之下，大概只有一根睫毛那么长。甚至更少。

地震在四到五级时,东西会从墙上和架子上掉下来。

地震到六级时,墙壁本身都会坍塌。

地球上每年有成千上万次地震,大多数地震震级都很小,没人注意到它们。

但人们已经学会如何观察地震相关迹象:狗会吠叫,青蛙会选择离开这一地区,天空中会布满奇怪的光。

洛克夫人,乔治在她最后一次见洛克夫人时这样说道,我现在夹在你跟某个困难重重的地方之间。

洛克夫人的脸上几乎露出了微笑。

经过一番考虑,我已经决定转向你,而不是前往那个困难重重的地方,乔治说。

洛克夫人看起来有点尴尬。

话声未落,乔治又告诉洛克夫人,很抱歉,自己之前撒了谎。

那天我说的就是"弥诺陶洛斯"这个词,但却假装你听错了,乔治说。你当时并没有听错。我的确说了,然后又假装没说,而且当时我的确想对你撒谎。为此,我现在要郑重向你道歉。其实我当时就是在故意刁难你。还有,我其实很清楚,在过去几周里,我对你讲那些话的时候——尤其是讲关于我母亲事情的时候——我表现得肯定很偏执,惹人反感。我一直在虚构各种东西,罔顾真实。现在我知错了。

洛克夫人点了点头。

接下来,她告诉乔治,弥诺陶洛斯的故事,实际上是个关于如何面对"迷宫你"的事物的寓言。她的发音非常清楚,用的是"迷宫"而非"迷惑"。①这么说吧,当你深陷迷宫时,走出去的办法就是沿着你来时的路,原路折返,沿着属于你的那根线——沿着你身后留下的线走,这跟了解我们从哪里来,以及我们的根在哪里,有很大关系——

我不同意你的解释,乔治插嘴了。

洛克夫人停了下来。有人突然打断了她的话,这令她看起来很迷惑(或者说很迷宫②)。

乔治摇了摇头。

想要做到这点,需要情节上的支撑——需要来自外界的帮助,乔治说。假如不是那个女孩给了忒休斯一个毛线团,他很可能永远都走出不去。他可能今天还困在里面。那个弥诺陶洛斯还在继续提要求,每年都要吃掉所需数量的雅典处女。

是啊,当然,洛克夫人说。但这也是可能的。乔治亚,这意味着,从隐喻的层面来讲——

哎呀,洛克夫人,实话跟你讲,我对传说故事本该意味着什么这类话题早就感到非常、非常厌倦了,乔治说。我的母亲,在她去世的那天早上还做了类似的事情,让我很心烦。她将我称为她的小王子,因为那个新出生的皇室婴儿③

---

① 原文中使用的是"使迷惑(maze)"和"使惊异(amaze)"这两个极为相似的动词,同时 maze 又对应了弥诺陶洛斯故事中的名词"迷宫(maze)",其中微妙之处中文难于直译。本书直接将"迷宫"动词化,将 amaze 对应为"迷惑",以达到近似效果。
② 此处原文为 looked amazed (or perhaps mazed),循前处注译法。
③ 此处指英国皇室成员乔治·亚历山大·路易斯,2013年7月22日出生,是威廉王子与凯特王妃的长子。

碰巧跟我用了相同的名字。我父母从去年夏天开始就这么叫我。这一切导致了后果：当她在我出门上学的路上，试图亲吻我时，我避开了她。这之后，母亲下一次回家，是在两周以后，以硬纸板箱里放着的一堆骨灰和碎骨片的形式现身。我父亲将骨灰箱放在他工作用的那辆面包车的副驾驶座上，然后开车在城里转来转去，在她真正喜欢的那些地方停下来，撒下一些骨灰。仅限室外，免得太过吓人，或者说太过违法。尽管如此，他还是将一部分的"她"藏进了自己口袋里，并且带去了伦敦。在伦敦，他专门去了那些她最喜欢的艺术场馆、剧院和工作室，在这些建筑物的外面和里面四处寻找裂缝和缝隙，找到之后，他就用拇指将我母亲的一小部分摁进去。时至今日，箱子里还剩下不少的"她"。所以，今年夏天，我们会带她到苏格兰和国外去，到其他一些她喜欢的地方去。事情就是这样。我的意思是，很直白，不是很具有隐喻性，请原谅我，洛克夫人。

沉默。

（你甚至可以称之为冷酷无情的沉默。）

乔治真的将这些话都讲出来了吗？

并没有。

呀。

乔治仅仅大声讲出了第一句话。除了"传说故事本该意味着什么"这句话之外，什么也没多讲。

但乔治想起了她的母亲。想起了她正在微笑的模样，双眼注视着弥诺陶洛斯，然后——顽皮地眨了眨眼。

她想起了父亲，带着她母亲还活着时遗留下来的残像，在雨中开车绕行,寻找那些她想去的地方。

关于父亲的这一念头,为乔治释放了一个未来时空的幻象,碰巧是夏天的幻象。她将在几个月后的某一天,从学校或伦敦回家,发现父亲站在屋前的草坪上,手里拿着水管。除了他本人之外,任何人都不允许触碰的那个珍贵无比的BOSE耳机,它正在向他耳朵里灌入贝多芬交响曲。与此同时,他挥舞着一束水雾,在新铺好的绿色草皮上指挥着行板。

可是,回到此刻,或者说当时,洛克夫人仍然对自己被乔治打断一事感到些许震惊。

此刻,洛克夫人的眉毛已经从原本的位置耷拉了下来,完全皱到了下方。她摆出了一副态度很明确的表情,表示她正在等待,看看乔治是否还要再讲些什么。

乔治则用同样的表情望向她的脸,让洛克夫人知道,她并不打算再讲什么。

洛克夫人慢慢呼出一口气。身体前倾。她告诉乔治,她很高兴,因为乔治告诉了她关于那个词的真相——虽然乔治当时故意说出了那个词,但却假装没说。说罢,她又靠回到椅子上。至少到目前为止,乔治一直都保持着沉默,于是,她开始讲起古希腊人对讲真话之人的看法。

洛克夫人说,这类人是希腊生活与哲学中一个非常重要的形象,通常情况下,他们自己都是没有任何权力、没有任何社会地位可言的可怜人。但是,一旦权威们行事不公,或者出现错误时,他们总是会主动站出来反对至高权威,大声讲出最令人不快的真相,哪怕他们这样做甚至可能会有生命危险,也在所不惜。

他自己或她自己,乔治说,他或者她总是。他或者她可能会有生命危险。还有,我真正想讲的是——我发现这第二个典故,或者说例子,或者说示范,比你刚才想讲的弥诺陶洛斯故事要有效得多。

洛克夫人将手里的铅笔放到桌子上,发出咔嗒一声。她摇了摇头,脸上露出了微笑。

乔治亚,她说。我相信你自己也很清楚。你偶尔会表现得有点苛刻。

我愿将之视作一种恭维,洛克夫人,乔治说。

洛克夫人:好的,乔治亚,你可以将它看成一种恭维。下周二同一时间,到时见。

乔治打开自己的笔记本。时间已经快到中午十二点整了。

根据目前为止的故事结构,这应该是这个故事当中的一个转折点。某位朋友进入,某扇门突然打开,或者某个可以推进剧情的情节浮出水面(但具体是哪种转折呢?埋葬死人的转折?大兴土木的转折?还是奇思妙计的转折?):在这本书中,之前的部分里,故事中的转折点往往都会为接下来的情节提供友好的推动。

乔治已准备就绪,正在等待。

她的计划是清点一下人数,统计他们要花多长时间——或者换个角度,花的时间有多短——去看或者不再继续看美术馆里随意挑选的这幅画。

她目前还不知道的是,大约半个小时后,当她整理最后的数据时(总共有一百五十七人经过这处展厅,其中二十五人只看了或瞥了一眼,时间不超过一秒;有位女士停下来看了看画框上的雕刻部分,但看画的时间不超过三秒;两个女孩和一个小伙子,二十岁左右的年纪,他们驻足画前,饶有兴致地对圣文森特额前的传教士发结评头品足,这个发型乍一看去就好像额头长出了第三只眼睛一样,他们站在那里看了他足足十三秒。接下来,这起事件将会发生:

【丽莎·戈利尔德走了进来】

哪怕此前只在机场匆匆见过她一眼,乔治也将立即认出她来。

她将走进美术馆的这个展厅里,环视一圈,她将看到乔治,但完全不认识乔治,她将来到乔治面前,站在她跟圣文森特·费雷尔的画之间。

她将在那幅画前站几分钟,比除了乔治本人以外的其他任何人驻足的时间都要长。

接下来,她将背起她那个设计师品牌的挎包,离开展厅。

乔治将会紧跟在后面。

她将站在那个女人身后,逐渐靠近她,只要有足够的路人帮她打掩护(必将会有),她就能够在楼梯那里像提问一样喊出那个名字(丽莎?),她将看到那个女人,在听到这个名字时是否会转过身来(她会)。然后,当她转过身来时,她会假装移开目光,让自己尽可能像一个普普通通、心怀不满的十几岁女孩,假装说这话的人并不是她。

乔治将会在自己身上发现一种隐秘且鬼祟的天赋。

她将跟踪那个女人,跟在她身后,模仿普普通通、抱怨不断的女孩,一路穿过伦敦,下到地铁,再回到户外,直到那女人走到一栋房子前,走进去,将门关上。

然后,乔治将会在房子外面的马路对面站上好一会儿。

她不知道接下来该做些什么,甚至不知道自己在伦敦的什么地方。

她将会看到房子对面有一堵矮墙。她会坐到上面去。

好的。

1.除非这女人是研究文艺复兴早期艺术某类型的专家,或者干脆就是研究圣文森特·费雷尔的专家(不太可能,但也有可能),否则她不可能知道,或者专门想到要去看这幅画——全伦敦收藏的所有画作浩如烟海,绝对不可能刚好选中这幅画。根据她对这幅画有所了解、且知道它收藏于此的基本事实,足可推知,他们几个去费拉拉的时候,她一定在以某种方式跟踪乔治的母亲——除非她现在正在跟踪乔治。

2.乔治的母亲去世了。办了正式的葬礼。她母亲已经变成了骨灰。既然如此,为什么这个女人还在跟踪?她难道真的在跟踪乔治吗?(太不可能。不管怎么说,反正乔治现在正在跟踪她。)

3.(看到这条时,乔治会觉得自己的眼睛突然瞪大了)或许,在眼前这一切的某处,仔细看去,可以找到她们爱的证明。

这个念头将会令乔治感到愤怒。

但与此同时,这也将令她为自己的母亲感到骄傲——原来母亲一直都是对的。尤其是母亲那超乎想象的天赋,她将为此啧啧称奇。

弥诺陶洛斯的迷宫是一回事。将弥诺陶洛斯"迷宫"回来的能力,又是另一回事。

一针见血。

击掌庆祝。

两者都有。

  考虑一下这个道德困境。想象一下。你是个艺术家。

坐在对面墙头,乔治将会取出手机。她将会拍一张照片。

然后她会再拍一张。

再然后,她会坐在那里,盯着那栋房子看一会儿。

下次她再来这里时,也会这样做。为纪念她母亲的眼睛,她将用自己的眼睛去看。她会让正在监视的人知道,她也在监视。

但以上这些,都没有发生。

至少此刻还没发生。

此刻,在现在时这一时态所辖范围内,乔治坐在美术馆内,注视着墙上的一幅老画。

这肯定是要做的事。可以预见。

嘀，这硕大无朋、扭动不停之物，迅捷如一条
被利钩拽住唇边的游鱼
假如一条鱼在被钓起时，能够甩过
六英尺厚的砖墙，抑或
如一支箭，假如一支箭能够射出一道悠然的
曲线，宛似一只蜗牛的螺旋，又或
如一颗带尾巴的流星，若那颗星
一路向上，划过蝇蛆与蠕虫，以及
骨头与顽石，
　　　　　其上升的速度，就跟下降一样快
故事中的骏马
牵引太阳的战车，那个
勇敢的男孩驾驭着它们
尽管父亲告诫他，不要这样
可他依旧驾驭着，逐渐失去控制
他太小了，太弱了，它们俯冲而下
　　　　撞击到地面上，杀死了一群群的
民众，还有漫山遍野的羔羊

而现在,坠落的是我
以四十匹马的速度,坠落,亲爱的上帝啊
   老去的父亲母亲,请你们即刻逃散
    无论我将在何处坠毁
   无论你们的目标是什么(恳求你们
  原谅)(这紧急事态)一大片漂亮
柔软如羊毛之物,仅为了缓冲(欷)
仅为了抓住我的(什么)
在一个(哎哟)上
躲过了一次(呼哷)(猛击)
(猛撞)(欷)
(怜悯)
等等,但
    看哪,那是
     太阳
   蔚蓝的天空,白色的飘浮物
蔚蓝穿行其间
上升,至深蓝色
从绿色——蓝色的底漆开始
蓝铜矿底,添靛蓝,混合如一
铅白或灰釉,渗入青金石
   同样的朽旧天空?大地?再来一次?
又是家园,又见家园
自下而上,抖动
  恰似一颗从树上掉落的、长翅膀的种子

因为当那

盘根交错，朝着地面生长

一旦突破表层，根就变成了茎

茎再向上伸展，变成了枝

在枝杈末端

花开两朵，朝着

世间一切开放，诚如

双眼：

你好：

这是什么？

一个男孩，在一幅画前。

挺好。我喜欢这优秀的背脊。对方背对着你的最大优点，就是你看不到对方的脸，从而保持了一份神秘感。嘿。你啊。听不到我说话吗？听不见？真的？我的下巴就在你肩膀上，在你耳朵旁边，你居然还是听不见，哈哈，好吧，关于眼睛和耳朵谁更强大的古老争论表明，当你既不在这里，也不在那里时，谁也不比谁强大。总之，叫我科斯莫①，叫

---

① Cosmo，即前文中提到过的科斯莫·图拉（Cosimo Tura）。

我洛伦佐①，叫我埃尔科莱②，叫我校园内不知名的画家，不管你怎么称呼我，我都能谅解你。我不在乎——不必在乎——挺好——别人大可以去在乎。因为，听着，曾经有个老人在床上睡了一整个冬天，床上放着我的马耳叙阿斯③画（早期作品，永远消失了，亚麻布，油画，腐烂了），他没多少被褥，但我的马耳叙阿斯可以给他温暖，给他美好的、厚重的、额外的一层皮肤，足以协助他继续存活下去，至少我觉得如此：我的意思是，他死了，是啊，但他一直挨到很后面才死，而且并非死于寒冷，懂吗？

没人记得那老家伙。

除了，我还记得——刚刚还讲了关于他的事。

尽管眼下，色彩，褪去得很严重，

几乎记不起我自己的名字，几乎记不起任何东西

尽管我喜欢——我过去的确很喜欢

一整块精美的布匹

缎面从衬衫下摆或袖子处垂下来时，那摇曳不定的姿态

---

① Lorenzo，指意大利画家洛伦佐·科斯塔（Lorenzo Costa，1460—1535），他的名字 Costa 与科萨 Cossa 相似，也是费拉拉画家，曾与科斯莫·图拉一起画画。代表作有《本蒂沃利奥家庭》等。
② Ercole，后文中的重要人物，此处名字对应意大利画家埃尔科莱·德·罗伯蒂（Ercole de'Roberti，1451—1496），埃斯特城堡守门人之子，后担任埃斯特家族宫廷画师。埃尔科莱也参与了月鉴厅十二星座壁画的绘制。他经常酗酒，导致寿命不长。代表作有《乔瓦尼二世的肖像》。
③ Marsyas，希腊神话中半人半羊的森林之神。同阿波罗进行吹笛比赛，落败后被阿波罗剥去皮肤。此处即将马耳叙阿斯画作比作皮肤。

一条最细微,最轻盈,几乎不存在的木炭线,是如何像变戏法一般,让一根带树叶的小枝劈开石头的

线条之中,我尤其喜爱漂亮、大胆的曲线,他的背脊,肩膀位置恰有一条曲线:莫非是某种悲伤的标志?

抑或只是初涉人世者身上永恒存有的、哀叹老去的凄愁

(好一句漂亮话,尽管我对自己也是这么说的)

可是,噢,上帝啊,亲爱的基督,以及所有圣徒——那幅画是我的,是我画的。

上面是谁?

不是圣保罗,虽然圣保罗总是秃顶,毕竟画圣保罗时,依照常理,就应该画成秃顶——

等等,我——对,我想我——这张脸,这张——

问题在于,其他的呢?不应该仅仅只有它,它跟其他是一套的:有人专门将它放在了一个画框里

非常漂亮的画框

以及,画里面的石雕,嗯哼,还有完成得不错的斗篷,不,应该说*非常好*,黑色宣誓了它所蕴藏的力量。瞧瞧斗篷是如何敞开的,在你觉得本该显露肉体的部分,露出了更多的布料,这很聪明。什么都没露出来。啊还有,在他脑后的断柱顶端有一株小小的针叶树——

可是顶部,那个老年基督是什么情况?

老年?

基督?

就仿佛他在一路成为老人的路上终究获得了成功似的。

每个人都知道基督的形象,他永远不会被画成其他模

样:没有褶皱的眼睛,闪亮的头发,头发是榛子树上成熟坚果的颜色,从中间整齐地分开,跟拿撒勒人①一样,头顶部分头发笔直,从耳朵开始朝下卷曲,面容更倾向于悲泣,而非笑意,额头宽阔又光滑,表情颇为安详,年纪不超过三十三岁,仍称得上人类当中最美丽的孩子之一。老年基督,我为什么要画一个老家伙(渎神)?

等等——因为——我想我还记得。有什么东西。是啊,我将一些手——将两只手放在了他(我的意思是祂)的脚下。一些只有你真正去看,才能看得到的东西。属于天使们的手,但看起来似乎也不属于任何人:就仿佛这两只手已被黄金腐蚀,黄金遍布于它们,就仿佛手上长的脓疮变成了黄金,黄金扁豆烹制的浓汤,黄金的霉菌,仿佛身上长出的水泡也可以变成贵重的金属

可我究竟为什么要这样画?

(无法回想)

瞧瞧,那些拿着鞭子和绳子、围绕着祂的天使,我画得真不错

不,不,退后一些,从适当的距离再看一眼,看看这一切

看看这展厅里陈列的其他画作。别再盯着你自己的画看了。从别人那里获得些启发吧

我想我认出了

---

① Nazarenes,原指巴勒斯坦北部加利利地区拿撒勒的土著居民,耶稣即拿撒勒人。

噢，基督啊——那是一幅——

科斯莫作品，难道不是吗？

一幅科斯莫的画。

圣杰罗姆[①]——？

可是，哈哈，噢，亲爱的上帝，瞧瞧这幅，画得真是，噢，嘀嘀嘀，荒唐，无稽

（我画的圣徒以恰如其分的克制与体面，避开了他的目光）

卖弄的科斯莫画的这个艳俗圣人，疯了，实在太可笑，他的一只手伸在空中，高高举起岩石，准备用石头砸死自己。画成这样，顾客的钱花得挺值。瞧瞧他身后的树，周遭一切都不自然地扭曲着，鲜血统统滴落到他胸口上。亲爱的上帝，亲爱的母亲父亲，我走过艰难的道路，穿过大地的高墙，层层叠叠的岩石与土壤，蠕虫与地壳，繁星与众神，几经变迁的历史，从过去到现在，漫长道路上不断遗忘又不断忆起的破碎片段——哪曾想到，当我睁开双眼时，几乎第一眼就看见了我这位

科斯莫，该死的科斯莫，他的鞋匠父亲也一样讨厌。他没我高，甚至比我矮上不少。科斯莫只是表现得高高在上，只崇尚宫廷里艳俗的虚荣，虚荣得不能再虚荣。一如既往，各种看似华丽的笔调，内里全是粗鄙与扭曲。他每画一笔，谄媚的助手们都会小心关注，仿佛他作画时的每一个动作都

[①] San Gerolamo（约340—420），古代西方教会领导群伦的圣经学者，完成了圣经拉丁文译本《武加大译本》。早期拉丁教会称他为四位西方教会圣师之一。

是神来之笔。

说归说,那边那幅画作,倒也是出自科斯莫之手。说实话,是啊,我承认,那幅确实不错

(不过,当我们一起在拥有美丽花宫的地方工作时——她头顶上悬挂的小玩意儿,还是*我亲自*教他应该如何画得更好的,难道不是吗?当时科斯莫假装不认识我,可他其实很清楚我是谁)

还有那边那幅,也是他的,对吗?之前从没见过,但的确是他的,是的,啊,是一幅漂亮的画。还有那边的那一个,也是他的,不是吗?

如此一来,就有四幅了。在这一间展厅里。

四幅科斯莫的画,对应我的一幅圣人像。

恳求上帝,亲爱的上帝啊,现在就把我送回那湮灭之地吧:耶稣、圣母以及所有圣徒,所有的天使和大天使们,请尽快将我遮蔽起来,因为我到底还是一文不值,假如科斯莫在这里,假如这个世界上到处都是科斯莫,那就还是跟以前一样——

但是话又说回来

我从科斯莫那里学会了如何用白铅在底稿上绘制细节

(我宽恕)。

还是从科斯莫那里,我学会了如何给画面分割构图,以获得额外透视效果

(我宽恕)。

更何况,瞧瞧。

与科斯莫的圣杰罗姆相比,在这里,谁的作品才称得上

是真正的圣人？

只管大声说出口。

还有，谁倒是说说，画中到底是哪位圣人？背对着我的男孩，逗留在此的所有时间，都拿来看这幅画了

有点像持火把的那个男孩，在费拉拉，从后背方向望去，在街上从我身边飞奔而过的那个男孩：当时，他们正在呼吁画家们不要为"逃避无聊宫"[1]作画。我刚好被选中了，我曾与科斯莫，还有其他几位画家一道，在那美丽的花宫里，在嵌板上绘制缪斯女神。其他画家在费拉拉都很有名，在博洛尼亚就更有名了。我不需要宫廷支持，在博洛尼亚，没人在乎宫廷（反正宫廷也不需要我，宫廷有科斯莫），不，等等

此事真正肇始于，被他们称为"游隼"的男人，因为他的名字是佩莱格里诺[2]。他是博尔索[3]的顾问，是一名教授，一位学者，他从小就通晓希腊语和拉丁语，他还发现了一些别人都不知道的、用东方语言写就的魔法书籍：他精通星相、众神与诗歌。他很清楚埃斯特家族喜欢的传说和故事：那些骑着马的国王，与他们的嫡子，以及那些庶子，还有表兄堂弟们，藏在洞窟里的魔法师，骑马比武，少女，情敌，谁爱上了谁，谁的马最好、最聪明、最快……以及最重要

---

[1] 即斯齐法诺亚宫，参见前文注。
[2] 此处原文为Pellegrin，即前文提及的佩莱格里诺·普里西亚尼。
[3] 此处原文为Borse，即前文提及的博尔索·德·埃斯特公爵。

的，追击异教徒，永不停歇，打败了摩尔人①的一众国王：游隼受了委派，全权负责"逃避无聊宫"内部大厅墙壁的装潢设计。为此，他正在寻找除了科斯莫以外的画家。（急需。他将自己打扮得珠光宝气，宛似一位侯爵，在城镇里四处寻找画家。据称，科斯莫将在"逃避无聊宫"的墙壁设计中*发挥主导作用*，可是实际上，科斯莫本人就跟一只多动的天鹅似的，不停溜进溜出，光是我自己就已经在宫外见过他两次，他只做了最基本的工作，出于这种*迫切*，我听说他的报酬出得很高。）怎样都好，反正他（不是科斯莫，是游隼）把我叫到了他家里。

游隼就住在城堡工地后面：门开了，开门的女孩呼唤他，他来到大门前，先是上下打量我身后的马，因为他是个聪明人，知道从马身上可以看出主人的好坏，而我这匹马的皮毛，哪怕从博洛尼亚一路马不停蹄地赶来，此刻看去也颇为油光水亮。眼下它正低头等着我，鼻子离地一英寸，鼻孔嗅着我们的目的地。它也从不需要拴着或看着，除了我以外的任何人，一旦他们试图骑上玛托内②，就算他们背后没有长翅膀，也会直接飞起来，撞向砖墙。

所以，当我看到游隼打量我的马时，我就更喜欢他了。接下来，他又转向我，看了我一眼，我也回看了他一眼。他

---

① 指中世纪时期入侵欧洲伊比利亚半岛、西西里岛、撒丁岛、马耳他、科西嘉岛、马格里布和西非的穆斯林居民，大多为柏柏尔人，也有阿拉伯人和犹太人。

② Mattone，这个名字在意大利语中是砖头的意思，呼应后文的"砖墙"。

并不老，看不出有多睿智，年纪跟我差不多，作为一名学者，他很瘦，因为学者们通常都很胖，除了书本知识，什么也不懂。他的鼻子是罗马帝国式的（侯爵喜欢这样的鼻子，埃斯特家族，他们对古罗马人很痴迷，堪比他们对击溃异教徒、征服非洲的各种故事的痴迷），他的眼神很机敏，上上下下地打量了我一番，最后，眼神停在了我的马裤前面，说话的时候，他的目光一直盯在那里。他说，他听说我很厉害。

然后他又抬起头来直视我，等待着，看我打算回应些什么，就在这时——我的运气来了——街上的一个身影，从我们身边飞奔而过，是个英俊的男孩，速度如此之快，以至于我能感觉到周遭空气都在加速流动（现在想起来时，似乎还能感觉到那种流动），因为这个男孩本身就风风火火的，他手里拿着一支点燃的火把，另一只手里举着一条横幅，应该是吧？身上穿的好像是件略有些长的束腰外衣？他一路跑到台阶上，高举横幅，让它在风中飘荡，他要到宫廷去：那是提供工作的地方，在宫廷里，传闻说，这次他们将要委托创作的画作，是以快活愉悦的俗世生活为主题的，不再神圣，是要给侯爵本人画像，画他在城内一年四季的生活，画他在一年当中的哪几个月里都在做哪些不同的事，虽有虚构，但其中却穿插着大量货真价实的日常琐事，恰如那个男孩刚刚从身边跑过去这样的琐事：我心想：*假如我能用画笔抓住那个飞奔的男孩，我就能向游隼展示我的本事*——游隼（我刚才亲眼看到）被那个男孩的背影给迷住了，为之倾倒——如此一来，他就能看到我*画得多好、多快、多棒*

如此一来，他们就会懂得，什么才是典范，并且为我支付相应的费用

所以，当那男孩从我们眼前消失时，我开口道，*普里西亚尼先生，请给我一支笔、一张纸、一个可以倚靠的地方，我会比任何游隼更快地抓住您那只兔子*，他冲着我的脸挑了挑眉毛，我其实并没有很认真，但他当真了（哪怕在这个初次见面的时间点，他待我的态度也不可谓不友好），马上吩咐开门的女孩去拿我要的东西。与此同时，在我脑海中，已经记住了那男孩走路时的步调与形貌。他举着丝质横幅，疾速前行，虎虎生风，像这样的一幕场景，本身就充满了活力，这正是我想要的，因为我擅长描绘实在、真实与美好——我掌握了一些特别的技巧，不管算不算自夸吧，反正，我能够将这三者在创作中很好地结合起来：女仆取来了所需的东西，还有一块放面包用的板子（我在他没看见的前提下，冲她使了个眼色，她藏在帽子下的面颊有些泛红，我的脸也跟着红了。白石灰、粉肤色、绿土、淡红①，还有那顶帽子，漂亮的小玩意，边缘是丝绸磨损的痕迹。一段时间过后，三月那幅壁画里，角落的织布机旁劳作的女工，我会用螺纹刀具，将磨损的细节统统画进去

尽管游隼明确表示，希望我能将命运女神画进三月——

---

① 原文为意大利语 biancosangiovanni, cinabrese, verde-terra, rossetta，文中所描述的为乔托时期意大利坦培拉上色法，即所谓三阶色法。biancosangiovanni 由熟石灰组成，为壁画最佳白色颜料；cinabrese 是接近真实肤色的淡粉色；verde-terra 为含有硅酸铁的天然绿色颜料，耐久度高；rossetta 为最常用的淡红。

诚如他希望将美惠女神画进四月一样——但我希望她们是真正的女人，能够进行真实的劳作）。

　　进到门廊里，我擦掉木板上的面包屑[①]（游隼看着它们落到自家的门槛上，不由得眯起了眼睛）。尽管男孩在现实中已消失得无影无踪，我却在面前的纸上，这里一笔，那里一笔，逐渐勾勒出了符合他形象的构图轮廓，他的后脑勺，他脊柱的线条，脚所在的位置，然后是另一只脚，手臂的位置，然后是另一只手臂，最后再匆匆勾勒出一个脑袋（好吧，脑袋怎样都好，无关紧要），我将大部分时间花在对他后脚的描绘上，鞋底曲线缓缓上升的地方，要将它画对，画出它如何将整个身体给弹起来的形态，仅仅依靠这一个细节，就能够将整个画面拔高，恰如仅凭这一只脚就将他整个人给抬起来了一样：将它画好，这幅画的水准就会上一个台阶（瞧瞧他踏上石阶的方式，甚至连脚下石头也变得不再沉重了）；那个男孩，他兴许是要去参加某项仪式？尽管在白天，依旧点燃了火把，想到这里，我特意增加了一道大门的痕迹，如此一来，他就确实需要一支点燃的火把，我在他头顶的门楣上又画了一条线，作为他将前往的地方，我在他的前方和周围增加了阴影，这样他手中的火把就更有意义了（我要令火把上的火焰如长发飘动，但火焰却要朝上，而非如长发般向下，如此即可增添非现实的美感）。接下来，在他周围的地面上，绘制一些散落的小石头，还有树枝，四到五根树枝，靠墙放置，再然后，前面有三块石头和一块砖

[①] 当时的欧洲画家通常用面包来充当橡皮，擦改图像。

片，那块砖片看起来非常像一片奶酪，所有这些，都铺开摆在正向游隼鞠躬的绿色草丛的叶片之上，仿佛连草叶都会对这样一位人物毕恭毕敬地弯腰行礼。

（完成这些之后，最后的润色，在草丛叶片的末端——两三个小点，信手拈来。是笔误？还是一只蝴蝶？只为我自己找找乐子，再没有其他人会留意。）

我觉得吧，这幅画，早已不复存在。

早已不复存在，我的生活，我的男孩和那位先生，我那皮毛油光水亮、眼神甜美亲切的好马，玛托内，我脸红的女孩。

早已不复存在，在费拉拉从后面看到的持火把者，纸上的墨水被折叠、撕开、吞噬，分崩离析，烧毁，化作灰烬，变成空气，复归虚无。

噢唷。

我感觉到失落，但已钝化了疼痛

因为我见到过，他双腿与身体相联结的地方，当他走路时，他的外袍在煦风中微张，里面藏着强健的深色肌肉，我见到过，那种感觉，就仿佛在讲述人世间最古老的故事，因为在曲线中，藏有非常纯粹的快乐，比方说，臀部的曲线：在绘画中，唯一能够与之相提并论的，唯有马的曲线。跟马儿一样，曲线也是一种温柔的生灵，性情很温和，只要不苛待，自会忠心耿耿地为你效劳。以及，他袖子的曲线，从两侧肩膀向下、向后蔓延，以毛毡覆盖缝合，以扇形装饰边缘，在他腰间围了两股纱线，使外衣能够很好地保持形状。

我喜欢一股扭起来的纱线，两股拧在一起可以增加强度。我喜欢一段绳索。我还记得，他们在市场上出售绞刑执行完毕的绞索绳，它会被剪成一段一段的，你买来祈求好运，如此一来，你就绝对不会重蹈覆辙。

绝对不会被吊死。我是说。

什么，——被吊死过，是说我吗？——

当然没有——从未有过的事，我被吊死了？——噢。

噢。

我有吗？

没有。

非常确定：我没有。

可我具体是怎么回事呢？怎么死的？

我完全想不起任何具体的死法，我当时是怎么死的，任何死法，无法想起，任何，消亡，没有——

因为，或许——

也许我……还没有死？

嘿！

我画了那幅画：嘿！

听不见我的声音。

阳光洒在发黄的树叶上，那时我还是个孩子，年纪很小，趴在一块被太阳晒得暖洋洋的石板上，我想，年纪小到甚至还不会走路，有什么东西在空中扭动着，随后又落在了马尿池中间，泡沫和气泡几乎全消失了，但那气味，依旧在旧路与新路之间的石头凹陷处蔓延，那是他，我父亲，在院子里，为运石子的推车所造的新路。

掉下来的东西，激荡成一个圆圈，一个环，出现在马尿池中：这个环逐渐扩大，越来越宽，直至触碰到边缘，然后就消失了。

那是个黑色的小球，好似一颗异教徒的头颅：它长有单独的一只翅膀，某种硬邦邦的、羽毛状的东西，直直地插在它身体上。

不过，它掉落在池中形成的环已经消失了。

它去哪儿了？

我喊着这些话，她正在一只大大的半开桶里踩布：她正在用肥皂将布漂白，她正在唱歌，没有听到我的呼喊，那是我母亲。

我又喊了一声。

它去哪儿了？

她还是没听见：我捡起一块石头。我瞄准了桶的侧面，但没打中，反而打中了一只鸡的侧脸。那只鸡立即发出哀鸣声，跳了起来，几乎要飞起来了。它跑来跑去，跳着令我发笑的奇怪舞蹈，使附近所有的鹅、鸭，还有其他鸡类都变得惊慌失措，四散奔逃。我母亲虽然没听到我喊她，但却亲眼看到我用石头打中了鸡，因此，她直接从桶里跳出来，一只手高举向空中，朝我跑来，打算揍我，因为她向来见不得虐待生灵的行为。

我没有，我说。我没想虐待它。我刚才是在向你喊话。可你当时全神贯注地在做事，所以我只好扔石头，想引起你的注意。我不是有意要打那只鸡的。那只鸡刚好挡住了路。

她将高举的手垂向一侧。

你从哪里学到这个词的？她问道。

哪个词?我说。

全神贯注,她说。集中注意力。

从你那里,我答道。

噢,她说。

她站在尘沙之间,脚上湿漉漉的:她的脚踝上还挂着光亮的水珠。

它去哪儿了?我问。

什么去哪儿了?她说。

环,我说。

什么环?她说。

她弯下腰去,往池里看,看到了那个带翅膀的东西。

那不是一个环,她说。那是一颗种子。

我告诉她发生了什么:她大笑出声。

噢,她说。原来是那种环。我还以为你说的是戴在手上的指环,比如一枚结婚戒指,或者金戒指什么的。

我的眼睛里充满了泪水,她看到了。

你为什么哭?她问道,别哭了。你的那个环比那些什么指环要好得多。

它走了,我说。它已经消失了。

啊哈,她说。这就是你哭的原因吗?但它其实并没有真的消失。这也是它比黄金更好的原因。它没有消失,只是我们不能再看见它而已。事实上,它还存在着,还在成长。你所看到的那个环,它永远不会停止移动,永远都在变宽变大,越来越大。你碰巧能看到它,是很幸运的事情。因为当它触碰到水坑边缘时,它就离开了水坑,转而进入了空气,然后它就不可见了。这是个奇迹。你难道没有感觉到，它当时穿过了你吗？没有？但它确实这样做了，你现在就在它的里面。我也是。我们都是。还有那个院子。那些砖头堆。还有沙堆。烧火棚。还有房屋。马匹，你父亲，你叔叔，你兄弟。还有工人们，街道。以及其他房屋。城墙，花园和宅邸，教堂，宫殿的塔楼，大教堂顶端，河流，我们身后的田地，那边的田地，看到了吗？你的眼睛能望到多远。看到远处的塔和房子了吗？它正在穿过那些，没人看得见，也没人会感觉到什么，可它还是这样做了。想象一下，它盘旋着，穿过我们从这里看不到的田野和农场。以及那些田野和农场之外的城镇，直至大海。然后，它再穿过大海。你刚才在池中看到的那个环，永远不会停止前行，直到世界的边缘，接下来，当它抵达世界边缘时，会直接超越边缘。没有什么能阻止它。

她低头看了看马尿。

而这一切，都源于一颗种子的坠落，她说。你看到那颗种子了吗？你知道它是从哪里来的吗？

她指了指我们头顶，房子后面那些树。

假如我们将这颗种子种在地里，她说。用土覆盖住它，它就会得到机会，给它足够的阳光、足够的水，只需要再多一点幸运和公平，它就会长成另一棵树。

这些树甚至比砖堆还要大。这些树，甚至远远超过我父亲的父亲的父亲所建房子的屋顶。我们是世代担任砌墙匠、砖瓦匠的家族。这是我们家族的男人在告别童年时代之后必定要做的事情。我们的家族，世世代代都要帮忙修建埃斯特家族的宫殿，埃斯特家族的所有房间，完全是由我们来打造的。作为寂寂无名的砌墙匠，这就是我们的历史意义。

我将种子从马尿里捞出来。这是一颗必须在掉落之后才能真正直立起来的玩意儿。它看起来就像一颗缩小的头颅，就像起义后被挂在墙上的那类头颅，但后面长出了翅膀。它有一种来自马的好闻气味。它只有一个翅膀，而不是像鸟一样，有两个翅膀。或许这就是它掉落的原因。因为它掉落了，这里才会有东西升起来。

我把它扔回去。它又掉进去了，沉没不见。未来某天，就在这里，因为有它在，将会有一棵树开始向上生长，只需要再多一点幸运和公平。

一个新的环，形成了，又消失了，以我看不见的方式穿过我，去往外面的世界。

我母亲回到了桶边。她又开始唱歌了。每次她踩下之后出现的环，就跟我所看到种子的那个环一样，出现又消失，从她的腿上，掉落到桶里的水中。环扩大了，先是绕着她，然后又绕着木桶，再然后，它们穿过我，并且也开始绕着我（真是一个奇迹），进入世界其他地方，当有新东西进入，或者穿过另一个物体时，整个世界已经发生了巨大的变化。太阳已经将马尿池缩小了。一个新的环，在马尿过去曾覆盖、此刻已离开的位置生成。当它离开时，它将小路的石头变成了相比之下更浅一些的、与周围不同的颜色。

这之后又有一次，有黄色的花朵从树上飘落下来。它们落地时会发出声音。谁知道花还有声音呢？不过，现在我的投掷技术可好多了，只要我投出石头，就总是能击中桶子——还不仅仅是击中它，我甚至可以选择我想要击中的任何部位，比如金属扣、顶部、底部边缘，或是我瞄准的任何一块木片。

现在，我扔起石头来，已经可以做到随心所欲，除非我想，否则绝对不会打到任何一只鸡。想要出手打鸡，确实挺残忍，属于虐待生灵，但同时也有些诱人，因此，我练成了每次"几乎必中"的专家，只要我将石头扔出去，就几乎能够打到（但其实并没有真正打中，总是故意偏一点）。如此一来，没被真正打中的鸡还是会受到惊吓，一边发出愤怒的哀鸣声，一边跳起滑稽有趣的舞蹈：不过话说回来，今天鸡或鹅也并没有差点被击中，因为如今每当我来到院子里，所有的鸡、鹅和鸭子就此起彼伏地喊叫着，齐刷刷地从后院跑到房子前面去了，而一旦我跟着撵到前面去，它们又都会跑回到后面来。

费拉拉是制砖的最佳地点，因为这里有来自河流中的优质黏土。你烧掉海草，将灰烬和海盐进行搅拌混合，然后烘烤成砖块。你可以拿砖块去做任何东西，各种各样的颜色，各种各样的设计，然后是石材，石材也有千变万化的名字，各不相同的价格。我父亲有时会拿着样本摆弄，假如他赚到了钱，心情挺不错时，就会拿着一小块东西让我们喊出它是什么。比赛结束后，赢家可以让他用肩驮着，骑着马儿环绕院子玩耍。佩拉托石；潘纳佐石；有彩色脉络纹路的西波利诺石[①]，我母亲经常将一小块石头放在眼睛附近，假装哭泣，

[①] 原文分别为 perlato, paonazzo, cipollino，皆为欧洲常用大理石。

以这种方式来让我哭；大花白石①，光是这个词的精妙程度就足以令我感动；角砾岩，是由碎砾构成的；还有一种我不记得名字的石材，是用两种或更多石头压到一起，做成一种全新的石材。

总之，在费拉拉，有砖，而我们这里就是一个你可以得到砖块的地方。

我瞄准了砖堆一半的位置，准确地击中了那块砖：一缕砖尘飘了起来。

我在砖堆边上四处摸索，试图找寻更多的碎块，我将马甲扎成一团，将一堆碎砖装进马甲里，回到台阶那边。我坐在门槛上，准备开始投掷。坐着的时候，更难保持瞄准目标的状态。很好。

别再往我的砖头上扔砖了！

那是我父亲，他听见了投掷的声音，看到了飞扬的尘土。他在院子里走来走去，踢开了我收集来的碎砖，我赶紧缩成一团，因为意识到他肯定要打我。

但是他没有，他捡起一块破碎的砖头，在手里翻转了几下。

然后重重地坐在台阶上，紧挨着我：他举起手里那块碎砖。

瞧瞧这个，他说。

他拽了拽自己的泥铲，将它从装工具的腰带里抽出来，越过他的肚皮，将铲子的边缘靠在那块碎砖上。他先用铲尖

---

① 原文为arabescato，产自意大利，白底夹杂黑灰色条纹的大理石。

在碎砖的几处边线试探了一下，又用铲尖轻敲砖上某个特定的位置，最后，他举起铲子，往他刚刚碰过的地方狠狠砸了下去。一块砖角干净利落地断开，掉在落花之中。

他拿给我看，现在留在他手里的那块砖，形状是整齐漂亮的，方方正正。

现在我们可以将它用在建造中了，他说。什么也没浪费。

我捡起掉落的那块砖角。

那这块呢？我问。

我父亲皱起了眉头。

母亲听到我这么问，笑了起来。她走过来，穿着天空般颜色的工作服，上面全是黏土的痕迹，形状宛似云朵般的污迹。她坐在我另一边，手里也拿着一块砖，是她经过砖堆时从里面挑出来的一块。那是块漂亮的薄砖，颜色很好，门窗用砖，使用最好的黏土制作而成。她冲我眨了眨眼。

瞧瞧这个。

她在我头顶上伸出另一只手，让我父亲将泥铲递给她。

不，他说。你会把砖头弄坏的。你还会毁了我这把泥铲的铲尖。

克里斯托弗罗[①]小甜心，她说。拜托了。

不要，他说。你们俩用过之后，我就一无所有了。

好吧，当你一无所有——，我母亲说。

她总是将这句话挂在嘴边：当你一无所有，你就拥有了

---

① Cristoforo。

一切。可是这一次,当她讲到"一无所有"这个词的时候,突然一跃而起,以迅雷不及掩耳之势去抢父亲的泥铲,父亲完全没料到她还有这一招,当他猛然将手抽回去时,已经明显慢了一步,她像毒蛇一样出击,迅速靠在我身上(某种温暖而甜腻的气味袭来,来自她的皮肤,和她身上穿的亚麻布衣服),她抢到了泥铲,跳起来,婀娜地扭动着身子,跑向了工作台。

她将砖头举在面前,用力敲了三下,然后又刮了一下。

(我的铲子!父亲喊道)

她将泥铲的手柄放在上面,先用手柄敲打砖头,然后再用小石锤击打手柄:一下,再一下。砖块上的碎屑不断剥落下来。接着,她又用手指敲打砖面,一大块碎砖掉了下来。她停下,擦掉鼻子上的灰尘,将泥铲递还给他,她的另一只手拿着刚才一直在敲打的那块砖头剩下的部分。

一匹马!我说。

她将它给了我。我双手稍稍用力,将它给翻了过来。这匹马有耳朵,有不少刮痕,这些刮痕构成了马尾巴的轮廓。

父亲噘着嘴检查自己的泥铲。他用拇指抚摸铲尖沾上的尘土,仔细检查铲柄,没有笑,但我母亲吻了他,她成功安抚了他。

还有一次,天气炎热,蝉声阵阵,我母亲用棍子在地上画了一条线。

早在完成之前,我就看出了它将是什么:这是一只鸭子的脖子!

然后她移到了一块新的地方。

随后，她又换了一块地，画了另一条线，接着又画了一条线，并且将它们连接到另外两条线和一条曲线上：这是马腿跟身体相联结的部分！

马完成了，她又继续开始画别的，先画了一条线，接着又画了一条线，在尘土间勾勒出一道划痕，再在划痕上添了几条线：那是一座房子！是我们家的房子！

我在高高的草丛间挑出一根木棍，将它靠近底部的地方折断，如此一来，这根木棍就分出了粗的一端和细的一端。我回到那幅画上，用木棍细的一端，在她画的房子屋顶加了三条曲线。

你为什么要在屋顶上放一棵树？她问。

我指了指我们身后的屋顶，在那里，一根在屋脊上生根的细枝伸向了空中。

啊，她说。你是对的。

我为自己的正确感到开心。于是，又用木棍较粗的一端画了一道斜坡、一个圆圈、几条直线，然后又是一条曲线，完成之后，我们不约而同地朝着我父亲的背影望去，他正在院子的远处往车上装东西。

我母亲点了点头。

这很好，她说。非常好。一目了然。现在给我画些你眼睛看不到的东西。

我在她那匹马的额头上加了一条直线。

很机灵，她说，噢，你可是个会骗人的小机灵鬼。

我说，没骗你，因为这是事实，我从来没有亲眼见过独角兽。

你知道我是什么意思,她说。按我的要求去做。

她去取鸡蛋了。我闭上眼睛,又睁开眼睛。我将手里的棍子倒过来,用上了细的那一端。

当她回来时,我说,这幅是他的愤怒,那幅是他的体贴。

火气从她嘴里冒出来(由此,我知道自己干得不赖)。她差点将鸡蛋给碰掉(由此,我知道创作是一件极具爆发力的事情,一不小心就会导致破坏)。她检查了鸡蛋,确认它们在自己衣服里还很安全,一个都没破损,然后,她把他叫了过来,让他瞧瞧自己这两张脸。

当他看到描绘愤怒的那幅时,用手掌内侧打了我的脑袋(由此,我知道大家并不总是想搞清楚别人是如何看待他们的)。

他跟我母亲站在那里,盯着尘土中他的那两张脸,看了好一会儿。

这之后不久,他开始教我写字。

后来,我母亲下葬了,我依旧很小,小到有一天,我可以爬进她卧室的衣箱里,拉下盖子,将自己关在里面:里面都是绒面呢、亚麻布、麻布和羊毛,皮带与丝带,女士内衣、工作长袍、罩袍、外裙和袖套,没放满的地方,还留有她的气味。

随着时间的推移,她的气味逐渐淡化、消失,或者说,我对它的印象越来越浅了。

我经常遁入衣箱的黑暗里,久而久之,我成了专家,只需要用食指和拇指摩挲一下,几乎就可以跟肉眼见到的一样,判断手里拿着的是哪件衣服,哪件衣服之前是作何用途:厨房里用的,星期天用的,工作时用的。我深深沉浸在气味之中,仿佛自己也变成了曾经紧挨着她皮肤的布料。层层叠叠的旧衣服之间,无尽的黑暗里,我用拳头往下或者向上推开,摸出一条上粗下细的带子,那是一条丝带或领带,或是从某只袖子、某处领口边缘脱落下来的花边,一条流苏,或者其他什么。唯有当我将她这条带子缠绕在自己的拇指或者其他某根手指上时,我才能得到解脱。唯有此时,方能入睡。醒来后,我总是发现,自己会在睡梦中不知不觉就从缠绕着我的带子中逃离,可是在那之后,带子依旧会保持卷曲的形状,而且还能保持相当长的一段时间,然后又慢慢回到它自身随意的形状中去。

某一天,我醒来了,打开衣箱盖子,回到阳光下,我睡在里面时裹住的一件衣服从我身后被拖了出来,蓝色的,仍然留有我身上的余温。我坐在它旁边的地板上。我将自己的脑袋和胳膊伸了进去,然后又将我整个人放了进去。衣服松松垮垮地搭在我肩膀上,似乎离我格外遥远,它那么大,我那么小,就仿佛我正穿梭在一片天空中似的。

我将脑袋伸进袖子的缝隙之间,假装那里是脖子的开口处:我拖着这条长裙穿过我们家的房子,整个人都躲在裙子里面。

自那天起,我就只穿她的衣服:我拖着它们在屋里走了好几个星期,父亲太疲惫,无法阻拦我,直到有一天,他将我抱起来(那天,我穿着一件白色衣服,它又大又脏,之前曾被石头绊倒过,又有一次被门框卡住,撕烂了一点,今天我穿着它，浑身都是汗水和热气，我甚至能感觉到自己脸上脏兮兮的颜色）——当他将我抱进她的房间时，沉重的布料离开地板，拖到我们两人身后，搭在他前臂上，看起来就像一条无比巨大、内里却空空荡荡的鱼尾巴。

我以为他会打我，但是他没有，他允许我继续穿她的套裙，坐在那个关起来的衣箱上，他自己则坐在我面前的地板上。

我好心地请求你，不要再穿这些衣服了，他说。

不行，我说。

（我是躲在裙子组成的坚硬盾牌后面说的。）

我无法忍受，他说。这就像是你母亲突然变成了一个小矮人，而且她这个小矮人总是在房子和院子的各个角落忽隐忽现，总是在我的眼角忽隐忽现。

我耸了耸肩膀。

（可是，由于这条套裙实在太大，我的肩膀藏在了层层布料的深处，这就导致除了我本人之外，没有任何人知道我刚刚耸肩了。）

所以，我想提个建议，他说。假如你同意把这些衣服收起来。我的意思是，你不要再继续穿它们。

我非常缓慢地将自己的脑袋从一边摇到另一边。

假如你愿意穿上，比方说，马裤，或者我这里现成的一些男士紧身裤，而不是——，他说。

他一边说，一边将手伸进工作罩衫的大口袋里，取出一些男孩子穿的衣服，这些衣服在热天里显得又轻又薄；他故意举起它们，在我眼前无比诱惑地晃来晃去，就跟你用一大把嫩草诱惑一只怎么也不肯动的骡子一样。

——不久以后,我可以给你找份工作,并且让你去上学,他说。具体到工作上,你可以跟我一起在大教堂里工作。这对我而言也是一种帮助。我的确需要帮助。我刚好需要一名学徒,跟你年纪差不多大。你可以帮上很多忙。

我将自己整个塞进裙子里:衣服的肩部已高过我的耳朵。

你已经有人帮忙了,我哥哥在给你帮忙了,我说。

你也可以跟你哥哥一样,他说。

我从颈部和胸部的花边系带缝隙里偷偷看他:我在通过衣服上的洞说话。

你知道的,我跟我的哥哥们可不太一样,我说。

是啊,但是,听着,他说。因为也许——有可能。假如你不再穿这些过大的衣服,而改穿——比方说,我手里这些男孩的衣服。如此一来,我们或许可以去想象一下。假如我们有足够的决定权。你知道什么是决定权吗?

我在胸前丝带的后面翻了个白眼,哪怕是个孩子,我也已经知道,或者说我相信自己比他更清楚什么是决定权。更糟糕的是,我还知道他其实是在用提建议的方式来迎合我。使用这样一种方式,更像是我母亲曾经的风格,毕竟对他而言,直接打我、直接禁止我去做什么事,恐怕才是相比之下更加正常的方式。他的这种迎合令我感到些许鄙夷。他还故意用上了他所认为的"大词",搞得好像这些手段是我愿意遵循他要求的关键所在似的。

哪曾想到,他接下来用的词才是最大的,是任何人可能会用到的最大的词。

假如你愿意,他说。那我们应该就可以找个人过来,教导你如何制作颜料,如何在木头和墙壁上使用颜料,你那么擅长画画。

颜料。

画画。

我用最快的速度将脑袋从衣服领口处伸出来,衣服的重量一下子发生了变化,几乎将我整个人从衣箱上抛下去:我看到他憋住了笑,但却不得不伪装一下,因为他想让这一刻保持严肃,这是母亲去世之后,我在他脸上看到的第一个笑容。

不过,你必须得穿上你哥哥们的衣服,他说。假如我真给你找到了一个培训机会,你最好是,或者说,最好要成为他们当中的一员。你哥哥们当中的一员。

他瞧了瞧我的反应。

我点点头:我在认真听。

我们或许可以让你不必去学拉丁语,或许也不必学数学,他说。但你学了这些,上学会更容易些。我们并不富裕,但我们还是有足够的钱,上学本身并不是问题。问题在于,要接受颜料和画画方面的培训,没有别的途径,除非你进入修道院,那是你可以没日没夜地制造各种颜料,或是用你的画作填满圣书的可靠方式——我的意思是,离开这个世界,将画画作为日常生活不可或缺的一部分,过一种超越砌墙的生活——你愿意吗?

他注视着我的眼睛。

至少有一点始终是确凿无疑的,他说。选择这样的生活,你将一直有工作可做。但是,假如你要穿上女人衣服进行培训,没有任何人会接受。说实话,你穿着女人的衣服,甚至不可能成为我的学徒。我想,我们可以从下周开始,你跟我一起,在钟塔项目上工作。我的意思并不是指你将在钟或者塔上工作,我的意思是,我会让你画它,会给你提供相应的材料,以这样一种方式,在大家眼中看来,你终于也跟我、跟你哥哥们一起工作了。接下来,当你确定了方向,同时在大家眼中,也十分确定地知道,你总算成为了——

他扬了扬眉毛。

——等到那时候,我们会想办法把你弄进一位画家的工作室,或者给你找一位嵌板画和壁画等等领域的大师,我们会向他展示你的能力,然后看看他是否会接纳你。

我低头看了看母亲的长袍前襟,随后又抬头看了看父亲。

如此一来,兴许会有哪位大师愿意让我们用鸡蛋或禽鸟来支付学费,他说,或许我们可以用树上结的果实来支付,甚至可以用造好的砖头来支付。我对这个计划充满信心。不过,最重要的始终还是,我希望会有这样的一位人物出现,此人在亲眼见到你目前已经能够施展的本领之后,将会公平公正地对待它——他可能会愿意收更少的钱来教你,告诉你应该如何纠正天赋中的错误,如何用他们那种方块和几何图形画的方式勾勒出一个人的头部,以及如何绘制身体,需要对哪些尺寸进行测量,如何进行这些测量,能够在一张脸上准确描绘出眼睛和鼻子等等部位的基础线条应该打在哪里,在地板花砖上放置东西的合理位置，在风景画上如何显示一些东西更近、一些东西更远。

也就是说，在同一幅画中，远处和近处的东西可以安排到一起？

有办法学会这么不可思议的本事吗？

我伸手去摸自己下巴附近挡着的蕾丝花带。我将它们攥在一只手里。

所有这些东西，你都必须知道，他说。假如我们实在找不到合适的人，我也会尽自己所能地训练你。我对建筑、墙壁和施工方法，建造的规则与必要性都很了解。画画的建造，想必也是如此。

两者之间肯定会有些共同点。

我拉开丝带，松开了长袍的前襟。我站了起来，整件外衣先是从衣箱上滑下，继而从我身体上滑下，宛似百合花剥开的花瓣，我就站在花瓣中央，像花蕊一样笔直地站立着。我赤身裸体地从衣服褶皱里走出来，伸出一只手，去拿男式紧身裤。

他四处翻了翻我哥哥们的东西，拿了件干净的衬衫回来给我。

当我将这件衬衫套在头上时，他说：你需要一个名字。

我母亲的名字是以f开头的：Ff，我试着用舌头读出来，看看效果怎么样，但我父亲听错了，他听成了Vv。

文森特[1]？他问道。

他因兴奋而涨红了脸。

他指的是文森特·费雷尔，是一位西班牙传教士，他早在二十多年前就已去世，这么多年以来，所有人都说，他应该被封为圣人。那些四处流动的小摊贩已将他作为圣人来宣扬了，修女们写的小册子里，到处都是他的画像和故事。他因奇迹而闻名，他使八千名摩尔穆斯林异教徒和两万五千名犹太人皈依，令二十八人起死回生，治愈了四百名病人（只不过让病人们在他生病时躺过的沙发上休息片刻，他们就痊愈了），还将七十个迷途者从魔鬼手中解救出来，光是他戴的帽子就创造出了许多奇迹。

但我父亲最喜欢的始终都是那个旅社和荒野的奇迹故事。

文森特骑着他的驴子，在荒野上艰难地跋涉，一路祈祷不停，他跟驴子在祈祷中几乎都已精疲力尽：突然之间，他们来到一家非常漂亮的、配套齐全的旅社门口。文森特走了进去。里面跟外面一样漂亮。他在旅社里住了一整晚。各项服务、食物、床，一切都很好，这正好给了他歇息的机会，让他隔天还可以继续在遍布异教徒和不信教者的荒野中四处奔忙。第二天一早，当他骑上自己的驴子时，那头驴子仿佛年轻了十岁，身上再没有跳蚤，也不瘸脚了。就这样，他们出发了，在走了六七英里之后，当清晨的第一缕阳光洒在他

---

[1] 原文为Vincenzo，即前文中提到的圣人文森特·费雷尔（Vincent Ferrer）。

剃得光光的脑袋上时，文森特才发现自己忘了将帽子戴上。

他赶紧让驴子转回去，一人一驴，沿着先前的蹄印，回到旅社去取帽子：哪曾想到，等他们抵达那里时，整间旅社都已消失得无影无踪，而他的帽子正挂在一棵老枯树的树枝上，那正是旅社原来所在的地方。

这个奇迹正是砖瓦匠和砌墙匠们希望文森特·费雷尔成为圣人的原因之一：他们计划将他奉为主保圣人。

父亲每天早上都会向他祈祷。

我想起了母亲当年给我讲文森特奇迹故事时的画面：她用手臂搂住我，我坐在她膝盖上。

文森特，尽管我百般祈求，他对她的离世、她的起死回生仍旧没有产生任何效果（显然，是我的祈求有问题）。

我忆起了我母亲那个听起来像法语的名字：她的名字是花的意思。于是，我想到了这个法语词[①]。

弗朗西斯科[②]，我说。

不是文森特？我父亲问。

他皱了皱眉头。

弗朗西斯科，我重复了一遍。

父亲的眉头并未舒展开。不过，他的胡须之间已经露出了一个略带严肃的笑容。他低头看着我，点了点头。于是，就在那一天，带着那份祝福和那个新名字，我死去了，同时获得了重生。

---

① 母亲正是前文提到过的费尔德里西亚·马斯特里亚（Fiordelisia Mastria），名字里的fiori在意大利语中是"鲜花"之意。
② Francescho，这个词在拉丁语中的含义是"法国人（frenchman）"。

可是——文森特——

啊哈,亲爱的上帝——

那就是我阴郁的圣人,他在一个小小的台子上,目光转向一旁,头顶上是老年基督。

圣文森特·费雷尔。

嘿:男孩,你听见我说话了吗?圣文森特,以*能让听不见的人再次听见*而闻名于大洋彼岸。

只要聆听就好。当文森特开口讲话时,哪怕用的是拉丁语,无论聆听者是否懂拉丁语,只要聆听,都能清楚地知道他在讲些什么——甚至连远在三英里外的人都能听见他讲话,就仿佛他就在他们耳边、用他们的母语讲话一样。

那男孩什么也听不见:我无法让他聆听。

我不是圣人,是吗?不是。

好在我不是,因为照目前情况看来,有个非常漂亮的女人,嗯,至少从后面看是这样的,停在了我的圣文森特面前。

(四比一,她选择了我,而不是科斯莫)

(只是顺口一提)

(并不是说我对此感到骄傲)

(另一个奇迹,由她来负责完成,感谢圣文森特)

我不是圣人,所以我可以近距离地来观察她,从她的后背开始,她裸露的脖子,自她长长的白金色头发之间露出了一小截,然后再顺着她的脊椎骨下来,到她的腰部,再到她有点过瘦的那个地方——

可是,那个男孩也在观察她,瞧瞧他坐立不安的模样。

我发誓，当她走进展厅时，他肯定马上就注意到她了，因为当他看见她从门外快步走进来时，我能够感觉到，他脖子上的汗毛都快竖起来了。他比我先看到她，就好像被一道闪电击中了似的。瞧瞧，他现在死盯着她，看她如何在我的文森特面前，驻足凝望，细细观赏。我看不到他的眼睛是什么样，但我敢打赌，他的眼睛肯定睁得很大，耳朵和眉毛则像山羊脑袋一样往前伸。另外，我可以从他的背影看出，他早就认识她了。这个男孩在恋爱吗？老掉牙的故事，从未改变：莫非爱上了这个女人？年龄上他们俩可是相去甚远，即使只从背影来观察，也可以看出，她比他大几十岁，她这个年龄，足以做他的母亲了；但她并不是他的母亲，这一点很清楚，而且她既不知道他就在那里，也不知道他此刻激动的心情，尽管他们之间的某种东西，可能是像仇恨一样强烈的情绪，抑或他专门针对她发出的一股炽热射线。

你好。我是个既没人看得见、也没人听得到的画家，这里有个男孩想让你过去——我也不懂——让你过去做点什么。

她听不到我的声音，当然听不到，但她此刻正在用心观赏文森特画像，与此同时，文森特——作为一名圣人——早已将目光挪开了（尽管如此，上面拿着鞭子和弓的天使们仍然做好了万全准备）。

她站在那里，身体重心全放在其中一只脚的脚跟上，就像一匹马换了马蹄在休息一样；她的身体正在配合头部转动时带来的重量变化，进行细微的调整，动作如此优雅；她看着圣文森特，向上，向下，然后再向上——

再然后,她的脚跟转了方向,她离开了

(顺便说一下,她连看都没看一眼科斯莫,顺口一提)

那男孩从坐的位置上一下子弹了起来,就跟一只小野兔似的,他也跟着她走了,而我也在他身后被无助地拖着一起走,像是一只脚被一匹我不熟悉的马儿的马镫给夹住了一样,他并不知道我的存在,自然也不关心我:当我们离开时,我用眼角余光瞥见了一幅画——埃尔科莱,小埃尔科莱,那个扒手,我爱他,他也爱我!还有,等等——停下——莫非那是,真的吗?——亲爱的上帝,亲爱的老父老母,那是皮萨诺,皮萨内洛[①],我从他那里学到了暗部的画法,以及光影的表达技巧。

随心所欲地去看你想看的一切吧,因为我做不到,眼下这种感觉,就像有一根连着那男孩的绳子,也紧紧连着我似的,紧紧缠在我身上,完全无法解开,男孩去哪里,我就必须跟到哪里,不管我想不想去,都得踏过一道门槛,穿过另一处展厅——瞧啊!乌切洛[②]!好多马!——

我抗议

因为像这样被驱逐离场是违背我本人意愿的:绝非我的自主选择。

[①] Pisano 或 Pisanello(约1395—约1455),意大利文艺复兴早期最杰出的画家之一,威尼斯画派代表画家之一。

[②] Uccello,即保罗·乌切洛(1397—1475),意大利画家,数学家。此处所指应为国家美术馆内所藏乌切洛最知名画作《圣罗马诺之战》,描绘了骑马混战的场景。

一旦我发现该向谁申诉,我马上就会去写信。

兹于某年某月某日,向某位最杰出、最高贵的阁下请求。

最杰出、最卓越、最无与伦比、永远受人尊敬的高贵阁下:烦请将鄙人撰写的这份请愿书呈递给上帝,众父之母,众母之父,唯一真正的万有之主。吾乃画家弗朗西斯科·德尔·科萨,为了祂的荣耀,为了祂的恩典,尽心尽力,创作了许多作品,并且向来都以优良的材料、高超的技巧来完成。我亲眼见证了其中一件作品,高悬在祂的大厅里:这幅作品就跟其他许多画家的作品一样,公平地高悬在祂的大厅里。在此,我向祂请愿,希望祂能听到我的声音,并答应我所提出的卑微诉求:我——

我什么?

我,像箭一般被射了回来,但却不知道祂要我瞄准的目标是什么。此刻,我发现自己正位于某种中间地带,虽然面前是一座富丽堂皇的宏伟宅邸,但同样也是在一面非常低矮、非常劣质的砖砌墙壁旁边(顺带一提,这面墙撑不过四个冬天),跟一个不说、不看、不听的男孩在一起,他对一位在天主画厅里见到的美丽女士,有着某种迫切渴望,正是这种渴望,将我在非常不情愿的状况下,拖到了这处远离祂的宫殿的矮墙旁,要知道,我本想在画厅里驻足更久,但现在我发现自己置身于一个寒冷、黯淡、无马的世界里。这种无马的情境,是人类的大不幸,我一度认为这是个完全没有生物存在的世界,直到看见鸽子像往常一样成群结队地飞起来,同样的鸽子,虽然比以往看到的更灰、更脏、更笨重,但它们扑棱的翅膀、它们独属于鸟类的喧闹声,甚至对我不再拥有的心灵而言,也算是一种安慰。

最完美的阁下与天主啊,我借此看出,此地是一座炼狱,兴许您那座放满画作的宫殿,也是这炼狱的其中一层,至于我那幅圣文森特·费雷尔嵌板画,由于我将基督描绘得比三十三岁还要大,显然犯下了渎神的罪行。结论就是,我的画,并我这个画家一道,眼下都被关进了炼狱里,以此来提醒我注意脑海中骄纵的错误思想。(不过话说回来,尊敬的阁下,假如情况真是这样,我的画里毕竟也只有一幅被关进了炼狱,科斯莫却有四幅,这无疑表明科斯莫的作品更应该受到责罚,只是顺口一提。)

我只能揣测,直到这场文艺复兴开始之前,我本人一直身处某座遗忘天堂之中,如今却因为某些未获原谅的罪过,被迫重生到某个冰冷而神秘的地方,没有任何办法再去从事我自身的事业,我的名字已没有任何意义,唯有像花瓶因落地而粉碎那样,成为一堆生命已然烟逝的碎片,落在造物的手心里,诚然,每一块碎片都有属于它自身的美,但原本的一切皆已破碎,除了虚空之外,再无其他:这些虚空曾经被花瓶包裹在内部,可现在里面的一切都释放出来了，里面再也无法容纳任何东西，假如我还有皮肤可以被割裂，每一块碎片的边缘都锋利到足以令我流血。

可是，祂或祂的执事肯定早就知道这一切，我根本没有在请愿书中专门陈述的必要，我的这些祈求不过是哀嚎和抱怨，或许我只能无条件地接受这一切。

因为我知道这不是地狱，因为我仍怀有好奇而非绝望，因为置身此地肯定会有些好事发生，哪怕这一切都极尽神秘。地狱里没有神秘可言，因为神秘当中总能衍生出希望。我们跟着那个美丽女人，看到她来到那栋宅邸门前，穿过房门，关上它，将那个男孩留在外面，仍然没人看见我，这时，他（跟我）退到了大道对面的小墙旁，视线仍然保持在可以看见那扇关着的门的范围内，这就是我们现在的位置。我已经注意到——在我们走路的过程中，我不可能不注意到——这个女人，她虽然的确拥有美丽、优雅的气质，然而不幸的是，她的走路方式却像一只脱离了原本环境的天鹅，或者说被迫落地行走的飞鸟，那蹒跚摇摆的步态，跟她的美丽毫不相称，甚至折损了她的美丽。假如我手头有纸和笔，或者柳木炭（还要有手和胳膊，哪怕只有一只，也可以做到），那我想必会选用一种意想不到的角度、一种直率的感觉来描绘她的形象，我会让她身体的形态显得有些茫然不知所措，如此一来，将使她显得更加优雅、可爱。眼下我有许多时间和闲暇，可以拿来思考、计划这些事情，我们跟着她走了很长一段距离，假如我还有身体，肯定会感到精疲力尽，好吧，所以我没有腿也未见得不好，但这个男孩，他的身体颇具耐力，当我们走过一段距离时，我想，在拥有幸运和公平的前提下，他肯定会活得很久。直到那个女人走到台阶前，走上台阶，从一扇门进去，并且关上了门之后，我开始感觉到他精神上的消沉。

（呜呼）

这是个沉重的打击，一扇门，关上了一个男孩的痴迷。

成为一名描绘万事万物的画家，感觉是一件很神奇的事情。因为每一件事物，哪怕是想象出来的事物、早已消逝的事物，生物或是人类，皆有其本质。画一朵玫瑰、一枚硬币、一只鸭子或一块砖头，你会感觉到它的存在，这就仿佛硬币长了一张嘴，亲口告诉你身为一枚硬币是什么感觉；就仿佛一朵玫瑰直接告诉你花瓣是怎么回事，花瓣如此柔软、湿润，被一层比眼皮更薄、更有感觉的色彩包裹着；就仿佛一只鸭子告诉你，它的羽毛糅合了潮湿与干燥；就仿佛一块砖头告诉你，它的皮肤，触感有多么粗糙。

冥冥之中，我被派去跟踪这个男孩，此刻，他很清楚自己面前有一扇无法通过的门。这个事实告诉我，靠近他，就跟偶然发现了一只被蜘蛛围困、杀死并吃掉的瓢虫外壳一样，第一眼看到的似乎是很迷人的东西，缤纷世界当中某个色彩斑斓的造物，但那其实只是个里面已被彻底掏空的甲壳，仅可用来证明生命存在痕迹的残酷遗留物。

可怜的男孩。

顺带一提，尽管我们从外面看到的这些宅邸，每座都很宏伟，设施齐全，还有很多楼层，但这男孩也只是坐在一堵小矮墙上，因为砌墙的砖块正在呼唤爱。我之所以知道这些，是因为我父亲总是在自己的坟墓里翻来覆去，他天生就很不耐烦，不断敲打我将他放进去的那口棺材的盖子，好让外面的人赶紧将他从地下放出来，以便回去推倒重建这类小矮墙。假如所有死者都能拥有这种机会，善用他们积累一生的领悟与经验，我想这个世界，或者说炼狱，必将变得更好。

我在想，它在哪里，我父亲的坟墓，与此同时，我也想知道自己的坟墓在哪里。那个男孩坐起来，面对女人的房子，用双手举起他那块神圣的祈愿板①，如同面对天堂一样，举到他头顶的高度，就仿佛一位神父高举面包。此地遍布着有眼睛的人，可他们却什么也不想看，当他们像巡游者那样四处走动时，总是在对着他们的手讲话，每个人手里都拿着祈愿板。有的板子只有手掌那么大，还有的板子有一张脸或者整个脑袋那么大，恐怕这些祈愿板是献给圣人或者神职人员的吧，他们一直在看这些平板或圣像，要么就与之交谈，或向其祈祷，将它们放在脑袋旁边，或者用手指轻抚它们，目不转睛地注视着它们：这一切无疑表明他们对现实感到绝望，心情无比沉重，唯有专注于他们手中所持的圣像，才能长时间远离他们自己的世界。

他将它高举到空中：或许正在念祷词。

啊哈！我明白了。此刻，平板上出现了房子和房门的小

---

① 指乔治的 iPad。

小图像。照此看来,这些祈愿板或许跟伟大的阿尔伯蒂①创造出来的那个盒子很相似,他在佛罗伦萨展出过那个盒子(我曾经亲眼见过),在那个盒子里,眼睛只需要从最细小的孔洞往里看,就能看到完整的远方风景,小小的画面,被完全放在了里面。

既然如此,有没有这样一种可能,即此地的每一个人都是画家,正在用他们这个时代的绘画工具在他们自己的世界里四处走动?

或许我被安置在某个特定的画家炼狱里——

可是,那个男孩又一次瘫倒在我身边,他的精神已经彻底陷入了绝望。

所以,不可能:因为这些人身上并没有终生作画所必需的精神力量。

看哪,男孩,有令人振奋的东西:春天的花朵,安放在某个类似桶的玩意儿里面,挂在这条路边的一根金属杆顶端。

炼狱里有春天吗?炼狱里有年份吗?有的,当然,鉴于炼狱在其本质上拥有终结的承诺,当此地囚犯被判定为已经受到净化时,一定存在着某种方式,可以用来衡量时间。我原本以为像这样的一个地方,必定会充满成千上万的呻吟与哀求。不,炼狱肯定比这里糟糕得多,因为你看,这里至少

---

① 1435年,阿尔伯蒂在《论绘画》中第一次正式提出透视理论,透视法从此影响欧洲乃至世界绘画发展。文中的"这个盒子"就是阿尔伯蒂利用光的折射与小孔成像原理制作出来的。

还有乌鸫[1]。眼下就有一只正从树篱里爬出来,坐在墙上,嘴部满满的那不勒斯黄[2],眼睛周围的黑色里面,也有一圈同样的黄色,它发现男孩也在那里,于是抽动着尾巴和翅膀,又回到了树篱间。藏在树篱里,它开始歌唱。这里真的是炼狱,而不是古早人间吗?沉浸在鸟儿的歌声里,此地是如此像人间,像人间那永不会改变的精致可爱?你好啊,鸟儿:我是个画家,已经死了(我是这样想的,虽然我并不记得自己是怎么死的),由于犯下骄纵罪行,死后被安置到了这里,这个寒冷无比的地方,没有马,没有人能看见我,没有人能听到我发出的声音,没有人知道我的存在,只能注视一个男孩的背影,而那个男孩此刻正深陷在除了绝望之外什么也没有的那种爱情里。

究竟是个什么样的世界,才会没有马呢?

在没有任何生物能够与你友善相待的情况下,你又能有什么像样的旅行?难道你在孤身前往任何地方时,都能展现出自己对某个熟悉地方的信任与信心吗?

现在该谈马了,当我买下我那匹马——玛托内的时候,它用的是另一个愚蠢的名字,贝德维里奥[3]?还是埃托雷[4]?这些名字恐怕是源自一度很流行的亚瑟王故事,每个人都给

---

[1] 都市常见鸟类之一。雄性乌鸫除了黄色的眼圈和喙外,全身都是黑色。
[2] 意大利经典色之一,那不勒斯黄有时也被称为锑黄色。
[3] Bedeverio,源自 Sir Bedivere,亚瑟王麾下圆桌骑士之一。
[4] Ettore,源自 Sir Ector,亚瑟王麾下圆桌骑士之一。

自己的孩子取名为兰斯洛特①、亚瑟②、泽比诺③,然后也这样给他们的马取名字。我从一位在博洛尼亚郊外拥有田产的女士那里买下了它,还记得我那时刚好干完了活,赚了一大兜子钱,搭着一辆装卷心菜的马车去了她家的田地里:我一下子就看到了这匹马,立即指给她看,我说,那匹马的毛色,就跟上等石材的颜色一样,我可以试骑吗?她说,不让骑,它可是个摔人的好手,从来不让任何人骑上去,对我而言,它真是一匹很糟糕的马,等到屠夫或者吉卜赛人过来的时候,它将是贱售首选。既然如此,这就是我想要的马了,我回应道。我从口袋里掏出装在兜子里的钱,与此同时,车上的绿色卷心菜叶子也刚好掉了出来,全部落在我的脚下,这似乎是个好兆头。于是,她就到田里去抓它,花了一个半小时,好不容易才把它给带了回来。这匹马的马蹄很好,腰腿干净,最重要的是,它的背部到侧腹部有一条曲线,这条曲线一路延伸至心脏(毕竟心脏本身就是一条曲线),当我去看它的牙齿时,它允许我直接将手放到它的嘴里,噢,它以前可从来没有让人这样做过,那位女士说,每一次都会咬人。就这样,她给它安上了马鞍,上马鞍的过程中,它又是踢腿,又是发出鼻息喷气的愤懑声音(不全是马的声音)。最后,当我挺直身体,第一次跨上它时,它在那位女士的院子里直接把我给甩了出去,但是,我很快又回到了它的身边,再次跨上了它。我能感觉到,它已经听懂了我的双手和

---

① Lancelotto,源自 Sir Lancelot,亚瑟王麾下圆桌骑士之一。
② Artù,源自亚瑟王 King Arthur。
③ Zerbino,意大利语,意为追随者、侍从。

脚跟都对它讲了些什么，它已经明白了，我肯定不会伤害它。自那一刻起，不仅是我将它当成了未来的旅伴，我相信，它也将我视作了旅伴。

我就这样把它给买了下来，还顺带买下了它身上的马具，我将马具挂在它脖子上，俯下身去，没有下马（以防再上马时会遇到困难），将那袋钱币给了那位女士。在我们回博洛尼亚的路上，它总共只把我甩下去三四次，而且总会允许我再次跨上去，并没有什么异议，这对于一匹不习惯被驾驭的马而言，已经算是很讲礼貌的行为了。我将手放在它的脖子上，行走的时候，那里温暖的皮肤会随着步伐压出皱褶，然后又慢慢舒展开（一路上，我几乎无法让它走得比普通人走路更快一点，除非它主动想要慢跑，每当它想随心所欲地跑起来时，我都采取自由放任的态度，因为我觉得这是让它慢慢喜欢上我的一个好点子）。当我们的这趟旅程结束时，至少有两点是可以确定的：首先，我想将它的名字改为另一个听起来更加老练、更适合它肤色的名字，另外就是证明了它跟我是朋友。这匹马的眼睛依旧很清澈，要知道，在之前那位女士手上时，或者更早之前曾经拥有过它的某个人手上时，它遭受了很多虐待（售卖单上没有写明这些，她也不愿意给我开具一份保证书，当我提到时，她反复推托，说自己不会写字，连签名都不会）。我不记得了，完全想不起来，我在到这里之前，是不是把它给卖掉了，因此，我必然要假设自己从来没卖掉它。

死了，走了，骨头，马之灰土。

在这个特殊的炼狱圈子里，我渴望闻到家乡的味道，渴望闻到曾经跟我一起在大地上四处旅行的那匹马的味道，从它的额头，一路延伸至它鼻孔之间柔软且黑暗的位置，有一条毛色更白的分界线，它是一只完全对称的生物，提醒人们，大自然本身就是一位真正的艺术家，既有黑暗，亦存光明。

有一天早上，我跟某个男人的女儿在一起，他不知道我藏在谷仓里，不知道他的女儿也在这里，他不知道我们在那里亲密拥抱，彼此温暖了一整个寒冷的冬夜。是玛托内，它让我知道外面如此寒冷，它用牙齿咬住我的衬衫，将衬衫扯了下来，冷空气涌进来了，然后它又用力舔了舔我的后背。天刚刚亮，那个男人已经起床，正在吃早餐，他手下的工人就在院子里。我亲吻了那个女孩，骑在玛托内的背上，在太阳有机会融化更多霜冻之前，穿过田野，慢跑而去。没错，这次艳遇令我伤痕累累，但这些伤痕终究还是来自我们相爱的激情，以及我自己马儿的啃咬，而非来自她父亲或他手下工人们的愤怒与殴打。也正因此，在婉转的鸟鸣声中，我感觉到了非比寻常的庄重与自豪。

篱墙里的乌鸫眼下已停止了歌唱，它以很快的速度飞了起来、飞了出去，引起了男孩的注意。他朝我转过身来。他在看我！

不对。他的视线透过了我。很明显，他什么也没看到。

这是我第一次看见他的脸。

我看到他两只眼睛周围的色彩，最多的还是悲伤的黑色（鼻尖两侧的骨头曲线上，是犹如烧焦桃核般的模糊污迹）。

仿佛他是一张浸没在阴影中的白鼬毛皮。

然后我突然发现,他看起来很像女孩子。

在这个年龄段,这种情况并不稀奇。

伟大的阿尔伯蒂,在母亲生我的那一年,出版了一本供所有绘画者日常使用的书①,他在书中写道,*务必让男人(相对于男孩或年轻女人)的动作显得更加刚毅有力,要理解它所需的粗粝与柔韧,毕竟它,嗬,两者皆有。*

不过,伟大的切尼尼②在他那本色彩与绘画手册中也指出,女孩,或者任何年龄段的妇女,在艺术创造和美学领域都是毫无价值可言的——除了,她们的手。因为相比男性,女孩和妇女拥有纤巧灵活的双手,只要她们足够年轻,这双手做起事来就更精细,也更具耐心,他说,女性有太多时间待在室内,对蓝色的感触更细腻,所以更适合制作最好的蓝色颜料。

我本人对此却有不一样的考虑,我要成为用双手进行艺术创造的专家,既要在研磨蓝色颜料方面做到精通,也要随心所欲地使用蓝色颜料来画画,两者皆要;除了我之外,还有其他像我这样的人——我指的是画家——他们也可以做到我所提到的这两点,两者皆要;当我们见到彼此时,马上就能达成相互理解,我们保持沉默,通过眼神来交流这种体悟,然后继续前行,继续走自己的路;至于那些识破了我们诡计的人,在其中大部分人眼中,我们这类人的必要性使我们得到了认可,他们对我们必须具备的技能有着心照不宣的

---

① 即阿尔伯蒂的《论绘画》。
② Cennini(约1370—约1440),意大利画家,活跃于佛罗伦萨。文中提到的是他的重要著作《艺匠手册》。

信任,唯有如此,我们这类人才能踏踏实实地走上这样一条道路,实在是感激不尽。

在这条路上,父亲确保了我可以接受教育,以及我作为学徒的身份,尽管这让我的哥哥们非常生气,他们认为,与父亲工场里辛劳的工人们相比,我简直就像个异教徒:他们觉得应该搬运、加工石头和砖头时,我却坐在那里画画,计算各种数字,观察窗户的形状,然后将窗框作为取景框来观察外面的景色,要么就是坐在窗户下面,利用外面的光线来阅读数学书,或者关于颜料的论文,同时保护好自己的双手。

与此同时,我对与墙壁相关的一切也很了解,因为我也在对工场运作的观察中学会了如何处理石头和砖头,以及如何建造一面比现在这个男孩所坐的矮墙耐用得多的砖墙。

有趣之处在于,我这个画师,刚好来自建造墙壁的那个家族,我们家族建造的墙壁,本身就构成了费拉拉的市政厅——伟大的皮耶罗大师[①]在费拉拉逗留期间,曾经在这些墙壁上为埃斯特家族绘制过战斗凯旋的场景

(从对他作品的观察中,
学会了马匹张嘴的绘制,
风景中光线的上升变化,
明亮度具有的严肃特征,
以及如何讲好一个故事,不仅仅只用一种方式来讲述,

[①] Piero 即皮耶罗·德拉·弗朗切斯卡(1416—1492),意大利文艺复兴初期著名画家。

要在原本故事的下方,再来讲另一个故事,让两者层叠起来、交替攀升)——

我将绘制我自己家族的墙面。

因此我父亲,在我接受了他认为足够多的训练之后(截至此时,我已见过十九个仲夏),有消息传来,说需要有人为大教堂的主祭坛提供三幅圣母怜子图的半身像,并且为一些柱子进行彩绘。于是,在某个潮湿的夜晚,他将我的作品卷在胳膊下,用鞣制处理过的一张皮革将它们包裹起来,以阻挡雨水,随后,他向神父们展示,我是如何用颜料将普通石头变成了看似大理石的柱子。神父们在我年纪还很小时,曾多次见过我和父亲,以及我的哥哥们,于是他们给了我这份工作,并给了我们丰厚的报酬。因为幸运和公平,我们都受益匪浅。一直等到父亲还有三年就要去世了,我才正式脱离父亲的监护——老父亲,老砌墙匠——那一年,我已成年,已经长大,十多年来,一直用亚麻布捆绑住胸部,当时我身材苗条,保持跟男孩一样的身材,并不算难。更何况我还跟巴托①一起去"快乐之家"②,在那里待的时间几乎一样久。在那里,女孩们教我如何捆绑和解绑,还有其他一些实用的方法,来让自己举止得当。

巴托。

假如眼前这个男孩能够听见我说话,那么我会告诉他:我们每个人都需要一个兄弟或者朋友,当然,在某些特定时

---

① Barto。
② 此处指妓院。

刻,你也需要一匹马。我的确有两个哥哥,但不可否认,归根到底,马儿当我朋友的时候反而更多。不过话说回来,比我的哥哥,甚至比马儿更好的,还得是我的朋友巴托。我是在自己十二岁生日那天、赤脚站在河边石头上钓完鱼之后认识他的,虽然我通常钓不了多少,但是那天,鱼儿浮在水面上拼命张嘴,就好像在为我庆贺生日,我一共钓了七条,其中三条是拖着长须的肥鲤鱼,剩下的全是小号到中号的鲈鱼,一道道黑色条纹覆盖在它们的金色鱼鳞上。我将丰收的系鱼绳打了个结,挂在肩上,任由哥哥们看了生气(他们钓到的远比我少),沿着高墙脚下的峨参花往家走。这时,有个声音从上方叫住了我。

我曾经钓到过一条鲶鱼,那个声音说道,那条鱼大得啊,甚至根本就无法拖上岸。实话实说,它几乎要把我给河淹[①]了。

"河淹"——我喜欢这个词,于是我就抬起头来看了看:是个男孩,整个人靠在高墙的墙沿上。

我可以从它的嘴巴、它所展示出的拉力中感觉到,他说,它从头到脚的长度,比你要大很多,不过话说回来,你本身也没多高,但是,对于一条鱼而言,这可是相当不得了的尺寸,难道不是吗?

他戴的帽子是崭新的,身上穿着一件精致华美的刺绣外套,虽然这道高墙比两个成年人加起来还要高,但我还是远

[①] 原文为 rivered,名词动词化,意为"拖进河里淹死",为巴托自创的说法。

远地看出了它的质量。

也就是说,我无法将它拖上岸,他继续说道。因为它也比我大得多,而且当时只有我跟那条鲶鱼,没有其他人在场,单凭我自己也拿不下它,就算勉强拖上岸,也无法将它带走。无奈之下,我只好剪断鱼线,让它逃离了我的视野,当时的情况下,我不得不这样做。尽管如此,那始终是我钓到过的最好的鱼,一条我没有真正钓到的鱼,但现在呢,它是一条永远跟我在一起的鱼,永远不会被吃掉,永远不会死,永远不会上岸。我看你今天钓得不错。能不能把你那一百条鱼中的一条让给我?

你还是去抓你自己的鱼去吧,我说。

好吧,我会去的,但你已经钓了这么多,我再去一趟,对那条河恐怕不怎么厚道,他说。

你是怎么上去的?我问道。

我是爬上来的,他说。相比人类而言,我更像只猴子。想上来吗?上到这里来。

他俯下身子,向我伸出一只手,不得不说,他离我实在太远,但他的姿势非常迷人,我突然大笑起来:解开了肩上最小的那条鲈鱼,将它跟它的兄弟们分开,放在一旁的草地上。

赏你一块金子,因为你逗我笑了,我大声喊道。

然后,我将剩下的鱼系好,挂回到肩膀上,朝男孩挥了挥手:哪曾想到,当我沿着小路走了一段之后,男孩又把我叫了回来。

你就不能将你送我的那条鱼直接扔给我吗?他说。我无法从这里够到它。

别偷懒啊,我说。自己下来拿吧。

你是在害怕自己没办法像钓鱼一样扔鱼吗?他说。

我很乐意为你扔鱼,可我不应该滥用自己的双手,我说,因为我以后是要靠这双手来谋生的,但是,用力投掷物品,正如大师们在各种书籍中提到的那样,可能会让双手过度疲劳,甚至受伤。

你在害怕,怕自己扔不准,他说。

你还没领教过我的本事,我说,要知道,你正在玷污一次专家级的瞄射。

噢唷,一次专家级的瞄射,他重复道。

我放下手里的东西,捡起了那条小鲈鱼。

别动,我说。

我不动,他说。

我瞄准了。男孩目瞪口呆地转过身,眼睁睁看着帽子跟鱼从高墙另一边掉了下去。

现在麻烦了,他说。我本应保持帽子干净才是。你是用什么鱼把它给打下去的?

一条鲈鱼,我说。

他做了个鬼脸。

水沟鱼,他说。泥塘鱼。你难道就没有比这更可口的鱼了吗?

下来,我们到河边去,我说。我可以把我钓鱼的棍子借给你。你大可以随意钓取符合自己口味要求的鱼。假如你钓到的东西真跟你之前钓到的一样大,我来帮你拖上岸。

当我讲出这句话时，他看起来很高兴；可是，他的脸色转眼又变得痛苦起来。

啊，我办不到，他说。

为什么办不到呢？我问他。

他们不允许我靠近河边，他说。不能穿这身衣服靠近河边。

那就脱掉，我说。我们将你的衣服藏在某个地方。我们回来之前，没人会发现。

话虽如此，后来我还是担心了一小会儿，因为，假如那个男孩真的下来，脱掉他的衣服之后，兴许也会要求我脱掉自己的衣服。毕竟我在当时那个世界上已变成了全新的自己，为了维系身份，必须严格且努力地保持我对外的模样。因此，虽然我内心深处的某些地方也觉得跟他一起脱掉衣服的想法很好——不管怎么说吧，最终并没有以任何形式褪去任何衣物，至少在这一天是如此，因为男孩冲着下面喊道——

我不能这么做。这些是我今天必须要穿的衣服。我一会儿就得走。我必须去参加庆祝活动。今天是我的生日。

也是我的生日！我说。

真的吗？他说。

生日快乐，我说。

你也一样，他说。

多年以后，他告诉我，当年我最吸引他的一点在于，当我走路时，脚是光着的，另外，在我们的友谊持续了相当长的一段时间之后，他才告诉我，那天他之所以没办法跟我一起去河边，并不仅仅是因为他身上穿着最好的新衣服，主要原因在于，他母亲不喜欢他靠近河边，因为他哥哥在他出生前溺水身亡了，他是以哥哥的名字命名的，其他孩子都是姐妹。

每当他的家人来到市镇上时，我们都会见面，尽管这种会面逐渐变得越来越隐秘，因为他来自一个几乎跟我没有任何关联的家族，我们经常去河边，如此一来，他就可以加倍违抗他母亲的意愿，首先是去河边，其次是瞒着母亲去。但他从不单独过去，以防河神决定再夺走一个同名的孩子。实话实说，直到我们都长大了许多之后，我才知道关于他的这些真实情况。

在我们第一次共同度过的生日那天，他向我展示了一旦懂得如何在一堵非常高的墙沿上保持平衡你可以做到的所有事情：你可以徒手将自己挂在上面；你可以像猫或者在高空走绳索的吉卜赛人一样，沿着墙沿行走；你可以跳舞；你可以像松鼠一样在墙头奔跑，也可以像苍鹭一样，仅用一条腿站在墙上，一下一下地跳跃；你甚至可以在单腿站立的同时，将另一条腿收到背后，或者在保持平衡的前提下来回踢腿；最后，你可以像苍鹭一样张开双臂，从墙上飞到空中。

除了最后一项之外，他展示了上述所有动作：最后一个动作，他只是像张开翅膀一样张开双臂给我看，好像真的要飞下来一样。

不要，我喊道。

他放声大笑，舞动的步伐中充满了胆量。于是，他在空中做出最后一次跳跃，直直落下，拍了拍墙头，安稳地坐了下来,双臂仍然大张着。他朝我摆动双腿,整个人仿佛一半在画中,一半在画外,而他的腿就放在画框上。

你是个害怕高墙的男孩,他冲着下面的我喊道。

你是个不知道自己错得有多离谱的男孩,我怼了回去。你应该试着更好地了解我,要知道,我什么都不怕,我父亲恰恰就是高墙的建造者,对于你做的这些事情,有一点是最关键的,那就是——这是一堵相当不错的高墙,你能在墙沿把你那两条腿尽情地踢来蹬去,没有任何东西掉下来,算你走运。事实上,这堵墙实在太高了,谁也无法直接跳下来,哪怕傻瓜都可以预估出来。

没错,我又不是傻瓜,他说着说着,又站了起来,似乎要跳下去,这令我再次笑了起来。可他并没有跳,而是尽可能低地在向我鞠躬致礼。

巴托洛梅奥·加甘内利①非常开心,他说,在我们俩都很幸运的这一天里,我在你这里撞见了不少稀怪②。

你大可以跟你的衣服一样,花里胡哨地讲话,我说。可是,哪怕是只懂得捞水沟鱼的普通渔夫也知道,你不过是将最后一个词给拼错了而已。

一个稀怪,两个稀怪,他说。我撞见了超过两个稀怪,我在你这里撞见了三个稀怪:专业渔夫、专业扔鱼人、墙壁及相关领域专家。

假如你愿意完好无损地下来,我说,我会考虑将我的其

---

① Bartolommeo Garganelli。
② 此处"稀怪"的原文为quaintances,对应"稀奇古怪quaint",同样为巴托自创的说法。

他各种稀怪介绍给你。

又出现这样的场景了：我和一个男孩，以及一堵高墙。

（我将这些视作一个预兆。）

可是这一次，男孩的目光直接跳过了我，仿佛我吞下了一枚魔法戒指，这枚戒指让我隐形了。

（我也会将这视作一个预兆。）

刚开始时，他的注意力完全放在了圣徒画像上。眼下他又完全陷入了单相思。区区一个画家，能对他有什么帮助？

我会尽我所能。

我会为他画一道敞开的门。

我会将点燃的火把放到他手里。

为了画画，我们需要植物、石头、石材粉末，还有水、鱼骨、绵羊和山羊骨头，母鸡或其他家禽的骨头，这些骨头将在高温下变白，然后被磨碎；我们可以使用野兔的脚、松鼠的尾巴；我们需要面包屑、柳树芽、无花果芽、无花果内部的白色汁液；我们需要猪的鬃毛和非食腐型食肉动物的牙齿，比如狗、猫、狼和豹子；我们需要抹灰泥；我们需要进行岩彩的研磨；我们需要一只旅行箱，需要优秀的颜料来源，我们需要各种能够作为原料的矿物质；最重要的是，我们需要鸡蛋，越新鲜越好，必须是来自乡村、而非城镇里的鸡蛋，这意味着干燥后能有更好的颜色表现。

假如颜色太亮，我们直接用耳垢就能让画面变得暗沉，并不需要消耗其他什么东西。

我们需要绵羊和山羊的皮，从口鼻、脚和肌腱位置剪下的皮，刮掉上面的碎屑，然后用清水来煮沸它们。

不过照我看来，在这里，所有的素描纸和图纸，所有画画所用的嵌板，所有亚麻布，乃至于遍布裂缝的墙壁，所有的颜料、柳树、野兔、山羊、绵羊和带蹄子的动物，都已不复存在，所有的蛋都裂开了：灰烬、骨头、尘土，成百上千，不，成千上万的一切，都已消失殆尽。

这些就是一个画家的全部生活，所见的事物，飘散在空气、雨水、四季与年岁之间，湮灭在乌鸦那饥饿的利喙之间，永去不回。我们所做的一切，无非是用眼睛寻找尚未破碎、或已濒临破碎的边缘，让那些已破碎的尽可能弥合。

我会告诉那个希望见到圣母的小男孩，

他祈祷复祈祷，请让我看见圣母，让她在我面前，以肉身显现。出现了，但眼前出现的却是一位天使，天使说，是啊，你可以见到圣母，但我不希望你见到，因为你一旦亲眼见到她，就会失去一只眼睛。

我很乐意见到圣母，男孩回应道。

于是天使消失了，圣母出现了，圣母是如此美丽，男孩哭了起来，之后，圣母消失了，在她消失时，诚如天使所言，男孩的一只眼睛看不见了，事实上，当他举起一只手，用手指触摸自己的脸颊时，看不见东西的地方并没有眼睛，曾经的位置上，只剩下一个小洞。

虽然失去了一只眼睛，他仍然倍感欣喜，自己能看到她，如今，他的眼睛只想再次见到她（不是双眼，因为他现在只有一只眼睛了）。

请让圣母再次出现在我面前,他祈祷复祈祷,直到天使厌倦了听他再讲这些,扇动着闪闪发光、紫金白色的双翼飞了过来,站在他面前,严肃地折叠起翅膀,这意味着一场谈判即将开始。天使说,是啊,你可以再次见到她,但你必须知道——我并不希望你天真地签下这份约定——因为,一旦你这样做了,你将不得不失去唯一剩下的那只眼睛,用它来偿付。

我坐在母亲膝盖上,上下摇晃着,这个故事显然不公平。这是修女们画了插图的文森特小册子里的一个故事,也是文森特喜欢给众人讲述的故事之一,无论他们是否听得懂他所讲的语言,都能在几英里外听见他的每一句话,直到我母亲去世之后,又过了一段时间,我才可以独立进行阅读,于是,我发现了这本小册子:《最谦卑的仆人文森特·费雷尔生活中的真实事件,包括真实发生的无数奇迹》,它掉在床头后面,被拧成了一团,我将小册子重新展开,坐下来,人生中第一次自己读给自己听,我发现,母亲在她的每一次讲述中,从来都没有告诉过我故事的结局

1. 圣母再次出现
2. 天使取走第二只眼
3. 最后,圣母出于善意,将双眼还给了男孩

相反,她总是将我搂在胳膊里,让我在膝盖上来回扭动,进退两难。

他会放弃双眼吗?她问。你怎么认为的?他该怎么办?

我将拳头放到自己眼睛上,将手指的关节压了进去,想看看我的双眼是否还在那里,挥之不去的念头折磨着我,在

我的想象中，我的双眼消失了，与此同时，我还等着她将那幅插画——那个脸上本应是眼睛、但却变成黑洞的男孩的插画翻过去，这幅插画固然将我吓得不轻，但始终没有文森特治好那个哑巴女人的故事吓人：有一天，文森特偶然遇到一个不会说话的女人，天生不会说话。他治好了她，从此以后，她就可以跟其他人一样开口讲话了。

哪曾想到，在她真正开口之前，他却举起手里的书和另一只手，说道——是啊，是真的，你现在可以说话了。但是，你最好不要这样做。我希望你选择不说。

于是，那女人就开口说了一句"谢谢你"。

自那以后，她就再也没有说过话了。

对于这个奇迹，我母亲一贯的态度就是放声大笑。有一天，她笑得如此厉害，直接从凳子上摔了下来，躺在我旁边的地板上，身边是掀翻了的凳子，她双臂抱着胸口，泪水都从她眼睛里笑出来了。她之所以能这样无所顾忌地放声大笑，其实是件很幸运的事情，因为我们家的房子做了厚墙，没有路人能够听到她那样的笑声，否则她就会变得跟那些住在森林里被众人回避的野女人一样，众所周知，她们会巫术。

更有甚者，在洗完澡之后，她会把我抱在膝盖上，给我讲一些可怕的故事[①]，比如有一个男孩，他父亲太阳神阿波罗，禁止男孩驾驭那些将太阳从每天升起的地方拉到落下地

[①] 指太阳神阿波罗的儿子法厄同驾驶阿波罗太阳车的故事。故事的最后，法厄同陨落在广阔的埃利达努斯河中。

方的马，因为这些马对他而言，实在太狂野、太强悍了。每当讲到这里的时候，她都会用胳膊在空中滑行，展示马与太阳稳定前行的方向。但是，当男孩将那些禁止驾驭的马偷偷带出去时，她开始抖胳膊，不停颤动（马开始变得有些难以驾驭了），接着又开始晃动，将胳膊从一边甩向另一边（马越来越难驾驭），最后，她的胳膊疯狂摇摆，好像这个部分已经变成某种无比疯狂的东西，甚至不再是她身体的一部分（马匹失控，缰绳在空中松开），白天过去了，在短短一两秒钟的时间内，天空变成了黑夜，就仿佛过去了一整天似的，马匹像天空中飞翔的鸟儿一般，开始了俯冲，终于，马车和男孩一齐撞击到了地面上，速度如此之快，快到无法用言语来形容——这时，她似乎要将我从膝盖上摔下来，仿佛我会跟他们一样陨落，撞击到地面上。好在情况并非如此，坠落一旦开始，我就会发现，自己反而是在向上，而不是向下摔去，因为这时她会站起来，将我猛一下推向空中，就好像她要把我给远远甩开似的，非常高，充满了危险，充满了自由感，我的心脏、我的喉咙好像就要离开我的身体，跳跃至我们两个的上方，朝着天花板飞去——我的母亲，无论是向下还是向上，都一直抱着我，从未放过手。

或者是，关于音乐家马耳叙阿斯的故事，他半人半兽，可以像任何神明一样用长笛演奏美妙动听的乐曲，直到太阳神阿波罗，听闻了这位尘世中的音乐家有多么优秀的传言，于是，他就像一束光，直射到地球上，向马耳叙阿斯发起挑战，要求来一场比赛较量，最后，阿波罗赢得了比赛，音乐家被活活剥皮，皮肤成了阿波罗获得的奖品。

这一切并没有听起来那么不公平，我母亲说。试想一下，马耳叙阿斯的皮瞬间剥落下来，就跟浸在温水中的西红柿皮一样容易脱落，下方的果肉散发出血红色的生鲜甜味。亲眼见到这样的释放，每个人都深受震撼，这比任何音乐家或神明所演奏的任何音乐，都更能展现出感觉的力量。

也正因此，必须永远敢于去冒失去皮肤的风险，她说，永远不要害怕失去它，因为当那些屈尊而来的压倒性力量从我们身上将它夺去时，它总是会以这样那样的方式，令我们有所斩获。

这男孩是个女孩。

我就知道。

我之所以会知道，是因为当我们坐在那堵可怜的墙上（这堵墙撑不了太久）时，有个年纪颇大的女人——岁月压弯了她的腰——从我们身后的住宅里骂骂咧咧地走了出来：她用一根长木杆刷子的鬃毛一端戳了戳男孩的后背，还喊了一些话，当我们离开时，男孩向她致歉了，非常有礼貌，照我看来，那是只有女孩才可能发出的声音，坚定又坦率。

此外，这个女孩很擅长跳舞。我现在很享受这座炼狱里的一些生活方式，其中最奇怪的一点是，这里的人们会在空旷且没有任何音乐的房间里独自跳舞，他们会将一个小方块塞进耳朵里，然后开始沉默地摇摆，或者用比蚊子的嗡嗡声更小的声音，通过每个小方块里藏着的告解室进行忏悔。此刻，女孩正在用身体中段做出一个弯曲加抽动的动作，先上升，后下降，然后再次上升，有时身体是如此之低，乃至于当我看到她如此迅速地再次站起来时，心中不由得啧啧称奇。她有时会用一只脚旋转，有时是另一只脚，有时双脚弯曲，摆弄出一段蜿蜒起伏的动作，就跟毛毛虫将翅膀从茧里薄膜的缝隙间伸展出来一样，在鬼斧神工的生命循环中，生出全新的成虫。

此外，这女孩还有一个弟弟，他比她小几岁，面容同样开朗，但相比之下显得更胖、更健康，眼睛周围的阴影也更少，他跳起舞来，就跟当着大家的面大笑一样抓人眼球。我关于他们跳舞情况的推断并非揣测，因为这个长着棕色鬈发的小男孩在进入房间之后，也跳了同样的舞蹈，但却跳得很糟糕（肯定是男孩，我是通过解剖学特征判断的，因为他腹部以下就跟酒神巴库斯手下的小天使一样赤裸）。尽管如此，他也依旧笑着，继续半裸着围着她跳舞。那女孩看不见他，听不到他讲话，也不知道他在做什么，直到她睁开眼睛看到他时，才会像一只愤怒的非洲野猫一样咆哮，并且用手打他的头，将他赶出房间，我正是通过这一点判断出他们是姐姐和弟弟的。

她又开始跳舞了：她以如此灵巧、专注的方式，来演绎舞蹈的神奇，她如此认真地舞动、起伏，也令我充满了激情与热忱。

我挺喜欢这女孩，她总是会如此严肃、庄重地独舞。

现在她跟我，在她和弟弟家的房子外面：我们坐在一处有着摇曳生姿花朵的花园里。

透过她手中的小窗口，我们看到的是一幅又一幅"快乐之家"中发生的肉体欢爱场景，长条图画，栩栩如真。爱情行为并未发生任何改变。此地的变化对我而言并不新鲜。

花园很冷，她在发抖：照我推测，她正通过反复观看同样的爱情行为，来保持温暖。

弟弟也出来了，她朝他的方向冷冷瞥了一眼，这样既警告了他，又打发了他。这是个眼神很有力的女孩。小男孩没走远，他在一排跟他差不多高的柳条小栅栏后面躲着，栅栏旁边有些高高的黑色木桶，他就藏在靠近房门的地方，我想，他恐怕有些恶作剧的打算。每隔一段时间，他就会冲到栅栏前边的草地上，捡起一块石头或树枝，然后又冲回到栅栏后面。他像这样连续来回了好几次，可她一次都没注意到他。

女孩啊，我记得与此类似的情况，爱的欢愉，足以让世界其他部分消失。

不过话说回来，最好不要通过这么小的窗口来观看。

总之，最好还是不要看。爱是最好的感觉。爱的行为是很难像这样被观看的，除非是由最伟大的绘画大师提笔挥就，否则，看见它以其他人的形象来完成、来享受，自己反而总是会被拒之门外（除非你的愉悦来自孤身一人的快乐，或者一蹴而就的快乐，在这种情况下，是啊，那你的确可以获得愉悦）。

此时此刻，我不可避免地想起了吉内芙拉[①]，想起了最可爱的伊索塔[②]，想起了幼稚可爱的小梅利亚杜萨[③]，还有阿格诺拉[④]，以及其他一些人，在我十七岁那年，我第一次去

[①] Ginevra。
[②] Isotta。
[③] Meliadusa。
[④] Agnola。

她们那里,那天晚上,我跟巴托去看了雷焦①的游行,之后回到城里,巴托将我带到他说的那个好地方去过夜。

你觉得怎么样,弗朗西斯科,我们可以一起去看侯爵升任公爵的庆典吗?巴托问。

我向父亲请求过了,虽然我的确渴望这次人挤人的热闹场面,但他说不行:他的态度很坚决,不容置喙。

告诉他,这对你的工作有好处,巴托说。我们要去旅行,要去见证历史性的时刻。

我已经向父亲重复过这个观点了。

我说,那里有很多值得画家去看的东西,假如你想让我更接近宫廷,更接近宫廷画家的水准,那我就应该去了解各种相关事情,很多东西都不能错过。

我父亲摇了摇头:不行。

假如这些都失败了,巴托说,那就告诉他,你是跟我一起去的,谁都知道,让一个画家做这件事是很明智的,因为我的家人越有机会见识到你的技能——你会画出游行队伍,不是吗——他们就越有机会在你出师之后给你安排一份工作。告诉他,你只需要离开一个晚上,我的父母会把你在雷焦的住宿安排在我们家族的一处房子里。

但你们家的房子离雷焦远着呢,我说。

---

① Reggio,意大利古城,埃斯特家族的受封地,对应的摩德纳和雷焦公国存于1452—1859年。文中提到的庆典发生于1452年,博尔索·埃斯特被神圣罗马帝国皇帝腓特烈三世封为摩德纳和雷焦公爵,公国正式成立。不久前的1450年10月1日,他继任为费拉拉侯爵,后文亦有说明。

弗朗西斯科啊，你简直青涩得跟早春嫩叶一样，巴托说。

可是，有很多种不同的青绿色，哪怕最嫩的叶子，也分很多种绿色，我说。

到底有多少种绿色？巴托问。

有七种主要的绿色，我说。细分下来，可能总共有二十到三十种，甚至更多，每种绿色都有单独的变化。

你青涩得就像这些绿色统统整合到一起，他说，因为除了你之外，换了其他任何一个人，现在都已经开始打点行囊了，而且永远不需要征得家人同意，其他任何计划都比不过我们一起在雷焦过夜。瞧瞧你，你还在计算，不是吗？究竟有多少种绿色，怎么可能算得清？

巴托说中了：所以他马上大笑起来，搂着我的肩膀，亲吻我的脑袋。

我可爱又谦逊的朋友啊，他说，你对物、对人、对鸟、对天空，甚至对建筑物的外观都言之凿凿。我爱你的青涩，甚至对此感到有点钦佩，无论如何，我希望你能说服你父亲，允许你陪我一起去。去说服他吧。相信我。你绝对不虚此行。

好吧，巴托在处理这类事情上，向来都是很明智的。我的父亲，一想到加甘内利家的床铺上躺着他的孩子，就马上眨了眨眼，停顿片刻，然后说出了我们想要的"可以"。尽管如此，他还是对我的行为举止下了许多最后通牒，甚至专门为我做了件新外套：我收拾了东西，一大早就离开了，去跟巴托见面：然后我们到了雷焦镇，我们见证了这一切。

我们看到的人比我想象的还要多，人们都挤在小城镇的广场上，我们看到了旗帜，看到了画着人物的白色横幅：我们在加甘内利家族朋友家的阳台上，清楚地看到了这些（巴托说，他们乘威尼斯的船去圣地耶路撒冷旅行了，根本不在乎谁在他们家阳台上）。有骑马的侍臣，少年们挥舞着旗子，将旗子抛向高空，然后接住；有一个平台，由白色马匹牵拉着，它们是如此之白，肯定涂上了含铅的白色颜料。在平台的高处有一个空位，高高在上，涂上了油漆，像宝座一样放了垫子，四个男孩站在四个角落，身披长袍，代表了拥有伟大智慧的古罗马人，他们的脸上涂有木炭，使他们看起来很古老。我们离得很近，可以清楚地看到他们眉毛、眼睛和嘴巴上画出来的线条。在他们下方的平台上，还有四个男孩，也是每个角落各站一个，他们举着高高的旗帜，旗面上是这座城镇的城徽，配以新公爵的纹章色，总共八个男孩，还有一个坐在最前面的，第九个男孩。也就是说，总共九个盛装打扮的男孩，在我们眼前努力保持着平衡，因为牵马的人停下来了，平台开始在我们下方摇晃，这时四周可没什么东西能够供他们抓扶的。

　　第九个男孩打扮得像正义之神①，坐在宝座正下方。他手里拿着一柄看起来很重的宝剑，当平台停下来时，他向侧边翻倒，撞到了他前面的一个大天平，差点从平台上摔下来。但他并没有真的摔下来，而是用剑尖重击了一下花车的

---

① Justice，此处指古罗马正义女神朱斯提提亚 Justitia，形象为白袍蒙眼，左手持天秤，右手持宝剑。

支撑板,将自己给扶正了。接着,他把衣服上掉下的布料又重新移回到肩上,用一只脚优雅地将倒下的天平踢回原处,喘了口气,将剑尖对准了空中。看到这一切的人们全都大声欢呼,不停鼓掌。可是,这位正义之神却显得很羞愧,因为那位站在平台一侧、正对着空荡荡宝座的魁梧男人脸上,露出了严峻的神情。

此人身上闪烁着宝石般的光芒:他也正是我们来这里的原因,他就是仁慈慷慨、富有魅力的博尔索·埃斯特,新的摩德纳和雷焦公爵、新晋费拉拉侯爵[同时也是个自命不凡的傻瓜,巴托说,他跟我讲了个故事,一个在所有非埃斯特家族富人家庭中流传的故事,关于仁慈慷慨、富有魅力的博尔索是如何在好几个月里连续给皇帝送礼,以此来让大家知道,他究竟有多么仁慈慷慨、富有魅力,最重要的是,比起他的兄弟,也即上一任费拉拉侯爵,他明显更喜欢送礼。博尔索的兄弟精通拉丁语,过着平静的生活,最后悄无声息地死去了。在博尔索听说皇帝终于要封他为摩德纳和雷焦公爵(虽然还不是费拉拉公爵①,该死)的那天,他的随从看到他在自己华美宫殿的玫瑰园里,一个人上蹿下跳,像个孩子一样不停尖叫,高喊,我是公爵!我是公爵!]。

此刻,他胸前戴满了宝石:宝石反射阳光,就像他戴着许多小镜子或者天上繁星一样,有时甚至像是被烈火覆盖了一样:最大的一颗宝石,是他朱红色大衣前面明亮的铜绿色宝石,几乎跟他张开的手一样大,他被一个非常小的男孩

---

① 博尔索直到1471年才被教皇擢升为费拉拉公爵。

——天使般的小男孩（有着嵌满天鹅羽毛的双翼，簇新的羽毛，显然是刚从天鹅身上拔取，因为与男孩背上白色织物相衔接之处，还看得到红色的渗出物和骨头，骨头上还有软骨泛出的光泽）——领到了平台前面，领到了正义之神面前。

最伟大的主啊，一切就绪，天使用高亢清晰的声音说道。

广场上的人群瞬间安静了下来。

那魁梧的男人向天使鞠了一躬。

你们看哪，上帝的正义之神就坐在你们面前，天使说。他的声音像手摇铃一样，在人们的头顶缥缈地响起。

魁梧的男人从天使那里转过身来，以一套庄重的仪式向正义之神致礼。我发现正义之神不敢回礼鞠躬。因为那柄高举着的宝剑实在太重，正在他们两个上方摇摆不定。

接下来，天使再次发声。

正义之神，被遗忘了如此之久！正义之神，已被盲目蔑视了太长时间！世上所有的统治者，都对正义视而不见！自从她的守护者——那位美好时代的睿智政治家——去世之后，她就被遗忘、被蔑视了！正义之神，一直如此孤独！

打扮成正义之神的男孩，默默将另一只手放在他的剑柄上，用两只手阻止了宝剑的摇晃。

可是今天，值得庆幸的是，伟大的主，正义之神，已不再有人相信！天使说。

因震惊而导致的停顿。

天使看起来颇受煎熬。

今天，伟大的主，天使再次开口。正义之神，已无人相信。

那魁梧男人依旧保持着鞠躬的姿势。天使紧闭双眼，眉毛拧成了一团。马车上的男孩们直直地盯着前方。一个侍臣开始从空荡荡的宝座之外、平台后方的一队马匹那儿向前骑来：那魁梧男人什么也没有看，仅将一只手从身边抬起，轻轻一抖，那个侍臣看到了这个动作，立即将自己的马勒住了。

魁梧男人还在低头鞠躬，对着天使的方向咕哝着什么。

——致献，天使大声喊道。这个位置。致献给你！今天，正义之神让世人知道，在所有人类当中，她最喜欢的是——你！正义之神向你鞠躬！如此纯洁的正义之神啊，甚至宣称她迷恋着——你！再次欢呼吧，因为正义之神已经邀请——你！来坐上古代伟大智者死后留下的空位。人类最后一位公正的统治者。正义之神说，伟大的主，截至目前，尚没有任何人能够公正地填补这个空缺！这位置是空的，并且一直是空的，直到出现了——你！

这个魁梧的男人，新任公爵，站直了身子，身前闪闪发光。他走到天使面前，用手搭在男孩肩膀上，将他整个人转过来，他们两个都面对着平台。

扮成正义之神的那个男孩仍然用两只手握着剑，这时，他的一只手暂时松开，朝空荡荡的宝座做了个手势，然后又以最快的速度将那只手放回到了剑柄上。

新公爵说话了。

我感谢正义之神。我尊敬正义之神。但是，我实在不能接受这项荣耀。我不能登上这样的宝座。因为我只是一介凡人。不过，正因为我是一介凡人，我将以我的公爵之位起誓，尽我一生的努力，来获得正义之神的尊重和认可。

沉默片刻：然后，我们下方的人群开始疯狂欢呼。

自命不凡的傻瓜，巴托说。自命不凡的博尔索。一大群愚蠢的傻瓜。

我也想加入欢呼声，因为这欢呼声很有感染力，在大广场上回荡：我还听说博尔索是个喜欢给受宠的画家和音乐家送礼的人，我不想将他想得那么坏，可以确定的是，聚集起来的人群似乎对他很有好感，在这样一个盛会上亮相的人群难道会出错吗？人们为他发出的欢呼声是巨大的，新公爵又是如此谦虚。花车上盛装的男孩们仿佛被周围人群的喧嚣声给淹没了，瞧他们那模样，就好像刚刚穿过大瀑布一样。

相比之下，看起来最不轻松的当数那个有着天鹅翅膀的天使。从他们头顶上看过去，新公爵再次朝着人群鞠躬，人群则继续欢呼。我可以看到，天使的肩膀和脖子上开始呈现出一种暗红色，就像一种很快会变成黑色的红铅粉颜料，这种暗红色来自新公爵的手，他用力握住了天使的脖颈，在上面留下了印记。说实话，随手捏出这种印记可不容易，新公爵对于在人身上留下大块瘀伤这件事，肯定已经驾轻就熟了。

来吧，巴托说。我们去打猎。

于是，我们驾着马车去了博洛尼亚。

在家乡的"快乐之家"，巴托已经非常有名，乃至于当我们还没有穿过它的外门时，就有三个女孩主动朝着我们走了过来，喊着他的名字，轮流亲吻他。

这就是那个弗朗西斯科,他嫩得就像刚从蛋里孵出来似的。他是我亲爱又亲爱的好朋友。记住,我告诉过你,他有点害羞,巴托对一个我看不太清楚面容的女人说道。之所以看不清楚,是因为她脂粉涂得太厚,而且房间里实在太暗,到处都是女人,数量如此之多,每个都像女巫一样衣衫不整、东倒西歪,这里弥漫着某种浓郁的气味,鬼知道那具体是什么气味,还有各种色彩,到处都铺满了地毯。气味与色彩充斥在脚下、墙上,甚至天花板软塌塌的涂层上,这一切是否真是如此,我也不太能确定,因为这里甜美污浊的气味,这里特殊的氛围和色彩,这一切的存在都令我的感官天旋地转,当我们进入内部房间时,那里的地板让人感觉就是天花板。

那女人牵住了我的手。她将大衣从我肩头取下来。她试图从我这里拿走我的皮书包,但里面有我的绘画相关用品。因此,我的一只手仍插在大衣袖子里,紧紧抓住我的包。

她将嘴凑到我的耳边。

别害怕,孩子。瞧你紧张的,别侮辱我们,你的口袋和钱包会一直满满的,只需要减去给我们的辛苦钱就好,如果你完事后想给我们额外的东西,当然也没问题,我向你保证,这里没有小偷,我们这里都是诚实可靠、值得信赖的人。

不,不对,我说,不是这个意思,我啊,——我这样做,并不是故意的——可是,她在我耳边讲了这么多话的同时,已经差不多将我抱在了怀里,她的力气很大,抱紧了我,就好像我完全失去了自己的独立意志一样,我们来到另一个房间的门口，我感觉自己就像树叶一样轻盈，房间将我卷了进去，房门在我们身后关上，我可以感觉到，我们经过了一层蕾丝，或者一道窗帘，或是一些薄薄的地毯绒面，门就在我身后。

我用一只手抓紧自己的皮书包，另一只手向后探去，试图摸到门把手，但却没有找到：现在那女人在用书包上的带子将我往床上拉，可我却拉着带子往门上靠。

她说，你的皮肤真柔软，几乎没什么胡子（她一边说，一边将手背放到我脸颊上），来吧，没什么好担心的，甚至不用付钱，因为跟你一起进来的那个朋友，已经安排好了，全部由他来买单。

她坐在床上，手里仍然拉着我的书包带子。她抬头微笑。笑过之后，又俏皮地拉了几下带子，而我则有礼貌地将带子给拉了回去。

她只好叹了口气，放开了带子，朝门口望了望：眼看我没有选择马上冲出去，她又以一种非常不同的方式对我笑了起来。

第一次，对吗？她一边说，一边解开了胸前的扣子。我会注意的。我保证。不要害怕。让我来。

现在，她的一只手已经握住了她自己的乳房，使它裸露在外，托起它，将重量撑在手中，不让它下坠。

你不喜欢我吗？她说。

我耸了耸肩。

她只好将乳房塞了回去：然后又叹了口气。

我的老天爷，我受够了，她说，好吧，让我先振作一下自己，我们会解决好这个问题的。我们会给你再找一个女孩。你和她，可以用我的房间。如你所见，这是最好的房间。那么，你喜欢什么样的？告诉我。你喜欢黄头发的女孩吗？你喜欢更年轻的吗？

我不想要别的女孩了，我说。

她看起来对此颇感欣慰。

那么，你想要我吗？她说。

不是你想的那么回事，我说。

她皱了皱眉头：然后她又笑了。

你喜欢男人？她问。

我摇了摇头。

你到底想要什么，你到底想跟谁做爱？她说。

我不知道，我说。

你不想做爱？她说。那你想要别的东西吗？一些特别的东西？你的朋友跟一个女孩也在这里？你想看吗？你想要两个女孩吗？你想体验疼痛吗？撒尿？修女？神父？鞭子？捆绑？主教？我们都可以做到，这里几乎能做所有事情。

我在床尾的长椅上坐了下来：我打开自己的书包，展开纸，再拿出我的画板。

啊哈，她说，你原来是这样的，我早该猜到了。

房间里的光线来源是颤动的烛光。最好的光，打在她此刻所在的床上。她那深色、漂亮、尖尖的脸蛋正靠在床铺上，她的鼻子末端上翘，下巴很精致：比我大十岁，甚至可能是二十岁。多年男欢女爱的时光，已然磨灭了她双眼里的神采，我可以在瞳孔里窥见破碎废墟的痕迹。废墟里的黑暗，令她显得格外庄严，尽管她非要将自己化妆出很不一样的容颜。

我移动了一根蜡烛，接着又移动了另一根。

你这么喜欢看我啊，她说。

我在想漂亮这个词，我说。

好吧，我对你也有同样的想法，她说。相信我，并非出于职业才会有这种想法，尽管我的职业会让我常常假装这么说。

还有"美丽"，我接着说道。前面还要加上"相当"。

她稍微笑了笑，下巴抵到了锁骨上。

噢，你可真是个完美的情郎，她说。哎呀呀，快来吧，你难道不想要吗？我很想要。我喜欢你。你也会喜欢我的。我很好。我会对你很好，会很温柔。我很厉害。我可以让你好好领教领教。我是这里最好的，你懂的，我的价码是其他人的两倍。我很值。这也是为什么，你的朋友会选择我。一份礼物。我是一份礼物。我是眼下整栋房子里花费最多的人，今天这一整晚，你将感受到我出神入化的技巧，远超其他任何人，你根本无法想象。

平躺，我说。

很好，她说。像这样吗？这样？要我把这个脱掉吗？

当她解开衣服抽带时，带子如叠圈彩条般落在了她的腹部。

别动，我说。因为她的乳房半遮半掩，此刻刚好呈现出最完美的弧度。

这样吗？她问我。

放松，我说。但身体也不要动。你能同时做到这两点吗？

就像我刚刚告诉你的，我什么都能做到，她说。睁眼还是闭眼？

你自己选择吧，我说。

她看起来很惊讶；然后她又笑了。

谢谢你，她说。

她闭上了眼睛。

当我画完的时候，她已经睡着了；于是，我也在她脚边的床铺那儿睡了一觉，当我醒来的时候，天已大亮，光线从百叶窗的缝隙间穿过了窗帘。

我轻轻摇了摇她的肩膀。

她睁开眼睛，显得有些惊慌失措。她伸手在床后方的枕头下抓着什么，她摸到的东西还在那里，于是，她放松下来，重新躺下。然后，她转过身来，茫然地看着我。再然后，她记起来了。

我睡着了吗？她问我。

你很累，我说。

啊哈，这个周末，我们在这里做事的，都很累，她说。

你睡得好吗？我问道。

她看起来对我的礼貌颇感困惑；略微停顿之后，她笑着说：

挺好！

仿佛一想到可以睡个好觉，她们就会感到无比惊讶。

我坐在床沿上；问了她的名字。

她说，吉内芙拉。就跟故事里的王后[①]一样，你不知道那个故事吗？她嫁给了国王。你的手可真优雅，敢问贵姓——

弗朗西斯科，我说。

我将那张纸递给她：她打了个哈欠，几乎没有用正眼去看。

你不是第一个对我这样做的人，她说，我以前也遇到过。可是，像你这类人——这么说吧，你这个人稍微有点不对劲。你们这类人，通常喜欢在一幅画里画好几个人，难道不是吗？跟舞台表演有点类似，又或者说——噢。

她不由分说地坐了起来，拿起画，靠近房间里仅有的些许晨光。

噢，她又感叹了一次。你这画里画的，是不是让我看起来非常——不过话说回来，它的确看起来——。好吧，——。非常——。

然后她说，我能拥有这幅画吗？我是说，我本人将它保留下来？

有一个条件，我说。

你终于愿意要我了？

她马上将床单从自己身上扔了出去，又拍了拍旁边的床。

我希望你能告诉他，我说。我是指，我的好朋友。告诉他，你跟我度过了一段非常美好的时光。

[①] 吉内芙拉（Ginevra）的名字是亚瑟王的王后桂妮维亚（Guinevere）的意大利语的形式。

你想让我对你的朋友撒谎？她说。

也不算，我说。因为我们的确度过了一段美好时光。玩得很开心。好吧，至少我自己玩得很开心。而且你刚才也说了，你睡得很好。

她难以置信地看着我：又低头看了看那幅画。

这就是你想要的？她问。

我点了点头。

随后，我在大厅里找到了巴托，打开的百叶窗透出的日光洒在大厅里，跟夜晚的大厅截然不同，陈旧、污浊、斑驳，墙上遍布着仿佛被火烧过的痕迹：巴托和这栋房子的女主人此刻正坐在大厅里，她比我见过的任何人都年长，穿着有白色的褶皱和丝带的衣服，有两个侍女正在往小杯子里倒什么东西，一个负责倒，另一个则等着将倒满的杯子放到她嘴唇上。

离开之前，巴托亲吻了她那只年老泛白的手。

当我们从"快乐之家"来到阳光底下时，我发现巴托看起来也很陈旧、污浊、斑驳，全身上下像砖石一样粗糙，衣服上也全是褶皱。

我不能每次都为你付钱，巴托在我们去买早餐的路上说道。尤其是吉内芙拉。等我赚了钱或者继承了遗产，我会再请你来。不过话说回来，你玩得开心吗？你有好好利用这段时间吗？

几乎一夜没睡，我说。

他拍了拍我的肩膀。

下次我们来的时候（自那以后，我每个月都会在这里住上几晚，父亲允许我这样做，他认为我这是在苦心孤诣地培养加甘内利家族赞助我的可能性），吉内芙拉在门口迎接我们：她冲巴托眨了眨眼，用胳膊搂着我，将我带到另一边。

弗朗西斯科，她说。我有个特别的朋友想要见你。就是这位阿格诺拉。她知道你喜欢什么，也知道你打算怎样跟我们一起度过你在这里的大好时光。

阿格诺拉有一头金色长发：虽然还很年轻，但她的大腿却很结实，像个女骑手；当我们进入一个满是窗帘的房间时，她拉着我的手，让我在一张小桌前坐下，然后以一种最羞涩的模样在我面前站着，说道：

弗朗西斯科先生，你还记得你为吉内芙拉画的那幅画吗？你愿意为我再画一幅类似的画吗？但这次是我请你画，你获得相应报酬，可以吗？

我照做了，这次是让那美好胴体裸露在床罩上，这样会显得身形很匀称。因为伟大的阿尔伯蒂，在我出生的那一年，恰好出版了他那本为所有绘画者撰写的小书。他注意到了对人体重量、比例、稳定与平衡进行系统化研究的好处。当我顺利画完，画也晾干之后，她拿着它，对着烛光，仔细看了看，又看了看我，看她能否信任我，最后又看了看画。她将它放在床上，然后打开墙上的一个暗洞。她从里面拿出一个小钱包，给了我一些硬币。

接下来，她跟我一起躺在床上，闭上了眼睛，醒来时，她已经休息好了，跟吉内芙拉一样（我也很惬意，我发现自己在她怀里感到非常满足、非常温暖，简直是至福），她既感谢了我的画作，也感谢我给她一个补觉的机会。

你是一位十分难得的客人,弗朗西斯科先生,我希望你能再次选择我,她说。

我带着口袋里的硬币离开了,那天我给自己和巴托买了早餐。

那之后整整一周,当我跟父亲和哥哥们在一起,忙于我的学徒工作时,我一直觉得自己在"快乐之家"找到了一份自由职业工作,是件非常有成就感的事情。

那次之后,接下来的一次,是那个叫伊索塔的女孩,她深色皮肤,头发黝黑,比我大不了多少,当我们讨论我是否愿意为她画画,以及她需要为此支付的酬劳时,她还端庄地坐在床上,等到一切就绪,我背过身去,从书包里取我的纸张和工具时,她却像只猫一样,悄悄爬过来,转向我,在我意想不到的时候,完全吻住了我的嘴,我从未想过,在舌头上还会发生这样的事情,接下来,她让我更加吃惊——她直接将一只手伸进了我的马裤里(就在她亲吻我的同时,她的嘴唇很挺,但又很软,非常饱满,两者皆有):当她这样做的时候,我的内心充满了恐惧,我知道,她随时都能真正地了解我,这比亲吻所释放出的感觉要强烈百倍,而这两件事,都是我活了这么多年体会到的最强烈的感觉。

哪曾想到,她接下来用那只手对我做的事情,给我的感觉比任何恐惧感还要强烈千倍。当我发现这女孩眼下已被愉悦充盈时,当我感觉到她的手在我那里找到了快乐时,当我睁开眼睛、在她那张最秀美的脸上清楚见识到这种愉悦时,好吧,我明白了,恐惧在这个世界上什么都不是,与愉悦相比,简直微不足道。

我一看到你，就知道了，她说。在你来这里的第一晚，我就看到了你，尽管当时你没看到我。第二次，我又看见了你，这两次我都知道，这两次我都希望你来找我。

她又吻了我，转眼就让我脱光了衣服，转眼就教会了我爱欲的基本知识，并让我在她身上大方地练习。完事之后，我走到床尾，她依然留在枕头之间，我在纸上捕捉她既饱满又紧绷的模样，那模样犹如箭在弦上，极富张力，亦犹如乔托①在那个传奇般的真实故事中所画的圆②，完美无缺。

最后，我将画作交给她，作为爱欲课程的报酬。她看了画，很满意。于是，她亲吻着我，给我穿上衣服，给我系好纽扣，给我将衣服带子绑好，然后送我出门，如今的我已焕然一新，前路闪耀，无所畏惧。

你最近是怎么回事？父亲问道。因为在那一周里，我神魂颠倒、心花怒放，心里想的全是花，呼吸是花，双眼是花，嘴里全是花，腋下全是花，膝盖后面、腿上、腹股沟里都是花，我能画的也只有叶子和花：玫瑰茎部的螺旋纹，以及叶子的深色部分。

下一次来到"快乐之家"时，又有三个之前没见过的女孩在门口对我耳语，给出承诺，要求用她们的爱欲课程来换取我的画作（尽管如此，我还是确保再次跟伊索塔一起过了

---

① Giotto（1266—1337），画家，雕刻家，建筑师，意大利文艺复兴时期的开创者，被誉为"西方绘画之父"。
② 艺术史上非常有名的乔托轶事：教皇本尼迪克特十一世派特使前往佛罗伦萨考验乔托的绘画功力，结果乔托随手拿出一张纸，画了一个完美的圆。

夜，她在自己那座城市工作，我也完成了自己的绘画练习，顺道拜访了她工作的那栋房子）。

不过，之后的一段时间里，每当我跟巴托一起在"快乐之家"门口摇铃时，马上就会有八九个——或许更多，我数不清——不同年龄的女人和女孩迎上来，我们一进门，她们的脸就纷纷凑到了我的身边。

弗朗西斯科，巴托在我耳边嘀咕道，看来你的确是个大情种。

我知道（毕竟她们当中朝我跑来的比向他跑去的要多得多），自己必须得小心一点：假如她们跟我一直走得太近，哪怕关系再怎么亲密的朋友，也会发现朋友之间的感情在逐渐消退，我全心全意地爱着巴托，实在不想引起他的任何不满。

可是，艺术和爱欲，说到底也无非是个通过朱砂矿来造颜料的问题。通过锲而不舍的研磨，黑色和红色逐渐变成了天鹅绒般丝滑的颜料，看似不可调和的一对事物，以柔和细致的反复摩擦来融入彼此，在此过程中，实践至少能令你在技巧上变得娴熟，除了娴熟以外，还必须有独创性，这才是实践的真正意义之所在。不可否认，我已经在独创性方面闯出了名堂，对它所需承担的责任，要远远超出满足任何朋友的需要。

这一切也都写在了切尼尼的《艺匠手册》当中，手册里还有这样一项严格指示，即我们始终都要确保能够从创作中获得快乐。性爱和绘画，都是具有技巧与目标的创作。箭头与作为目标的区域，直线遇到曲线或圆圈，一对事物相遇，带来相应的维度与视角。在绘画和性爱的过程中——两者都是——时间改变了自身的形态。几个小时的时间流逝，不再是那几个小时，反而成为了其他东西，成为了自己的另一面，成为了不涉及时间的存在，成为了"无时无刻"。

伟大的导师切尼尼也建议，尽可能少花时间跟女人混在一起，因为她们会大量消耗一位绘画者的精力。

如许种种，我大可以坦率地讲：在我尚很年轻的那段岁月里，在"快乐之家"跟女人们度过的练习时光，总是会转换成"无时无刻"。

这段时光持续了很久，某天早晨，这栋房子的女主人突然伸出手来，抓住了我的手肘。彼时她的年纪已超过七十五岁，走路时挂着两根拐棍，还有一名助手如影随形，她总是一袭白衣，上面装饰了满满的宝石，走起路来就像在一阵宝石雨中蹒跚前行。此刻，她正将其中一枚闪亮的小宝石从缝在袖子上的某处拆下来，老迈的手指十分灵巧，迅速拆开缝线，将拆下的宝石摁在我手心里，说道：

你呀。我手下已有五个女人因为你的画作而离开了这里。你叫什么名字？噢，原来是你。弗朗西斯科。好吧，听着，小弗朗西斯科，在我这栋房子的上上下下，都能听到她们悄悄提起你的名字，都能看到你的画作传来传去，大家喜欢得很。总之，你欠我五个女人。

我当即抗议：我完成了一系列画作，作为公平交易的酬劳，送给自己所画的女孩，这意味着我并不欠她什么。

老妇人摁压宝石的力道突然变大，宝石的边缘几乎要割伤我。

你这个小傻瓜,她说。你难道还不明白吗?她们看了你的画作,从中得到了底气和荣耀感。于是,她们来到我的房间,向我索要更多的钱。另一种情况是,她们看了你的画作之后,变得格外勇敢,决定去过一种跟过去截然不同的生活。所有离开的人,都是从前门离开的,在这栋只见过女孩从后门离开的房子里,这是前所未有的事情。你难道还不能理解吗?我不可能容许这类事情继续发生下去。你已经让我付出了代价。因此,应对措施就是——我不得不要求你别再来光顾我的房子了。或者至少别再画我的女孩们。

她特地给我留下了一个回应的间隙。我耸了耸肩。她点了点头,表情很严肃。

很好。不过,在你走之前,她说。拿上这枚宝石。你手里的宝石。它是你的了,作为报酬。假如你愿意为我画画的话。

于是,我也为她画了一幅画像。

之后,她按约定将宝石给了我。

这次之后,当我再次来到她这栋房子时,她将我带到一旁,给了我一把钥匙,是她专门让锁匠为我打制的"快乐之家"大门钥匙。

通过这一系列事情,我对伟大的阿尔伯蒂——他出版了对于我们这些绘画者而言最重要的书——所描述的人体功用与尺度比例有了更加深入的认识,也确认了伟大的阿尔伯蒂观点的真实性,即最完整的美永远不可能只在单个身体上寻得,它必定是多个身体叠加而成的某个交集。

不过话说回来,我也学会了与我的大师们意见相左。

这不奇怪，毕竟连伟大的阿尔伯蒂也有错，因为他用不赞同的措辞在手册中写道：*让维纳斯或密涅瓦穿上士兵的粗糙羊毛斗篷是不合适的，这简直就跟让玛尔斯*①*或朱庇特穿上女人衣服一样*。

事实上，我在这栋房子里遇到了许多女性玛尔斯与朱庇特，也遇到了许多穿各种衣服的维纳斯和密涅瓦。

她们当中，没有哪怕一个人的收入跟她所拥有的真正价值沾边：她们都遭受了虐待，而且是每天受虐，在任何一个夜晚，隔着这栋房子的墙壁都能听到受虐的声音，尽管这些女人和女孩是我见过最接近众神的鲜活生命，可她们所从事的工作，首先会令她们像生了病一样，使皮肤表面出现麻点，然后又像折断干树枝那样，轻而易举地折断她们的生命，再烧个精光，燃尽的速度比引火柴还要快。

吉内芙拉，我听说，她因为某种蓝色疾病②而死去。

伊索塔，我心爱的这个女孩，消失了。

我宁愿认为她是自己主动选择离开的。

在听说她消失了之后，我宁愿这样去想象——在我脑海中可以看到，她正在某座小镇或者村庄里健康地生活着，住在一栋屋顶异常结实的房子里，身处于葡萄树、无花果树和柠檬树的包围中，身处于一群她自己孩子们的喧闹声中：最重要的是，我宁愿去想象，她同时使用自己的眼睛和嘴（这意味着爱）对一个情人或朋友显露出微笑，或者至少也是对

---

① 此处的玛尔斯与朱庇特皆为罗马神话中的男性神，维纳斯与密涅瓦则为女性神。
② 1347年黑死病暴发之后，欧陆对瘟疫病症的泛称。

一个跟她平等分享金钱的人显露出微笑。

我听说,多年以后,人们在河里发现了被绑着手脚的阿格诺拉。

也正因此,我明白了许多无比黑暗的事实,在"快乐之家"学到了许多与快乐截然相反的东西。

再然后,我在那里的时光就戛然而止了,因为当我们满十八岁时,巴托与梅利亚杜萨做了一次交易,她还很年轻,刚来这栋房子,刚开始工作。两星期前,她初来乍到就与我结识了,哪曾想到,在我之后的几次交易中,她对自己的客人们说漏了嘴,讲出了我的秘密。她在这栋房子里遇到我时,期盼的原本是更好的东西。当然,不管她想要什么,跟我在一起,她还是能达到美好的高潮,然后被允许睡一会儿,最后,作为晚上工作的交换,她能得到一幅非常好的画像。

在"快乐之家"工作了两个礼拜之后,她笑着跟巴托讲了这件事,讲完她才发现,有趣之处在于,她一直对此事有所误解,"快乐之家"里的现实完全是另一回事。

这还不是她笑着告诉他的全部。

巴托坐在我对面的草地上。那是一个清晨。他身后的一辆辆马车正在进城赶集。他揉着自己的下巴。他的表情,看起来比熊还严肃。他恐怕度过了一个糟糕的夜晚,糟糕的晚餐,兴许还有糟糕的酒。

什么情况?我问道。

安静点,他说。

他俯身向前,将我的一只靴子攥在手里。他解开这只靴子的鞋带和绑带。他将靴子从我脚上脱下来。接着,他解开我另一只脚上的靴子,也将它从我脚上脱下来。他将我的一双靴子放到一旁。他从口袋里抽出刀子,非常小心地将刀刃放到我皮肤上,刀子碰到我的地方冰冰凉,他用刀尖将男式紧身裤脚踝处的带子划开,先松开一边,然后又松开了另一边。

他终于将我每条腿上的绑腿都褪了下来,并且将两条绑腿放到一旁。他将我的光脚托在手心里。他总算开口了。

这是真的吗?你一直是假装的?这么多年以来都是如此?他问道。

我说,我从来就没有不真过。

我一直不知道,他说。你不是你。

你一直都知道我,我说。我从来就没有不是我过。

你撒谎,他说。

从来没有,我说。我从未对你隐瞒过什么。

因为有很多次,巴托都看到过我赤身裸体或是接近赤身裸体的模样,比方说,我们两个一起去游泳,或是跟其他男孩和年轻人在一起游泳时就是如此,我对自己的画家身份有着全方位的认同,这意味着我在任何场合都可以心无旁骛地去做——我自己——哪怕身体上有差异也无关紧要,就跟遵守约定俗成的规则一样简单,就跟我们都呼吸着相同的空气一样简单。在我看来,相关事实是被普遍理解并接受的,没有必要特意提及,可是有些事情,大声讲出来之后,反而会改变一幅画的色调,就像过于明亮的阳光不断照射在画面上一样。这是自然发生的,不可避免,对此没有什么需要做的。巴托为了维护我,曾经义无反顾地接受过某人的决斗挑战,事到如今,那场决斗反而令他蒙羞。

你跟我所想的完全不一样,他说。

我点了点头。

既然如此,错就错在你自己的想法,或者改变你想法的人,错不在我,我说。

事到如今,我们怎么还能继续做朋友呢?他问。

我们怎么可能不做朋友呢?我反问道。

你知道的,我要在今年夏天结婚,他说。

你结婚与否,对我而言根本就无所谓,我如此回应。这是我那天对他讲的最后一句话,因为他当时死瞪着我,两只眼睛就好像他脑袋上破开的两条伤口:我明白,他爱我,我们之间的友谊之所以可以长久维系,前提恰恰是他永远不能得到我,永远不会真正拥有我,一旦其他人——除了巴托之外的任何一个人——对巴托大声说我并不仅仅是个画家,而是其他什么什么人之后,这个前提就会被打破,因为这些话本身就意味着必然性,本身就意味着被占有。

他的手很冷,我的双脚托在他手中:接下来,他又将我的双脚放到草地上,站起身来,摸了摸自己胸前的锁骨位置(因为我这位朋友总是表现得像个剧作家一样)[①],然后又开始背对我。

我低头注视自己的脚,看了看我脱下的靴子,看看它们

[①] 当时剧作家常见的感叹动作,据说是在模仿但丁,因为但丁曾在作品中将心脏掏出献给挚爱吃掉。

如何保持着我双脚的形状，尽管里面并没有脚。巴托离开后，我四处寻找绑腿，但却怎么也找不到。于是，我只好将靴子直接套回到我的两只光脚上，将它们用绑带绑好，然后再系上鞋带。

我在博洛尼亚走了一圈，看了一些教堂里的作品，有些已经完成了，有些还在清晨的光线下等待继续创作：在成为其他任何人之前，我首先是个画家，哪怕"挚交好友"这一身份，也必须退居次席。

最后，我回到费拉拉的父亲身边，告诉他，我们已经失去了获得加甘内利家族赞助的机会。

你做错了什么？他吼道。

他先是大发雷霆，过不多久，又变成一脸骄傲，"我所有的孩子都不会轻贱自己"。父亲大发雷霆时，第一次在我面前显得有些苍老，于是我脱下靴子，看了看我的两只脚，由于一整天的行走，皮肤与皮革之间没有任何东西保护，脚上已经起了水泡。这些水泡乍看起来，就像在我皮肤上浮现出来的不怎么透明的小玻璃球。我到底要怎样才能画出这种半透明的效果？需要用到或者说造出哪种白色？

哪怕我还在思考这些绘画上的问题，也无法掩饰我已经失去了挚交好友的事实：此刻，我感到全身都被刷满了白色，一度认为自己除了白色之外，再也不会想起其他任何颜色了。

现在细细想来，当年那个凄凉的夜晚，倒很有趣：因为我短暂一生中最大的赞助人，到头来还是加甘内利家族，那天我之所以找不到绑腿，是因为我的挚交好友巴托将它悄悄塞进了手里，然后又放到了口袋里，当成了一件纪念品，这还是多年以后，当我在他们家族的小教堂里为他父亲的坟墓做装饰时，他坐在我脚边的石阶上告诉我的。

女孩：你听到我讲的了吗？

尽管这些对当时的我而言，似乎已是世界末日——

但却并不是。

还有多得多的世界。那些看起来必定要将你带往某个方向的道路，有时会在没有任何预兆的情况下强行扭转，并非只有直路一条可走。我和巴托很快又成为了挚交好友，顺理成章，波澜不惊，人生过程中，很多事情都会被原谅，除了死亡，没有什么是彻底完蛋、不可改变的，假如你讲出的话语公正合理，哪怕死神也会给予你些许迁就。我们是朋友，直到我死去之前（假如我真的死去过，因为我不记得自己经历过死亡），我相信他一直都会爱我，甚至直到他自己死去那天（假如他真的死去了，因为我也没有相关记忆），也会如此。

我所注视的那个女孩，正在看一出古老的戏剧，这出戏通过一扇过于窄小的窗口进行表演，演的是爱欲故事。昨天是圣人剧，今天则是关于爱情的戏码，只为一名观众专门进行表演的爱情戏码。不过话说回来，正因为只有一名观众，所以只对自己真正的需要感兴趣，无论你是谁，科斯莫，洛伦佐，埃尔科莱，费拉拉工坊里学画的无名画家们，我都原谅。

毕竟也没人真正了解我们：除了我们的母亲，甚至连她们也几乎不了解我们（而且还在她们本应逝去之前就已死去，令人扼腕叹息）。

或者我们的父亲，他们在世时的失败（以及死后的缺席）同样令人愤怒。

或者我们的兄弟姐妹，他们也希望我们死，因为他们对我们的认知非常有限，根本无法理解我们为什么可以脱身，不必像他们当年那样，每日辛苦背负砖头和石头。

没人知道我们是谁，甚至连我们自己都不知道自己是谁。

除了——陌生人之间达成公平交易的那一瞬间，以及朋友彼此交心并取得共识的默契点头时刻。

在这些难得一见的时间点之外，我们寂寂无名，宛似飘浮在空中的小小昆虫，远远望去，我们只是带着点色彩的小尘埃，扇动构造简易的翅膀，朝着草叶上的一丝光亮，抑或夏日荫翳间的一片叶子前行。

我也不妨跟你讲，有一次，我被一个在日常生活中偶然遇到、前后加起来只认识了十分钟的男人看到、进入，而且他能理解我。

那天我走在路上，路过一群异教徒工人。他们身穿白色衣服，这意味着他们是工人，这一身份令他们的皮肤看起来更黑。他们正在田里耕作、种植。我自顾自地走着，走在自己该走的路上。

再往前走了一段，突然有人从一片树丛之间跳了出来：他是工人当中的一员，但是离田地很远，看起来有点像是一名逃犯。我离他很近。他的白衣服破破烂烂的，但是，当我走近一看才发现，衣服破烂并不是因为贫穷，而是因为他身体的力量格外强大，强大到衣服已经无法承载的地步。两只袖子被他手和前臂动作时的蛮力给磨破了。他的膝盖如此强健，膝盖对应部位的布料也破了洞。他腹股沟上方的一圈黑毛清晰可见。他的双眼因为奋力劳作而微微发红。

我继续往前走了一小段距离之后，这个人开始在后面喊我，我不知道他喊出的那个词是什么意思。

眼看我没有停下来的意思，他又喊出了那个词。

听起来是个善意的词，也是个紧迫的词：语调之间，有什么东西驱使我停了下来，我站在路上，转过身去。

他站在树丛的阴凉处，兴许是为了防止其他人看见他，兴许只是为了躲避阳光，因为哪怕从我所在的较远的距离望去，也能很明显地看出，他其实并不害怕工头或者监工：他什么都不怕。

刚刚是你从后面喊我吗？我问道。

是的，他回答。

（当然是，路上没有其他人了）。

再对我喊一次，我说，那个词。你刚才喊我时用的那个词。

我刚才是用我自己的语言喊你，他说。

一个异教徒的词？我反问道。

他笑了，笑得很开心。他的牙齿非常整齐。

一个异教徒的词，他确认道。我也不知道在你们的语言中对应的词是什么。

我回以微笑。稍微走近了一点。

你这个词具体是什么意思呢？我问道。

它的意思是,他说,你并不单一。你将超越万千期待。

然后他问我,是否可以帮助他。他告诉我,他需要一个摇摆①。

一个什么?我说。

一个——,我不知道那个词该怎么说,他回答道。我需要将自己的衣服好好绑在身上,我需要一个可以拿来捆的东西,这里。

他指了指自己的腰部。

你是说皮带吗?我说。可以拿来捆住的东西?

(他的衬衫在风中来回摆动,除了锁骨处的一枚扣子外,其他地方都是敞开的,现在是三月,而且正值这个月的寒冷开端)。

我的背包里有一段绳索,是从佛罗伦萨市场上的某个男人那里买来的,他告诉我,这是一条从绞刑架上得来的幸运绳,是整段绞索绳的四分之一(假如你随身携带一段绞索绳,意味着你绝对不会被吊死,他说)。这条绳子的长度和厚度都不错,他大概用得上。于是,当对方向我走来时,我也朝着他走去。我将绳子递给他。他看了看,接过来,在手里掂了掂,对我笑了笑,像是要用笑容来回报我。

"当你一无所有,你就拥有了一切。"

我从来没见过这么漂亮的男人。

与此同时,他也看出我在他身上看到了这种美,这瞬间

---

① 此处原文为twist,呼应本书开头。黑人的意思是"摇摆"的绳类物品,可以拿来捆住衣服。

激发了他的爱欲本能。

在路边树林里,我的嘴唇贴上了他的嘴唇,像缪斯女神欧忒耳佩①吹奏木笛一样吻他的嘴唇。然后,他也开始亲吻我的嘴唇,我们互相亲吻。他身上有一种野草、干净泥土、面包、汗水糅合在一起的气味。他的双眼微微发红,不再只是因为疲惫。他长满老茧的双手伸到我衣服下方,感觉非常不同。

我们站起来后,我的身上沾满了草和泥土,他也是:他给我掸了掸衣服上的土,从我肩膀上拈起一根草,笑着道了声再见,将那根草放在他的两排牙齿之间,又将我给的绳索挂在一侧肩膀上,昂首挺胸地走向田地,走向他暂别的劳作。

这就是全部。不值一提,却又远超所需。

挺好。

仿佛知道我的故事已走到了尽头,女孩将面前的爱情小窗口合上了,平板上一片漆黑。那些拙劣的爱情表演消失了。照我看来,演出并没有令她开心,因为她看起来显然很沮丧。

她坐着,将关上窗口的平板放到腿上。

我们看到了一只乌鸫,它正在跟另外四只乌鸫(雌雄皆

---

① Euterpe,希腊神话中的缪斯女神之一,形象为手持长笛或双管长笛的少女。

有）一起追赶一只不是乌鸦的鸟儿，阻止它跟它们一起在满是浆果的灌木丛中进食，这些浆果的红色，是伟大的切尼尼在他那本手册中唤作"龙血"的红——这种颜料适用于羊皮纸，但不耐久放。

女孩站起身来，穿过那片草地。走到一半时，柳条栅栏后面的弟弟用他们的语言对她喊了些什么。她回敬他一些话语，一句比名字或是"别再说了"之类短语更长的话，一句像是游戏或者咒语的话。然后，她紧锁眉头，略显轻蔑地走过了柳条栅栏。再然后，她淹没在了树枝、小石子和瓦砾的雨中——弟弟正站在一处窗台边或木桶上，将这些东西统统放在一只小铁锹里，一下接一下地抛向空中，如此一来，它们就全落在了她的身上，像下起了小石子雨和树枝雨一样。她停下脚步，但并没有生气，反而放声大笑起来。

女孩伸出双臂，站在那里，仿佛瞬间远离了当下的困境，不知从哪里来的苦闷消失了，她像个孩子一样笑着：她将那扇小窗口放在了草地上，跳到柳条栅栏后面，将弟弟给弄倒，把他拖到草丛里，拽到草地上，两个人欢笑着在地上打滚，她将他逗得很开心。

看到这份突如其来的幸福，是件很好的事情。

她很幸运，有这样的兄弟，有这样的爱：在我跟我兄弟之间，明明除了空气什么都没有，却还是存在无形的分界线，就跟她房间的墙壁一样厚。

回到那个房间，回到那个有床的房间里，悲伤又回来了。她的脸上带着悲伤的表情，什么也不做，兀自坐了好几分钟，然后才摇摇晃晃地站起身来，脱下沾满尘土的衬衫，将上面的灰尘和各种脏东西抖到窗外。整理干净之后，她将衬衫披在肩上，没有扣扣子，又坐回到了床上。

在这房间的四面墙上，有许多已完成的画作，都是风格极为写实的作品。

紧挨狭窄的床的南墙上有一幅画，画中是两个美丽的女孩，她们像是好朋友，结伴同行。一个是金发，另一个虽然是深色头发，但被阳光照得很亮——两个女孩的面容也被阳光照得格外明媚。她们走在有遮阳棚的街道上，是一处气候温暖的地方。她们衣服上的图案分别是金色和天蓝色的。两个女孩正在交谈，交谈的过程中似乎发生了什么事情。金色头发的女孩看起来心事重重。深色头发的女孩则以最自然的姿态将脑袋转向她，如此一来，她就能更好地看清对方脸上的表情。她的眼神不仅礼貌又谦逊，带着相当的尊重，还蕴藏着某种温柔的意图。

这幅画肯定出自一位伟大的艺术家之手，画面中饱含了光明、黑暗、坚定与温柔。

西面的墙上有一幅巨大的画，画的是一位非常漂亮的女士，她的双眼直勾勾地注视着画外，仿佛有某种东西在你正上方，这幅画仿佛在说，"我能看到，那东西是悲伤的，令人费解，是一个谜"：非常聪明的作品，用眼睛与神情来表明画外事物的存在。她的一只手臂紧紧搂住自己的脖子——至少在我看来，这的确是她自己的手臂——这意味着她头发（颜色在深与浅之间）形成的曲线环绕着她的脸，使她的脸看起来像古代希腊人那些象征悲恸的面具。我想，她恐怕正在表示遗憾。我认为她是一群受迫害者的主保圣人，因为她其实是圣莫尼加①的化身。关于这点,我是从它下面所写的词语猜出来的——用我的语言来表述就是"莫—尼—加—受—迫—害—者②"。

床头后方,整面东墙上都是画作,许多肖像,画着另一个女人。所有画作都是同一个女人,她们有着同样的笑眼。肖像的排列顺序是饱含爱意的,一系列画作,在这种排列中体现出了丰盈的情感,几乎形成了一个整体,超越了彼此的独立存在。可是,这些画作中的这个女人,却并不像通常宫廷画作中那些女人。不,这是一位深色皮肤、与众不同的女士,她有着极为热情的行为举止,她的服饰、她表现出来的身体姿态也很有技巧。这一切正是我格外欣赏的。这里有许多她的肖像,不同年龄段的画像,仿佛将她的整个生命轨迹直接挥洒到了墙上,以各种不同灰色绘制而成的那几幅小孩子画像,我也认为是她。

这房间里的最后一面墙,也就是北墙上,可以看到上面已经做了一些防潮和抹灰工程,似乎是最近才开始进行的:那里还有一幅画作,那是我们坐在外面那道简陋高墙上、直到拿刷子的女人过来将我们赶走之前,女孩用她的魔法盒子平板对那栋房子进行研究时瞬间绘制出来的一幅草图。

---

① 原文为St Monica,基督教早期圣人,圣奥思定的母亲。受虐待者、妻子与寡妇的守护神。她因处于不幸家庭的坚忍、期待儿子回归教会所做的日夜祈祷,而被众多基督教派所尊敬。
② 原文为古典拉丁语MONICA VICTIMS。乔治房间所挂的女演员海报,海报上女演员名字为Monica Vitti,弗朗西斯科将其理解为MONICA VICTIMS,该表述在天主教中意指"圣莫尼加,主保受迫害者"。

她将对这栋房子的研究——窗户、前门、大门、高高的灌木丛、外立面——将这幅画固定在她床边的墙上，我能感觉到她天性中的那股较真劲儿。

女孩坐在床上，以一种极为热忱的态度盯着这幅画看，就仿佛她希望自己能够直接进入画中一样。

假如真有能够直接进入画中的魔法，那最好是有一幅更大、更具生命力、更富细节的画。

一位合格的画家可以通过一幅小的研究草图，轻松画出一幅更大的作品：假如我手头有足够的工具，哪怕只有一只手，我都会愿意如宫廷里的摩德纳和雷焦公爵、费拉拉侯爵博尔索（十多年前，我曾见过正义之神那带着天鹅翅膀的小天使，为他清唱过一段极美的歌曲）所要求的那样，为女孩画出所需的大画——当年，博尔索曾经要求画家们为那座"逃避无聊"的宫殿画过这样的大画，用符合他和他所在世界里真人大小的画作覆盖宫殿的墙壁。

我想，博尔索之所以渴望完成这类大画，部分源自这样一项事实，即他父亲以前曾经制作过一本圣经，为了与之相媲美，博尔索希望自己能够造出一本更大更好的圣经[①]，里面充满了各种微小的缩影，有一千张关于圣物与人物的小画作，同时也包含大量当地场景的彩绘。然后，这本圣经完成了，我在自己的脑海中看到了他，博尔索，某一天，他将目

[①] 博尔索赞助绘制的最重要圣经手抄本：两卷本拉丁文圣经小泥金画手抄本，绘制于1455至1461年，其模版可能来自其父尼科洛三世聘请帕维亚的贝尔贝洛创作的著名圣经手抄本。博尔索的两卷本圣经手抄本完成之后，深得教皇喜爱。

光放在这些书页上,每幅画都很精美,每幅画都是小于他手掌大小的杰作。突然之间,他生出了这样一个念头,假如他将这些画放得足够大——比方说,跟他自己的身体一样大——那他就会顺理成章地成为所有镇民、所有邻近权贵们的焦点,大家将会看到,他,竟然在一本由他赞助完成的巨大圣经里走动。现在,还有什么时候能够比现在更适合做这样的事情呢,因为现在他终于要被任命为费拉拉的第一位公爵了,这是他多年以来一直翘首以盼的事情,而且还是由教皇亲自任命。

于是,他在家族先祖阿达尔贝尔托[①]所建造的、比我们任何人诞生都早的旧宫殿之上,修建了一座新的上层宫殿。宫殿本身离市中心很远,里面有一间专门的新大厅,用来举行宴会和舞会。他想将自己一整年的生活在这间大厅的墙壁上逐月画下来,以便向未来的人们展示,他是一名多么优秀的统治者。

于是,在我三十三岁那年——彼时我已在威尼斯和佛罗伦萨学习了精湛的绘画技艺,在博洛尼亚赚了不少钱,并且凭借自己在费拉拉那座美丽花宫里的创作而声名大噪——游隼,即普里西亚尼先生,将我的马儿、我本人,以及我画的持火把者上下打量了一番,肯定了我的才华,给我分配了绘制博尔索一年画作里整整三个月的任务!一整个季节,都由我独立完成,也即三月、四月和五月,事实上,等于是要我绘制整面东墙。其他来自宫廷作坊的小画家们将合力完成其

[①] Alberto 即 Adalberto,埃斯特家族首位载入史册的侯爵。

他月份的绘制工作。这是一项需要跨年的创作任务，需要从冬天一直画到春天，因为新建筑是由砖砌成的，并非石砌，这意味着建造的时间更短，但不管是砖砌还是石砌，对于壁画而言，速度都是越快越好。

我在威尼斯找到了上好的蓝色和金色，因为没有好的颜料，画技就无从谈起，好的颜料和技能结合在一起，才能带来优美、高雅的画作（完成之后也会带来好的报酬）。

我们站在新大厅里。

（科斯莫不在那里。）

工坊里这些工人，我一个也不认识。跟我的年纪相比，他们只是些小男孩。他们看我的眼神使我明白，他们很清楚我所拥有的名声。

（科斯莫也曾在过去的某个日子单独参观过这个房间。科斯莫在大厅"整体规划"方面毕竟发挥了"举足轻重"的作用。）

弗朗西斯科，这是你的助手，游隼说。

他身边那位男孩看起来只有十六岁，模样颇具小扒手风范。

（科斯莫的助手比科斯莫的家人还多：这大厅里的大多数人都曾是科斯莫的助手。）

我一直等到游隼离开，才将助手拉到一旁问话。

你曾是科斯莫的助手吗？我问道。

小扒手男孩摇了摇头。

很好，我说。假如我不在这里，科斯莫想要碰我的墙，我希望你能站出来拒绝他。告诉他，这是侯爵的命令，他没资格碰我的墙。

小扒手斜着眼睛打量了我一番，问道，这是个谎言吗？

是的，我说。

我说谎的水平可不怎么样，扒手说。要求我说谎，就得付我额外的酬劳。

你值多少我就付你多少，我说。

可是，当我在自己负责的墙面上忙活时，该怎么办？要知道，一旦他们认为我干得不错，就会指派我在八月或九月去干自己的活儿。假如他来了，而我又刚好那么忙，没能看到他，该怎么办？

忙到看不见科斯莫进来？我说。那你是真没见识过科斯莫了。

噢，你是说他啊，小扒手说。我知道你指的是谁了。对他说谎，我不收分文。

游隼让一个穿宫廷服装的男孩爬上椅子，站在房间中间的颜料调配桌上。接下来，游隼站在了男孩下方。男孩低下头，膝盖弯曲，耳朵贴近游隼嘴边，然后又瞬间在桌子上站直。

传统样式，我不需要，游隼说。

"传统样式，我不需要"，男孩像个喇叭一样复述道，对于这样一个小男孩而言，他的声音低沉得出人意料。

提高我的声调，游隼说。

"提高我的声调"，来回低头的男孩又复述道。

通过这样一种奇特的方式，游隼让我们获知他对我们创作的期许。

这些墙壁将会是,"这些墙壁将会是"。
从左往右划分的,"从左往右划分的"。
除了这里和这里,"除了这里和这里"。
这里将会呈现出,"这里将会呈现出"。
优雅的城市风光,"优雅的城市风光"。
场景设计将会是,"场景设计将会是"。
公爵领地的内容,"公爵领地的内容"。
将有瑰丽的建筑,"将有瑰丽的建筑"。
表演与比赛场面,"表演与比赛场面"。
这里有特色安排,"这里有特色安排"。
教皇将造访此地,"教皇将造访此地"。
我们深受爱戴的,"我们深受爱戴的"。
侯爵将由他封为,"侯爵将由他封为"。
首任费拉拉公爵,"首任费拉拉公爵"。
相应庆典活动中,"相应庆典活动中"。
为这历史性时刻,"为这历史性时刻"。
我们城镇的一切,"我们城镇的一切"。
在这房间的墙上,"在这房间的墙上"。
一路环绕走过来,"一路环绕走过来"。
将讲述这个故事,"将讲述这个故事"。

游隼举起一只手,转过身,绕到桌子另一边。桌子上的男孩走过去,再次站到他身后,俯下身去听。游隼对着我的墙做了个手势:自下而上,自下而上。

"这一整年从这里开始。它始于三月。然后,四月在这里。再然后,五月在这里。"

男孩像一只正在喝水的鸟似的,复述了这一切。接下来,游隼绕过桌子,面对北墙。男孩跟了上去,再次低下脑袋。

(后来,我将这个男孩放进了我的三月画里:我在他小腿上画了一只粗俗的猴子。)

男孩站了起来。

"六月到九月,"男孩说。"这里,这里,这里。十月到十二月。这里和这里。"(他转身面对游隼所在的西墙,随后又朝南转身。)"再然后是一月。这里是二月。墙面的截断与月份对应。月份之间要彼此分开。彼此之间有隔断。由彩绘壁柱来隔断。不仅如此,在每个单独部分,内部也会有一些隔断。参考每月各自的特征。内部将有所区分。从上到下。分为三截。顶部。神话中的众神。乘坐战车抵达。随季节变化。密涅瓦、维纳斯、阿波罗。墨丘利[①]、朱庇特、克瑞斯[②]。"

伏尔甘[③],以此类推,游隼摆摆手说道(因为没有带笔记,他忘记了自己的众神顺序安排)。

"伏尔甘,以此类推"。男孩复述道。

总之,新墙面的顶部位置,我们将要画上一整年里的众

[①] Mercury,罗马神话中众神的使者,罗马十二主神之一。对应希腊神话中的赫尔墨斯。
[②] Ceres,罗马神话中农业与丰收女神,罗马十二主神之一。对应希腊神话中的德墨忒尔。
[③] Vulcan,罗马神话中火与工匠之神,罗马十二主神之一。对应希腊神话中的赫菲斯托斯。

神形象，真人大小：底部，我们将要画上一整年里博尔索的生活场景，真人大小，用季节相关的壁画来描绘一整年，卓尔不群的博尔索，永远在画面正中心。

不过呢，在中间，在这一切的中间地带，我们规划了广阔的蓝天区域。

（听到这个消息时，我很高兴，因为我刚好能从威尼斯获取优质的天蓝色颜料。）

就仿佛飘浮在这蓝色区域内的片片云朵一般，游隼希望我们能画出基于占星学的长条横幅图卷：他希望每个月能有三个符号，每个符号代表这个月的十天时间。

"神明会很开心，"男孩宣布，"诚如我们所知。上天慷慨。赐予我们万事万物。安排在三部分当中。每月皆如此。每月分为三部分。众神在顶部。天空在中间。大地在下方。每片天空。皆在中心。每一月份。也照此安排。分为三部分。"

众神、星辰、大地，游隼说。

"众神、星辰、大地，"桌子上的男孩对我们宣布，"众神、星辰、宫廷。众神、星辰、我们的神子。环游世界。一整个世界。祂所创造出来的世界。和平与繁荣。受其慷慨恩泽。笼罩于其辉煌之下。受其仁爱光芒庇佑。祂周围的季节，硕果累累。工人们围着祂，欢呼雀跃。普罗大众，欢欣鼓舞。在这之上，天空。在那之上，众神。凯旋。在众神的战车之上。包围起来。众神之间的关联符号。以及，通常具有的属性。具体的设计草案。可以在前厅里。在东墙后面找到。细细琢磨。不要偏离。谨遵草案内的设计图例。或其中援引的旧例。或其中的文字描述。切切此令。"

这许多要求,我身边的小扒手说。我们得到的报酬。也只有十硬币每平方英尺。真该死。

我在笔记本里记下了这点,打算稍后问问游隼,我的酬劳如何计算:演讲结束后,游隼伸出一只胳膊,搂在我肩膀上,带我去看分派给我的那一整面墙。

博尔索出发去打猎——画在这里,他说。博尔索为虽年迈却很忠诚的异教徒伸张正义——画在这里。博尔索向宫廷小丑赠送礼物——画在这里。圣乔治日[①]赛马节[②]——大致在这一整块。诗人聚会——画在那上面。大学学者、教授和智者们聚会——画在上面旁边。命运女神形象——画在这里。春日图景,富饶、肥沃之类景象,发挥你的想象力——画在那片区域。阿波罗——画在那里。维纳斯——在那里。密涅瓦——那儿。全部要在战车上。密涅瓦旁边要画上独角兽。维纳斯需要有天鹅陪伴。阿波罗需要欧若拉[③]来驾驶马车,他本人需要弓箭。除此之外,他还需要里拉琴[④]、德尔菲三脚凳和蛇皮[⑤]。

---

① 基督教纪念日,主要在一些将圣乔治作为主保圣人的国家和地区举行。公元303年的这一天,圣乔治因试图阻止罗马皇帝迫害基督徒而被害。
② 意大利著名节日,起源于中世纪。
③ Aurora,罗马神话中掌管黎明和曙光的女神,对应希腊神话中的厄俄斯。
④ 欧洲民间的一种弹拨乐器,吟游诗人经常使用该乐器来烘托气氛。
⑤ 阿波罗的象征之一。常见阿波罗的象征有里拉琴、弓箭、桂冠、蟒蛇、天鹅、乌鸦等。

我点了点头。

从诗歌中提炼出神明,他说。

我会的,我言简意赅地回应道。

现在,他继续说了下去。黄道十分度[1]。每个月都有三个黄道十分度,具体细节可以到前厅放着的设计草案里细查。比方说,根据草案图示里的要求——这非常重要,弗朗西斯科——白羊座[2]第一个十分度的人物,其形象理应身穿白色衣服,体形理应很高大,皮肤黝黑,身强力壮,是一位器宇轩昂、世所罕见的英雄人物。他不仅要成为整个房间的守护者,还要成为这整整一年的守护者。他理应站在一头公羊旁边,用来象征这个星座。在他身旁,请画上一名代表着年轻与丰收的人物,他手里理应拿着一支箭矢,以此来展现技巧与目标。或许可以是一幅自画像,弗朗西斯科,你自己的脸就不错。你觉得怎么样?

他朝我眨了眨眼。

还有,这里,四月,其中一个十分度的人物,其形象理应手握一柄钥匙。将这柄钥匙尽量画得显眼些。然后,这里……还有这里……他来回走动,继续提出各种要求,*此人理应有骆驼的脚*,*此人理应拿着标枪和指挥棒*,*此人理应*

---

[1] 类似"上中下旬",沿袭自古希腊的年份划分法:一年由三十六个为期十天的连续星期构成。三十六个黄道十分度即三百六十天,计为一年。占星术中,黄道十二宫将黄道三十六等分,置入三百六十度的圆盘,每部分为十分度,即黄道十分度。十二星座中,每个星座占三个十分度。

[2] 黄道十二星座第一宫,守护神为古罗马神话中的战神玛尔斯,对应古希腊神话中的阿瑞斯。

手持蜥蜴，此人……

没有给出任何询问酬劳的空间。

尽管如此，我心里却很清楚，作品会替我开口，它们会在完成时给我带来应有的回报。

我从五月和阿波罗开始。我努力对马的身体进行细致描绘。我画出了四只游隼，让它们都坐在鸟架上。我特地加上了弓和箭，可是，我却不得不将里拉琴画在一位站着的少女吟游诗人手中（因为阿波罗手里已经拿满了各种象征，包括弓与箭，以及一颗犹如黑色洞窟般的太阳，我画出了某种类似黑色种子、烧焦核桃或是猫咪肛门的形态，因为一旦你长时间注视太阳，这就是太阳真正的模样）。

什么是德尔菲三脚凳？

我画了一张有三条腿的凳子，上面披上一张蛇皮。

游隼看过之后，点了点头。

（好险。）

我画了费拉拉宫廷里的所有成员，并非他们现在的样子，而是无数的婴儿，从地上的一个洞里涌了出来，仿佛一瞬间就从虚无变成了实在，占领了人间，每个成员都跟他们诞生时一样，赤身裸体，脖子上无一例外地挂着拴在绳上的乳牙，这是他们唯一的珠宝、唯一的装饰品，他们一边前行，一边用手臂亲切地挽住身边同行者的手臂。

当游隼踏上脚手架，看到有着无数婴儿的这一幕时，不由得大笑起来：他很开心地将手搭到我的马裤上，突然抓住我应该有东西却什么都没有的地方。

啊！他喊出了声。

我令他大吃一惊。

他迅速冷静下来。

我明白了，他说。

但是他依旧以兄弟般的动作搂住我的肩膀，我更喜欢他了，瘦弱的学者游隼。

你可真能忽悠。他说，那天你来我家时，我的女仆一度衣冠不整，眼下这种情况，完全出乎我意料。

（此事的前因后果是这样的：在我主动来到游隼家、并且给他画了持火把者的那一天，游隼决定雇我，于是，他就派给我开门的那个女孩陪我聊天，摸摸我的底细，确保我不会突然溜走，可以顺利前往城堡上任。结果我第一句话就问她，能不能借她的帽子看看，她把帽子脱了下来，然后，我温柔地靠近她，将她一路引到房子背街的僻静角落，如此一来，就没人能够看到我们了。这时，我友善地问她，是否可以再脱掉身上的其他一些东西，让我好好看看，她微笑着照办了。我情不自禁地吻了她每一处裸露出来的地方，她很开心，也回吻了我。我离开之前，她含情脉脉地将帽子绑在我头上，说道："您这样看起来可真像个英气十足的女孩，先生。"）

所以，你比我曾经以为的那个人要差一点，弗朗西斯科，此刻，游隼如是说。

的确差了那么一点点，德·普里西亚尼先生，我说，但在画壁画方面可是分毫不差。

没错，你很有才华，真的，分毫不差，他说。

丝毫不差，我说。不分伯仲。

我兴致勃勃地嘀咕着,可游隼并没有听进去:他猛拍了一下自己的大腿,笑了起来。

我突然明白了,他说。为什么科斯莫那样称呼你。

(*科斯莫?议论我?*)科斯莫称呼我什么?我问他。

你不知道吗?游隼说。

我摇了摇头。

那个科斯莫啊,每次提起你时,总是称你为弗朗西莎[1],不是吗?游隼说。

他称我什么?我说。

弗朗西莎·德尔·科索,游隼说。

(*科斯莫。*

我原谅。)

单就宫廷画师这一身份而言,我说。我绝不承认你所说的这个名字。我也绝不会听命于任何人。

好吧,但你此刻的身份呢,游隼又问,除了宫廷画师之外的身份呢?

(的确是个问题。)

至少我绝不会故意挑选鞭笞者[2]来作为画中人物,只为接受他们所付的额外酬劳,我说。

(我知道,科斯莫通过某些人要求他绘制的特定内容赚

---

[1] Francescha,"弗朗西斯科"对应的女性名字。
[2] 鞭打自己以求赎罪的苦修者,愿意为信仰付出一切。此处指科斯莫在大教堂所画的圣乔治像——这位圣徒是鞭笞者团体广泛信奉的烈士,鞭笞者会向宫廷画师或雕塑家支付大笔酬劳,只为让圣乔治形象出现在教堂或宫殿的艺术作品当中。

了很多钱。)

　　游隼耸了耸肩。

　　没有的事,鞭笞者跟其他任何人一样支付酬劳,他说。你去看过大教堂管风琴那里的圣乔治像吗?弗朗西斯科。一切都只是为了崇高的目的。而且——科斯莫以前不是教过你吗?我还以为你曾经是科斯莫的学徒呢。

　　科斯莫?教过我?我难以置信地反问道。

　　那你师从谁呢?游隼问。

　　我用自己的双眼学习,我向大师们学习,我回答道。

　　哪些大师?游隼问。

　　伟大的阿尔伯蒂,我说。伟大的切尼尼。

　　啊哈,游隼说。自学成才。

　　他摇了摇头。

　　还有克里斯托弗罗,我说。

　　那位有名的费拉拉人?游隼问。

　　德尔·科萨家族,我答道。

　　砖瓦匠家族?游隼说。教了你这些本事?

　　我用手势示意了一下自己的新助手——那个小扒手,他眼下正忙着进行绘制壁画的准备工作——我让他在抹灰泥和研磨颜料之间腾出少许时间,从花园里搬来一堆砖:我一抬头,看着海量的宫廷婴儿从石板地上的洞口里涌出,仿佛整个世界不过是场闹剧,他们是上天派来的一群评论家。

　　从我还是个婴儿时起,我就生活在这个环境里,在砖头和石板之间呼吸,跟砖头和石板睡在一起,可你既不能吃砖头,也不能吃石板啊,德·普里西亚尼先生,这就是为什么——

（大好时机，我准备开始谈我的酬劳问题。）

——恰恰相反，游隼说。让鸟类好好捕猎的最好方法，岂不就是喂它们石头吗？

（没错，喂石头，这的确是养隼者为了让鸟保持饥饿与敏锐所做的事情，他们会通过给隼喂小颗粒的石子来欺骗它，让它误以为自己已经吃饱了，如此一来，当隼头上的面罩被取下，飞出去捕猎时，必定会对自己的饥饿感到惊讶，这就使得它在寻找猎物时，比以往任何时候都更加敏锐）。

这显然是对我的问题的巧妙回避，游隼，他很清楚这点：他看起来挺惭愧，他转过头去，望向我的婴儿大军。

有种幼稚的成熟，他说。赤裸裸的一切，一切都坦诚相待。很好。我喜欢你的阿波罗。里拉琴在哪里？啊哈。这里。我非常喜欢你笔下吟游诗人的优雅。还有——这些——噢。这是什么？

你想要的诗人聚会，我答道，依照要求，放在顶部角落里。

可是——那个——岂不是——是我？他问。

（的确如此，我未经许可，在诗人之中加入了他的画像：照我看来，他更喜欢被大家视作诗人而非学者。）

我手里拿的是什么？他说。

心，我说。

噢！他说。

不仅如此，这颗心是火热的，我说。你看起来就像在检查一颗心脏，它发出的热量，恰如寒冷日子嘴里呼出的白气一样，正在不断升腾。

他的脸色起了些许变化：随后又摆出了一副啼笑皆非的表情。

你可真是个政治家，弗朗西斯科，他说。

不，德·普里西亚尼先生，我说。我是个画家，靠我的胳膊、手、眼睛创造出作品，通过作品的价值来展现自己。

但他很快就转过身去，以防我再次问起报酬的事情。

不过，当他从脚手架上走下来时，又扭过头来看我了。

坚持画下去，他说。

接着又狡黠地眨了眨眼。

都是套话，他自嘲道。

（某天晚上，我照常穿过通往月鉴厅的大门上悬挂的那道门帘，彼时才刚过午夜，尚不算太晚，空气颇为潮湿，几乎没谁会在这个时间点过来工作，可我偏偏更喜爱万籁俱寂的时段。哪曾想到，当我走进大厅时，透过阴影，竟然看到火把的火焰在房间尽头一处脚手架平台上来回摇曳。于是，我赶紧藏到身旁脚手架下方的黑暗里。我能听到游隼站在上方某处对某人讲话——

韦内齐亚诺[1]，是啊。皮耶罗，当然有。卡斯坦诺[2]，兴

---

[1] Veneziano（1410—1461），即多明尼科·韦内齐亚诺，意大利文艺复兴早期画家，代表作《贤士崇拜》。
[2] Castagno（1421—1475），意大利文艺复兴早期佛罗伦萨画派写实主义画家。

许还有些许佛兰德斯画派①的影响，显然也有曼特尼亚②、多纳泰罗③的影响。不过话说回来，阁下，似乎存在着这样一种独特倾向。具体而言，这件作品虽然深受前人影响，但同时又焕然一新，整体风格很纯粹，呈现出一种我之前从未见过的新鲜感。

阁下。

是吧，另一个人说道。我不太确定，我是不是真的喜欢他绘制我这张脸的手法。

有着独特的魅力，游隼说。某种伟大的……我实在不知道还能怎么形容。总之，非常讨喜。

绝不能轻视魅力的表达，另一个人说。

精神上的轻盈，游隼说。不是从任何人那里学来的。并非皮耶罗。亦非佛兰德斯画派。

女人的服装画得倒挺精致，另一个人说。可我本人是否足够显眼？赞助人部分呢？众神的形象又如何？我的意思是，就整体效果而言，怎么样？

非常好，阁下，整体非常鲜活，游隼说。难得一见，能够同时保持神性与人性，不是吗？

嗯，另一个人答道。

---

① 尼德兰画派重要组成部分，全盛期为十五至十七世纪，代表画家有勃鲁盖尔、鲁本斯、凡·戴克等。
② Mantegna（1431—1506），意大利帕多瓦派画家，代表作《画之屋》《恺撒的胜利》。
③ Donatello（1386—1466），意大利文艺复兴早期雕塑家、画家，代表作有圣马克像和圣乔治像。

瞧瞧这位女性和这个孩子,看起来只是单纯站在那儿,但经过这样的编排,场景就呈现出了母性,可又不只是母性,就仿佛她们正在对话,对话是由所站位置产生的,游隼说。

这位特别的画家还给我画了其他画作吗?另一个人问道。

有的,阁下,游隼说。我听到他们在平台上移动,为防暴露,我躲进了墙面一侧更深的阴影里。

那么,这个小伙子,他是谁呢?另一个人问,他脚下的木板嘎吱作响。

根本不是小伙子,阁下,游隼说道。

我屏住了呼吸。

——是一名成熟的画家,超过三十岁,游隼说。

他长什么样子?另一个人说。

看起来挺年轻的,先生,游隼说。大概可以形容为——有些女孩子气。在创作时也很有年轻活力。新鲜感贯彻始终。新鲜感与成熟度兼而有之。

他叫什么?另一个人问道。

我听见游隼告诉他——

不久之后,由于游隼宣称自己非常喜欢科斯莫所画的圣乔治,我将它也画进了壁画中,这次是画在三月的部分里(这也是我迄今为止壁画作品中最好的一部分),这一次,我将圣乔治画成了一名养隼者,他肩部两侧的衣服扬起,就跟他手上游隼扬起的翅膀一样,就跟游隼本人喜欢的持火把者画像一样。我让他坐在马上,姿势有点像科斯莫的圣乔治。我让他显得年轻而有活力。我给他画上了一只饰有流苏的狩猎手套。最重要的是,我让他胯下那匹骏马的两只蛋蛋显得又漂亮又巨大。

画这几个月的壁画,花掉了我几个月的时间。

我让画中事物看起来既亲近又遥远。

在壁画的上层空间,我给独角兽画上了半透明的角。

在较低的空间里,我为马儿绘制了眼睛,让它可以跟着你在房间里转来转去,因为那是上帝的眼睛,谁在油画或壁画中拥有它们,谁就能抓住任何看作品的人的眼睛,这并不是亵渎,只是重申了从我们外部凝视我们的力量,使他们能够始终注视着我们。

我给五月和四月画了不同的天空,最后是三月(因为我在从五月画到三月的过程中,越来越有进步,越来越习惯于将空间画满,这也使得作品越来越繁荣、热闹):我敢于在维纳斯上方区域绘制世俗内容,周围站着一群情人,女人公开亲吻和触摸男人(这会激怒任何一个讨厌看到这类安排的佛罗伦萨人)。

整个过程中,我都严格遵照伟大的阿尔伯蒂在他书中所建议的,始终都去做最好的绘画者应该做到的事,包括绘制多个处于各个年龄段、各种身份类型的人物,还要额外加上鸡、鸭、马、狗、家兔、野兔等动物,以及各种鸟类,将上述这些恰到好处地安排在各类景观与建筑物之间,辅以生动活泼的互动:不仅如此,阿尔伯蒂在他书中提出的要求——"作为对我苦心创作这部作品的奖励,读过本书的画家,或许可以适当表示一下，将我的脸也画进足可青史留名的画作当中，这无疑是一种令人倍感欣喜的致敬方式。"——我也照做了，在密涅瓦女神区域的智者聚会部分，我将他的脸给画了进去。因为，那些做了好事的人，理应永远受到尊重，这是伟大的阿尔伯蒂和切尼尼都同意的。然后，作为与智者教授们的对应，我选择将她们放在密涅瓦战车的另一边——游隼希望命运女神坐在那里——那里是劳动妇女们的聚会，包括街道、工坊和"快乐之家"等各个地方我还能记住的每个女人的脸。我将她们安排在一套做工优良的织布机周围，并给她们绘制了精美的石窟民居，作为她们身后的背景。

我画了我的哥哥们。

我将母亲的身影画得华美绚烂。

我画了一只公羊，是父亲的模样。

就这样，我在侯爵的这些月份里，塞满了这片土地上跟我有关系的那帮人。

可是，每当我这样做时，恰如你努力用颜料来描绘某人时可能发生的那样，一旦我将他们画到壁画所在的墙面上，他们就不再是我认识的人了：尤其是置身于蓝色中时——蓝色，指的是天空、众神与大地之间的那部分区域。

一幅画作，大多数时候都只是一幅画，但有时一幅画作还意味着更多东西。我注视着火把光照下的无数面容，发现他们已挣脱了一切。他们挣脱了我，挣脱了他们诞生并落脚的墙壁，甚至挣脱了他们自己。

我非常喜欢一只脚——或者说一只手——穿越边缘，越过画面，进入画面之外的世界。因为，一幅画，无疑是在这个世界上真实存在的东西,而这种越界,恰恰是这份真实留下的印记。我喜欢让人物进入画面与世界之间的那个领域,诚如我喜欢画中人的身体,真的出现在彩绘的衣服下面一样,乳房、胸口、手肘、膝盖,由内向外挤压,为上方无生命的织物带来鲜活的生命。我尤其喜爱天使的膝盖,因为它的存在显得神圣事物也挺世俗化,这么想并非亵渎神明,只是在进一步探究神圣事物的真实性而已。

但这些也不过是些单调的乐趣罢了——我很想雇个小男孩,让他也站到桌子上,命令他喊出"不过是些单调的乐趣罢了"——可是,画面本身的生命走出画框时发生的事情,并不能计算在内。

因为它同时做了两件完全不同的事情。

一方面,它让人们看到不同的世界、理解不同的世界。

另一方面,它解放了那些看到它的人们的眼睛和生活,给了他们片刻的自由——无论是在它自己的世界里,还是他们原本的世界里。

与此同时,我自己也早已不再是这项工作的奴隶了,在接近三月末时,我几乎完成了三月部分的全部内容,顺利开启新年[①]:有一天,所有助手和工坊画家都挤在大厅中央,大家热烈谈论着异教徒起义的事情,我则站在脚手架上琢磨他们聊的内容。(在田间劳作的工人们那里,发生了一场以争取更多食物和酬劳为目标的起义:十名工人因为其中一名

[①] 依照罗马旧历法,一年只有十个月,共三百零四天,开始于现在的三月,结束于现在的十二月。三月是新年的开始,故有此说。

工人有过激行为而受到殴打，还有传闻说，十个人中的几个已濒临死亡，组织起义的那个早已被切成了碎块。）

其实不是，谈话的内容跟异教徒无关：他们满怀激情争论不休的，实际上是他们最近向博尔索提出的关于争取更高薪酬的请愿。

弗朗西斯科大师！小扒手在脚手架一侧喊道。

埃尔科莱！我头也不回地回应道。

（我正在润色美惠女神。）

让我们也签下你的名字吧，小扒手喊道，跟我们的请愿书签在一起！

不行！我喊了回去。因为他们之前已经请过两次愿，索要更多的钱。第一次和第二次，博尔索都没有给他们更多报酬，而是让他们所有人（包括我本人）都获得了他颁发的奖章，奖章的一面是他的头像，另一面是正义之神，上面写着：*haec te unum*：你与她俱为一体。

这是一枚漂亮的奖章，看起来的确挺值钱，但博尔索在全城（还不只在这里，也在他统治的其他城镇里）颁发了太多同样的奖章，这就导致它们在市场上根本就卖不上价。

可博尔索向来都以慷慨著称：他难道没有给自己喜欢的音乐家们很丰厚的报酬吗？

他岂不是给了科斯莫大把的宝石？

没错，截至目前，我的报酬跟其他画家相同，但我知道，这应该是个疏漏。

我打算直接给侯爵写信，指出这一疏漏之处。

因为我知道自己很特别（是这里唯一一个不需要为科斯

莫的草图工作的画家,是这里唯一一个从宫廷工坊之外来的画家)。当第一次拿到错误的报酬时,我请求游隼去帮我说情,但游隼却注视着我,满面凄愁。

你难道没拿到奖章吗?他说。

听到这句话我就知道,他在这件事上没有权力。

游隼非常喜欢画中用了他那张脸的圣乔治:我看得出来——他希望自己是个行动派,是一名诗人——他在看圣乔治时,耳朵后面变红了。

可是,他对我画的疯人院的疯子们跑在马匹和驴子后面的场景摇了摇头,仿佛他们是要逃离赛马节似的,这帮人的约束衣标签在身后飞舞;看到侯爵狩猎的远景时,他再次摇了摇头——侯爵跟他那些骑马的人一道,直奔深渊边缘,一只狗正冷静地俯视着那里(我在前景建筑上画了一条裂缝,这是我深感自豪的视角安排)。

我精心绘制的这幅巨作令游隼的脸色慢慢变白。

这里,他说了起来。不行。这不能留下来。你必须改正它。

游隼指了指三月的第一个黄道十分度,在他要求画出一位身强力壮的守护者的地方,我给他画了一个高大的异教徒形象。

像这样的玩意儿已经够糟糕的了,游隼说。本身就够糟糕的了。都这样了,你还要我去找他给你更多酬劳?弗朗西斯科。你看不见吗?你没长眼睛吗?他会给你施鞭刑的。假如我去为你要更多的钱,他当然也会鞭打我。不,不,这不行。必须改掉。划掉它。重新开始。重新画。

这些话令我的内心因恐惧而畏缩。如此一来，我就会显得很蠢，最终很可能得不到任何报酬，会被解雇，之后的一整年都穷困潦倒。我再也不可能在宫廷找到工作了，我负担了沉重的成本，金色和蓝色颜料花掉了半年的钱。无奈之下，我打算细问游隼，他到底想让我在那里画些什么？

哪曾想到，当我真正开口时却发现，所说的不再是想说的话当中的任何一句，我亲口讲出的那个词是：

不行。

我身旁的游隼有些吃惊。

弗朗西斯科。重画，他又说了一遍。

我摇了摇头。

不行。

那儿也不能保留下来，他指着维纳斯区域的美惠女神说。美惠女神那儿。让她的肤色更明亮些。目前的用色实在是太深了。

我给美惠三女神画上了时髦的发型。我给她们画出了一些形体上的相似性，其中两张脸来自吉内芙拉和阿格诺拉，伊索塔则背对着我们。我画中的她们手里拿着苹果，在她们身后稍远处，有两棵细小的树，它们向上伸展的细枝被我画出了很多V字形分叉，以此来对应并复现美惠三女神那个地方的形状①，那里也正是一切人类生命与许多欢乐体验的源泉。我在每棵细小的树上都放了两只鸟。一切都很有韵律

---

① 画中树枝呈v字形，与美惠三女神腹股沟处v字形相对应，暗指女性生殖器。

感，甚至连苹果和乳房也彼此相似。我画成伊索塔模样的那位美惠女神引起了他的注意，可即便是她——尽管她的确非常漂亮，却也几乎没能完全吸引住他的眼球，因为我发现，在那片世间最好的蓝色区域内，他根本无法控制住自己的目光，他一遍又一遍地望向那个穿着白色破衣烂衫的异教徒。

然后——奇迹发生了——游隼身上起了些变化，这种变化改变了他站在我身边的方式。

我看到他再次摇了摇头，但这次略有不同。

他下令将这边照亮些。

更多的光线马上来了。

他双手捂住脸。

当他把手拿开的时候，

我看到这只游隼在笑。

竟敢如此胆大妄为。好吧。说实话，你确实完全按我之前的要求画了，他开口道。虽然我并没有要求你画这么美。那么，让我们仔细瞧瞧，我将——我也说不上来，我将解决这个问题。我会让他面朝下方这位老人，这位老人恰如他所希望的那样，展示出了屈膝的形象，这表明*博尔索在为一名年迈的异教徒伸张正义*。

谢谢你，德·普里西亚尼先生，我说。

不过，作为回报，你也得帮我几个忙，弗朗西斯科，游隼说。请将那屈膝老人的肤色画得更深些，以此来彰显新公爵的公正，要比大家预期的还要公正。我还要警告你，不要再做傻事。弗朗西斯科。你听懂了吗？最后，将那位美惠女神的肤色调亮些，背对着我们的那位女神。就算这些都完成了，我们有可能——我们只是有可能——不受追究。

不受追究，逍遥法外。 仿佛我策划了一次隐秘的讽刺或颠覆行动似的。不过老实说，当我端详自己这些画作时，其中潜藏的奥妙，甚至令我本人都感到颇为吃惊。当绘制这些眼下正受到质疑的内容时，我一直在提醒自己，侯爵是公正的，他自然会懂得并尊重我的价值，并为此适当地奖励我，他当然会这样，哪怕我在画中展示出他跟他的猎手们骑着马，马蹄声阵阵的同时，竟然对眼前的深渊视而不见。一幅画的创作与绘制，毕竟是个一体两面的论题，你自己的双手会逐渐向你揭开某个全新世界的帷幕，可是与此同时，你的心眼——你意识的眼睛——往往是盲目的。

游隼对眼前的异教徒摇了摇头。他不再笑了。他嘴巴大张。他伸出一只手来捂住了嘴。

假如他对此发问，游隼捂着嘴说道，我会告诉他……我说不上来，我会说这是、这是——

这是法国罗曼史中的一个人物，我说。

来自鲜为人知的法国罗曼史中的人物，游隼说。谁也不愿意承认自己无知。我们都知道，他是多么了解这些人物。

他略微停顿，注视着我的双眼。

可我不能再给你加钱了，弗朗西斯科，他说。不要再问了。

当游隼走下脚手架时，我想：好吧，那我就自己写，直接问，我不需要一个中间人。

弗朗西斯科先生！小扒手在下面喊了起来。

埃尔科莱啊！我又回喊道。

我正在重新绘制美惠女神们,如今选用的是更显苍白的肤色。给予、接受、回馈。美惠女神毫无问题,仍然是实实在在的。我将她们从墙上切下来,按要求重绘,并且重新上色,但我依旧保留了她们的人性面,让她们都变成了阿格诺拉,像她的三胞胎,同一个人,三种不同的模样。

原谅我!小扒手喊道。

原谅什么?我大喊着回应道。

原谅我代表你在请愿书上签了字!小扒手也回以大喊。

(助手们和工坊里的画家们一直在抱怨,说他们要求支付更多酬劳的要求之所以被拒绝,正是因为我没有签字,因为我没在他们之前纷纷要求的时候,也去要求更多金钱,他们说,我的这种行为恐怕会让侯爵认为,十硬币每平方英尺的酬劳就已经够多了。)

但没用我的名字,对吗,埃尔科莱?我又喊了回去。

不对,用了你的名字,小扒手大声说。我可以很好地模仿你的签名,弗朗西斯科大师,你知道的。我们需要足够的酬劳。提出要求的人越多越好。

我涂亮了最右边那位美惠女神手中的苹果。

埃尔科莱!我冲着下面喊道。

在的,弗朗西斯科大师。他应声答道。

我从脚手架上俯身下去,放低声音,直截了当地告诉他:

我不再需要一名助手了。收拾你的东西。去找另一位大师吧。

毕竟我很清楚,我目前的酬劳就是给错了而已,一个单纯的错误。博尔索向来都是个最关心公平正义的男人，我岂不是早已将他的头像画在了一道用精美花环装饰的石拱门下方吗？石拱门正中央位置雕刻的岂不正是"正义"这个词吗？门上的图案犹如他本人的双面勋章，下方是他为心怀感激的城镇居民们主持正义的场景。博尔索关心正义胜过一切（兴许是因为他的父亲，尼科洛[1]，我们所有人都知道那个故事，诚如我们知晓圣人传说和各种相关的神迹一般：在那个故事里，尼科洛不仅因为偏爱私生子[2]而闻名，最令人难忘的部分在于，他因为"罄竹难书的不公不义"，一怒之下就认定他的第二任妻子——认定那位美丽的娇妻跟他前一任妻子所生的英俊儿子彼此相爱，并因此直接将他们在地牢里斩杀，埋在了某个无人知晓的地方[3]），在这面墙后面，在我正在涂亮美惠女神手中苹果的这面墙后面，另一侧的前厅里，博尔索正在装修一个房间，他打算在那里审判与治下公民相关的案件，全力维护公平正义。我们都知道，他已经请人用灰泥制造了一些人像雕塑，包括诚信、希望、勇敢、慈善、

---

[1] Nicco 即 Niccolò III d'Este，尼科洛三世·德·埃斯特，1393至1441年间任费拉拉侯爵。
[2] 尼科洛三世有多名私生子，莱昂内洛·德·埃斯特和博尔索即为其私生子。莱昂内洛深受尼科洛三世的喜爱，被列为继承人，1441年至1450年在位。莱昂内洛去世后，费拉拉侯爵之位传给其弟博尔索，但莱昂内洛去世时并未指定继承人，博尔索是凭借声望被教廷指定为下一任继承人的，他本人认为这一切是他长期秉承"公平正义"的结果。
[3] 欧洲著名历史故事，故事中尼科洛的妻子和儿子名为帕里西纳和乌戈，薄伽丘在《十日谈》的第四日讲了这个故事，拜伦也就此创作过短诗《帕里西纳》。

宽容、节制[1]，但他明确要求法国请来的雕塑大师只做六美德，不做正义，因为他本人就代表了正义，正义就是他自己，当他出现在房间里时，正义也会出现。正义之神长着博尔索的下巴，他的脑袋、他的脸庞、他的胸膛，自然还有他的大肚皮。

好的创作，自会获得好的酬劳，诚如伟大的切尼尼在他的《艺匠手册》中所言，这本身也是一种公平正义，一旦你用了上好的创作材料，磨炼出了各项优秀的创作技能，那么你至少可以对获得好的酬劳有所期盼。就算结果不尽如人意，上帝也会亲自出手奖励你。这是切尼尼的承诺。所以，我该给侯爵写信。我现在就写，在新年前夕的今天，或者明天——也即新年当天写好，恰逢慷慨的年节（或许他们说得没错，或许慷慨的博尔索真的信了那些鬼话，说我没有在任何请愿书上签名，是因为我认为十枚硬币就够了）。

我从下面那个小扒手的背影里看到了悲伤。你可以从一个人的背影中看到很多东西。他正在收拾自己的工具，将物什收进袋子里。谁知道呢，兴许博尔索在读过我写的信之后，不仅纠正了发生在我身上的薪酬错误，也会被我说服，对那些水平较差的工匠们也表现得更慷慨些，只需要再多一点幸运和公平，他们的确需要运气，不像我，我的确值得。

（我年纪很小，坐在石头上，闻着马尿味，手里拿着那颗干瘪缩小的头颅，上面长着一只翅膀：我手里的东西是一

---

[1] 此处指天主教七美德：博尔索要求每项美德对应一个人物形象来创作雕塑，唯独缺少正义，因为他认为自己是人间正义的化身。

棵树的开始,只需要再多一点幸运和公平。

幸运,我懂,与偶然发生的事情相关。

但公平是什么?我冲着母亲的背影呼喊道。

她正走向装满亚麻布的半开木桶。

所谓公平,听到我的问话,她扭头喊道。所谓正义,就是得到你应得的一切。比方说,你跟哥哥们一样,得到同样多的食物,同样多的学习机会,跟这座城市或这个世界上的任何其他人一样多。

也就是说,公平是跟食物有关的,是跟学习有关的。

可是,从树上掉下的种子,跟公平又有什么关系呢?我再次喊道。

她停下脚步,转过身来。

我们需要幸运和公平,才能过上我们本该有的生活,她说。可是,有太多好种子没机会触碰到这种生活。试想想看。它们落到大石头上,它们被碾得粉碎,它们在路边垃圾中腐烂,它们生出的根找不到落脚点,它们死于饥渴、死于炎热、死于寒冷,好不容易到了泥巴里,还没来得及破开外壳就已死去,更别提长出一片叶子了。幸亏树是一种聪明的造物,每年都会派出大量种子,在那些没能真正生长的种子之外,还是会有几百、几千的种子生根发芽。

我看了看砖堆边上散乱生长的一丛丛幼苗,这些幼苗甚至还没我高。它们乍看起来什么都不是。我抬头望向屋顶,那里有三根细小的枝条,说明有一颗种子在排水沟里生了根。的确很幸运。可是,公平呢?我并非一颗种子,也并非一棵树,我是一个人,我不会破开果壳,我没有根,我怎么可能是种子或树，或两者都是呢？

我还是不明白公平与种子之间有什么关系，我喊道。

你以后会懂的，她在桶里回喊，又继续踩起了亚麻布。

过了一会儿，我听到她开始唱她那首劳动歌曲了。）

弗朗西斯科人师？

小扒手。

你还没走吗？我对着下面喊道。

我走之前还有最后一件事要讲，小扒手喊道。我能上来一下吗？

小扒手从我这里学会了如何绘制漂亮的柱型，学会了如何画好石头和砖头，学会了如何画出一段曲线，学会了直线之间的透视关系，学会了如何让线条像编织起来的线一样组成一个平面；我让他在五月的下层空间里画了些建筑，还让他在同一区域完成了工人们忙于日常工作的局部画面。

他还不到二十岁。他的头发还跟小孩子一样搭在眼睛上。他擅长调色，擅长混合石灰，擅长调整灰泥的厚度。他很清楚创作湿壁画需要怎样的一堵墙，也知道我们涂在墙上的涂料就跟我们自己的皮肤一样敏感，壁画成为了墙的一部分，恰如我们的皮肤是我们自身的一部分。

我抚摸着其中一位美惠女神的嘴唇：他爬上了脚手架，站在我身后，看着我忙活。

我知道，你肯定得让我离开，这是没办法的事，他说。可你的确应该在请愿书上签名。你应该在我们大家一起写的前两封信上签名。你没有这样做，这是不对的。所以我这次才冒名顶替，签了你的名字。我这样做完全是为了我们大家共同的利益。弗朗西斯科大师，你也应该能明白，侯爵是不可能被你说服的，他不会支付给你更多的钱，不会比我们多。你可以得到每平尺十硬币。除此之外，他不会付你更多。

他会的，我说。这本身就是个错误。因为博尔索主打的就是公平。当他发现问题之后，就会马上纠正自己的错误。

他不会的，永远不会，小扒手说。因为你应该知道，弗朗西斯科大师。他喜欢男孩。而不是女孩。

我撕开了美惠女神的嘴唇。

我轻拭颜料撕开后的裂缝：我努力站定，试图在木头平台上保持平稳。

我还应该告诉你，小扒手在我身后继续说道。当我们在五月部分忙活时，我碰巧听到博尔索要求游隼带你去找他，这是他宠爱新晋男孩和小伙子们的方式，因为他向来都喜欢那些有天赋的人才，他喜欢让人才彻底属于自己。我听到了游隼的回应，他婉拒了他，这也是你为什么从来没有受他召唤的原因——你不必跟别人一样去侍奉他。游隼没有告诉他任何关于你的事情，弗朗西斯科大师。游隼很清楚你的价值。我的话讲完了，假如你现在还坚持让我走，我自然会走，虽然我其实并不想走。无论如何，我都祝你在新的一年里大有斩获。

他还在我身后，我听见他踩在脚手架梯子上的声音。当我转身时，看到他在那儿等着，只有眼睛和头顶在平台上露出来。这一幕显得既滑稽又悲伤。可是与此同时，我从他眼中看到的恐惧，也让我看清了自己可能会做的事情。

我跟你打个赌,埃尔科莱,我开口道。

你要跟我打赌?他说。

他的眼神看起来像是松了口气。

我蹲在他的脑袋旁边。

我愿意跟你以五平尺的价格打赌,假如我写信给他,直接问他,他肯定会给我想要的一切,我说。

好的,不过,假如我输掉了这场赌局,小扒手一边说,一边折返回来,坐到了平台上。虽然我很清楚我不会输,但是,为了以防万一:假如我真的输了,我们是否可以约定,到时以我这个助手的每平尺标准来向你付钱?相反,假如我赢了,你就按照弗朗西斯科大师的每平尺标准来付我钱,可以吗?

下去给我磨点黑色颜料,我说,以防万一,因为我发现自己可能马上就要用它。

(因为黑色具有强大的力量,它所呈现出来的内容意蕴深远。)

黑色颜料?小扒手说。不行。新年到了。假期来了。我在放假。不管怎么说,我都已经被解雇了。

务必让它的颜色比黑貂毛更深,我说。犹如某个不见一丝光芒的暗夜。

星期五,我写了信:我亲自将信送到了宫殿门卫那里。

这一年第一个星期天的早晨——新年已过去两天——宫殿里很冷,几乎空无一人:我独自上楼来到月鉴厅,拿着一柄小刀,去了三月墙前。

我在花环与博尔索之间的拱门下方剥下了一小块墙皮,

他在那里为一名年迈的异教徒伸张正义:那块小小的墙皮就跟蛋糕上的杏仁糖一样,被完整地剥了下来。

我在空缺处重新涂上了一层薄薄的打底料,然后回家好好睡了一觉,打算通宵工作。

那天下午,我将所需的各种物什装进斜挎包里,除了我的绘画工具、颜料之外,还有一面好镜子。

那天晚上,我又独自一人逗留在长长的月鉴厅里,点燃了火把。我周围的面孔在火光中闪烁,向我致以他们独特的问候。我爬到了下层区域、花环和丘比特旁边的位置。

我给下层区域画面里剥出的那个洞铺上了第二层打底料。

我将博尔索在拱门弦月窗里的画像换成了一幅类似正义之神奖章上的侧身肖像:*haec te unum*[①]:但是,我将他脸的朝向改了,如此一来,凡是看过那枚奖章的人,都会发现他正朝着另一个方向远眺。

拱门下方,博尔索站在人群中心位置,等待正义之神降临,我在博尔索的身影旁边添上了一只手——手里什么都没有。

支撑埃斯特侧身肖像的石梁,写有"正义"这个词下方的区域,被我完全涂黑了。

涂黑部分之上,我又将"正义"这个词开头的几个字母

[①] 前文中出现过,意为"你与她俱为一体",将博尔索等同于正义女神。

涂白，白到你能读到的几乎只有ICE①这三个字母。

我将镜子举到自己眼前。

做完这一切之后，我从脚手架上下来，走出"逃避无聊宫"，走到街上，骑到玛托内背上，沿着街道疾驰，横穿烟雾缭绕的贫民窟，经过宫殿塔楼脚下，路过尚未完成的城堡，最后一次穿过城门，因为我再也不会回来了，当你出生的城镇是一座很容易就能走完的小城镇时，只需要几分钟时间就能永远离开。

（一年半之后，仅在教皇终于册封博尔索为费拉拉公爵的六天过后②，博尔索转身、眨眼、摔倒、死去，死得像一只被利箭射中的飞鸟，在那座"逃避无聊宫"内部，绘制他一年生活的月鉴厅墙壁上的月份还在不断循环。）

城镇在我肩膀后方，恰如刚刚重绘的那堵墙上呈现出来的一幕景致：恰如壁画背景里的远方塔楼一样遥不可及。

（寥寥几笔勾勒出来的遥不可及：没有足够的钱来支付蓝色与金色，更别提其他颜色了。）

晨曦缓缓蒸腾，地平线逐渐升高，总算抵达一处较高的地势，平原绵延在我身后，我的疾驰停止了。

我开始计算自己的损失。

我的口袋几乎空空如也。

---

① 即"正义"一词英语JUSTICE的最后三个字母。在现实的壁画中，留下的字母为拉丁语"正义"JUSTICIA的最后五个字母TICIA。暗指博尔索缺乏"公平正义"。
② 历史上，1471年4月14日，博尔索在罗马受封公爵，5月18日回到费拉拉后病倒，8月19日去世。

我不得不寄希望于工作。

当我思考这些时,有只鸟在我头顶歌唱。

我会好起来的。我的胳膊和双手都挺有本事。我会去博洛尼亚,那里有我的朋友和赞助人,那里没有可笑的宫廷。

一阵鸟鸣,我听见身后有什么东西发出声响,我转过身去,看见平坦辽阔的大地上,沿路扬起了一阵尘土。远处有一匹骏马,是这整个早上我唯一看见的马。不,那不是一匹正常体格的骏马,是一匹小矮脚马,灰色的,当它靠得足够近时,我看到有人骑在它背上。相比之下,此人的腿实在太长,不得不费劲伸在两侧。当我终于看清那是小扒手,当他与我四目相对时,我仿佛是从神所在的高度往下看,因为他骑的这匹马实在是太小了。

马儿跑得上气不接下气,背上的袋子里装满了小扒手的各样物什:弗朗西斯科大师,小扒手冲我大声喊叫,他同样喘得厉害,甚至盖过了小马呼哧呼哧的喘息。

我先等他将气理顺,眼下他就跟这匹小马一样,浑身都沾满了尘土:他赶紧用袖子擦了擦脸,调整好呼吸,准备开口说话。

你还欠我五平尺的报酬,他说。你该以更高的标准给我付钱。

我又回来了:我跟一个女孩,还有一堵高墙。

此刻,我们在女孩心爱的房子外面,坐在粗制滥造的墙边。这次她没有坐在墙头。她坐在了铺着石头的路面上。

我们已经来过这里很多次了。

我不太确定，这到底是因为爱情，还是其他什么原因。有一次，我们来到这里，那个女孩用充满敌意的目光盯着那栋房子，她的表情简直要令我相信，她马上就会像蛇一样吐出剧毒的口水。这次，我们在画作宫殿里曾经见到过的那个女人，直接走近了她，女人从自己房子里出来，穿过马路。虽然女人在对女孩讲话，但女孩只是坐在铺路石上，注视着女人那张美丽的脸，一言不发，脸上充满了嘲讽之意。然后，她像变魔术一样，迅速取出自己的祈愿板，用它研究那个女人。女人伸出双手遮住脸。看来她并不想被研究。她就这样一直遮住脸，转身回到了房里。一分钟后，女人又站在窗户那儿，端详马路对面的女孩。女孩再次举起板子，研究窗户里的女人。女人赶紧拉下窗帘。当她这样做时，女孩也及时研究了整个过程——板子上出现了一扇蒙上的窗。接下来，女孩就一直盘腿坐在地上看着房子，直到天黑。然后她站起来，晃动自己的四肢，她的四肢因为久坐而变得冰冷又僵硬，做完这一切，她就离开了。

第二天，我和她又回来了，依然坐在铺路石上。

转眼之间，我们已经连续拜访此地很多天了。次数如此之多，她睡觉房间的北墙上早已满满地覆盖上了小石板里研究出来的绘画习作。每幅习作都只有手掌大小，女孩将它们排列成星星的形状，按照星星的特点，较亮的画放在中心，较暗的画放在四周，朝向中心的画。

这些画的内容，全都是那栋房子，或者说得更确切些，是那个女人进出房子的场景，以及附近来来往往的人们。每幅画都保持着同一个视角——从粗制滥造的高墙前望过去的视角。唯独树篱的叶片和路旁树木的叶子略有区别。随着季节的变化，她每天都会捕捉街道上光线与天气的差异。

那个年纪颇大的女人，那个被岁月压弯了腰的女人，那个住在破旧高墙所属房子里的女人，起初每天都会出来，冲着女孩大喊大叫。

女孩什么也没说，保持沉默，只是从第三天起，从坐在墙上变成了坐在墙前的铺路石上。尽管如此，老妇人依旧冲着她乱嚷。女孩一言不发，挺直消瘦的身体，双臂交叉，从下方抬起头来注视着对方，表情如此平静、如此坚定，老妇人不由得停止了喊叫，由着她安安稳稳地坐在她所选择的地方了。

之后有一天，老妇人对她讲了些好话，并给她一顶装在棍子上的雨篷，用来挡雨（炼狱里总是在下雨）：同一天，她还带来了一杯饮料，杯里冒着热气，并且为女孩准备了饼干之类的小点心；在另一个寒冷的日子里，她给女孩带来了一条羊毛毯子和一件大外套。

今天，女孩将要绘制的习作里肯定会出现盛开的花儿：这栋她长期仔细研究、观察的房子，周围街道上的各种树木已经开始呈现出好几种不同的绿色，其中一些树木已经开了花，花朵在一夜之间绽放，有几棵树的枝头开的是粉红色的花，有的则开满了白花。

今天，当老妇人从自己家里出来时，手里什么也没拿，但她第一次坐在了女孩身后，倚靠在自家那道粗制滥造的高墙上，沉默而友好。

有蜜蜂；还有一只蝴蝶。

对于那些能够闻到花香的人们而言，这些花闻起来肯定格外香甜。

空气可真奇妙，竟能让花香四处飘散。

我父亲去世前不久的那段记忆,是我最无法承受的。哪怕在他已去世十年之后,这些记忆仍然能够让我在深夜惊醒。随着年岁增长,记忆亦逐渐变得凌厉。有时我会看不清自己想画的内容,因为记忆会阻隔在我与我所创作的内容之间,改变它原本应有的模样。为了解决这个麻烦,巴托让我坐到桌边,将两只空杯子放在我面前。他先用水壶倒满了其中一只杯子,然后又用同一个水壶倒满了另一个杯子。

现在是这样的,他说。这个杯子里是遗忘之水。那个杯子里是记忆之水。你首先喝这个。等一会儿。然后再喝另一个。

可是,你是从同一个壶里把它们给倒出来的,我说。无论哪个杯子,都是同一种水。既然如此,这杯怎么可能让人遗忘,这杯又怎么可能重拾记忆?

好吧,但它们在不同的杯子里,他说。

也就是说,其实是遗忘之杯与记忆之杯,跟水无关?我说。

不,就是水,他回应道。你必须得喝水才能见效。

同样的水,怎么可能两者都是?我问。

这是个很好的问题，他说。这正是我希望你问我的问题。准备好了吗？你首先喝——

这意味着遗忘与记忆本质上是同一回事，我说。

不要跟我钻牛角尖，他说。先喝这个。遗忘之水。

不对，一分钟前你才说过，那个杯子里才是遗忘之水，我说。

不是，不是，这是——，他说。唔。不是。等一下。

他仔细看了看那两个杯子，将它们拿起来，拿着它们穿过房间。他将两个杯子里的水从敞开的后门倒进院子里。他把两只空杯子放回到桌上，又用水壶重新将它们倒满。做完这一切之后，他先指了指其中一个，然后又指了指另一个。

遗忘，他说。记忆。

我点了点头。

我之所以来这里，是因为巴托来到了我所在的这座城镇，看到了我正在为他朋友画的那幅圣母玛利亚画像，巴托的这位朋友想将自己也画进画里，虔诚地跪在她跟其他一些圣徒旁边，他愿意支付丰厚的酬劳；可是，巴托盯着这幅画，摇了摇头。

这段日子里，你画作中的那些人物，该怎么说呢，弗朗西斯科，巴托说。我的意思是，人物画得一如既往地漂亮，但看上去却很奇怪，就仿佛他们的血管里曾经流淌着血液，如今却全是石头。

画布不同于墙壁，我回应道。壁画总是看起来更加轻盈。布底会使物体显得暗沉。

可你向多明尼科①展示的作品也是如此,他说。

(巴托在那些年里为我和小扒手找了很多工作。)

这么说吧,他给了我这份工作,我继续回应。他很喜欢这幅画。

有一种苦痛贯穿其间,巴托说。这不像你。就仿佛你是完全不同的另一个人了。

我就是完全不同的另一个人。我说。

哈!埃尔科莱在我们身后插嘴道(他正在工作)。我倒希望你是。如此一来,我就是在给其他人打工了。

闭嘴,我说。

什么情况?巴托问。

弗朗西斯科大师睡得很少,小扒手说。

为什么不好好睡觉呢?巴托又问。

保持安静,埃尔科莱,我说。

会做各种噩梦,埃尔科莱说。

我可以帮忙对付噩梦,巴托说。

如果只是梦,那是很容易,我说。如果只是梦,我也能处理。

巴托很确信,他说,这是摆脱噩梦与痛苦记忆的好方法。你必须以记忆女神的名义完成一场仪式:先喝一杯水,你会忘记一切,再喝另一杯水,重新赋予你一段强而有力的记忆,一切都将压缩成一整块记忆巨石,如山丘般大小的记忆巨石。

---

① 即前文中提到过的多明尼科·韦内齐亚诺。

就这样，此刻我坐在桌旁，面前摆着那两只杯子。

我不希望自己的全部记忆如雪崩般坠落到我身上，我说。

首先，你根本不可能知道它来临的时刻，巴托解释道。你甚至无法感知到这个过程。你将受到保护。你会进入某种恍惚昏睡的状态。然后，我们会把你抬起来，我们将你抱进房间里，我们把你放在特殊的椅子上，你把水让你记住的一切事情告诉神谕，在完成这一切的努力中，你睡着了。当你醒来时，你会发现自己已经在使用一种全新的记忆方式。你记得的事情当中再也没有任何恐惧或不适。你只记得自己真正需要记住的东西。从此以后，你晚上会睡得很深沉，睡眠质量极好，而且——最重要的是——你会发现自己又会笑了。

什么特殊椅子？什么神谕？我问道。

我们到了仆人厨房里。厨房空无一人，巴托将侍女和厨师暂时解雇，时长为一小时，他向他们解释，说这是为了纠正我的行为举止。我们可以听到他们在院子里一边晒太阳，一边轻声聊天，分享对我们的抱怨。好在他们早已习惯了关于我的一切。一直以来，他们对我也挺好。哪怕巴托本人不在家，我来到他家里也总有东西吃，因为厨房是巴托经常带我去的地方（我想，这恐怕是希望我能远离他妻子的视线，她不太喜欢我在家里。巴托向我保证，我永远是他儿子的教父，是他所有儿子的教父，不仅仅是第一个儿子。那你的女儿们呢？我问，因为我知道我会成为女孩们的优秀榜样：啊哈，女孩不关我事，他说。我从他闪避的眼神中看出，我已获得了允许,可以有条件地参与到他妻子不拥有任何管辖权的生活当中的一小部分。这对我而言挺不错,我们的友谊令我蒙享恩泽。话虽如此,我仍然希望成为他女儿们成长过程中的监护人之一,因为女孩在色彩与绘画方面受到的关注向来都比较少,由于大家对此长期视而不见,我们失去了许多好画家,可他妻子并不希望自己的女儿们过上画家的生活。

巴托跳到其中一个储藏柜前,打开角落位置的柜门,拿出一个包裹得很仔细的、放在盘子上的蜂巢,一小群苍蝇迅速出现在盘子上空,如云雾般聚集到一起:他将蜂巢放在我面前的桌子上。

此为神谕,他说。

有面包可供搭配吗?我问。

他回到了储藏柜那边。

你想用鸡蛋作为神谕吗?他问。

既想要鸡蛋,也想要神谕,可以吗?我说。我可以带些神谕回家吗?

我妻子一直在抱怨,说鸡蛋永远不够,巴托回应道(这是因为她从仆人那里得知,我经常将小扒手送到厨房里;但他们两个都不知道的一点是,她的厨房因为碰巧丢失的鸡蛋而获益匪浅,因为加甘内利厨师从小扒手那里学会了不少烹饪技巧——食物是小扒手的拿手好戏,无论在绘画领域、还是满足口腹之欲方面,皆是如此——他教厨师如何以悬挂方式来熟成牛肉和猪肉,这样处理可以显著增强肉类的风味)。

巴托将一只装满鸡蛋的碗放在了蜂蜜旁边。

特殊椅子呢?我问(当他四处寻找一把可以给我坐的椅

子时，我已将五个鸡蛋收入囊中）。

他拍了拍角落里的一大箱苹果，用两块厚布盖住它，轻拂表面，将褶皱弄平。

挺好，他说。准备好了。

那么，我先喝这杯水，我说。

对的，他说。

喝下去之后，我的记忆就直接从头顶飞升、逃逸了，我说。假如我是一栋房子，就好比有人把梯子靠在了我的外墙上，然后又爬到了我的房顶上。在那里，我所记得的所有东西，就跟房顶上的瓦片一样，整齐地排列着，一块压在另一块下方。这时，有人突然把每块瓦片都掀了起来，扔到地上，直到椽子①变得光秃秃了才停下来，是这样吗？

大差不差，巴托说。

我的记忆，当它们离开时，是整齐地码放起来，还是落下来碎掉，摊开成一大片？我问。

目前我还无法肯定地告诉你，巴托说。我以前从未做过这种仪式。

然后，在我进入焕然一新的无屋顶状态之后，我说，我要做的就是——喝这杯水，对吗？

对的——巴托说。

——喝完之后，那些跟原来一样的旧屋顶瓦片瞬间又从地上飞升起来，我继续说道，所有未破碎的瓦片和已破碎的瓦砾，两者皆有，犹如一群僵硬的无翼鸟，呼啦啦飞到我敞

---

① 屋面基层的最底层构件。

开的屋顶上,在那里,它们又回到了诸位老邻居身边,又回到了诸位老邻居下面?又回到了完全相同的地方,对吗?

我想是这样,巴托说。

既然如此,这一切又有什么意义呢?我问。

意义?巴托说。关键之处在于——很显然,弗朗西斯科,那一刻,所有的瓦片——我是说,记忆——消失的那一刻,你就跟你出生之前一样。犹如刚出生时那样。对一切敞开怀抱。对人世间的阴晴圆缺敞开怀抱。一切都是全新的。

啊哈,我说。

敞开怀抱,就跟全新的、尚未开始居住的房子一样,巴托继续讲了下去。干净得像一面新刷的墙,又恢复了画前的模样。

可是之后呢?屋顶,或者说同样的旧画,又落回到了我的身上?我问。

没错,可是话说回来,当这一切发生时,你已经拥有了没有这一切的时刻,独属于你的净化时刻,巴托说。在那一刻,仪式开始起作用,我把你放到谟涅摩叙涅①的椅子上,你对桌上的神谕大喊——

鸡蛋和蜂蜜啊,我说——

没错,巴托说,告诉他们你脑海中浮现的一切。在那之后,记忆就再也不会伤害你了。

啊哈,我说。

---

① Mnemosyne,希腊神话中的记忆女神,来源于希腊语 mnēmē,意为"记忆"。

这就是它的工作原理，他说。这就是仪式。

谟涅摩叙涅。

巴托是我朋友，他很乐意祝福我一切顺遂。这是个温暖人心的游戏，甜蜜、健康、有趣，满怀希望。可是兴许，照我看来——我多少有些怀疑他的动机——他真正期待的是，我能够忘记自己，如此一来，对他而言，我就可以摇身一变，成为另一个自己。

此外，我看过对谟涅摩叙涅——那位记忆女神的描绘。我见过她是怎样将手放在一个男人的后脑勺上，不仅要拉住他的头发，还要硬拽起来，将他几乎两脚悬空地拽起来，让他整个人吊在半空中，好像要把他直接吊死一样。她所主张的绝非安宁祥和。她是坚韧、固执又阴暗的。学者和诗人们认为，她是全体缪斯女神共同的母亲，也是文字的发明者。我可不打算以任何方式冒犯这样一位神祇。

——结束之后，我带你回家，巴托说，我们在你身下放了垫子，你好好睡一觉，醒过来时，就感觉好多了，巴托说。

这一切都只是因为我喝了你的水，我说。

你会懂的，巴托说。

于是，我拿起了第一杯水：可是，假如我现在错喝了记忆之水而非遗忘之水呢？我这栋房子可能最终会失去屋顶，永远敞开，再也没有记忆。为了忘记一切，我将付出什么代价，陷入何种境地。恰如我眼下从这炼狱里所获知的，凡此种种，恐怕会令我置身于某个死后世界，犹如幽魂一般，因为在这炼狱里，我陷入到了某种焦躁不安的记忆体状态，一个又一个的家从我眼前消失,在这个我不得不承认自己的认知的确隶属于它的世界里,我不再拥有任何东西,仅仅是个过客,不再能真正成为其中的一部分。

还记得有一次,我父亲对我讲过一些话,那是在我向父亲正式宣布说自己不再继续当他学徒之后不久,我认为自己已经准备好了,不再需要他的监护了,我已经超过二十岁了。

他递给我一张叠好的纸,当我展开它时,发现这张纸已经被磨得很薄,由于展开、折叠了太多次,它已变得如此脆弱不堪,必须小心翼翼地查看。

我用手轻轻将纸面抚平,读到了上面所写的话语,这些话是由当年还很稚嫩的一只手写成的,墨水早已褪色。这只手所写的词句,在每行结尾处都歪成了曲线:它的作者没有做任何准备,没办法保持自己的书写稳定,就像还在接受教导的小孩子,必须沿着有直线标记的页面写字,用半强迫的方式才能确保写出一行行直线似的。

请原谅我的傲慢无礼,如果这确实是傲慢无礼的话,我道歉,但我觉得这次是你错了。每当我想起这次发生的事情,有时甚至夜不能寐。那天,你因为我在泥土与尘沙之间为你画像而打了我的脑袋。尊敬又杰出、最受我爱戴的父亲啊,我恳求你,请不要再像这样打我了。当然,你手头有切实依据、我理应承受你怒火的情况除外。可是,在这件事上,我坚持认为,我不应该承受你的怒火。

这是什么？我问他。

你不记得了吗？他反问道。

我摇了摇头。

当你还很小的时候，我曾经教你写字，他说，这是你首次动笔写下的一整页。

！

我仔细瞧了瞧手里那张纸：我发誓自己一生都没见过它，但这确实是我本人的手笔。

我们在生活中不知不觉就遗忘了自己。

我端详着自己拿它的方式。想象孩童时期我的一只手放在成年之后我的这只手里，想象这张纸攥在我父亲手里有多么苍白。因为我自己肤色很浅，跟我父亲和哥哥们的皮肤相比，就跟任何一位宫廷女士一样苍白，经过多年露天劳作、多年烧制砖块之后，他们每个人的皮肤都会变成棕色，变成非常接近砖块本身的红色。父亲为我苍白的肤色感到骄傲。对他而言，这无疑是一项非凡的成就。我用这双苍白的手，将那张纸再次叠好，放在掌心，伸出手来，让他拿回去。

这是你自己的，他说。如果你要离开我的监护，那么我就把自己对孩童时期的你仅剩的这一点点东西也交给你来照看。这里面还包含了你母亲的努力，是她帮你写成了这篇文章，你写这篇文章时年纪还很小，这些句子里有她常用的短语，以及——瞧，这里，这里，还有这里——她习惯于将这两个点放在本应连在一起的从句之间，用来代替句号。

这也是我的习惯，我说。

他点了点头。他从袖子口袋里掏出另一张纸，递给我。

这也是你的,他说。

这是什么?我问。

合同协议,他说。我们在你小时候拟定的。还记得吗?

不记得了,我说。

你要在这里,还有这里签名,他说,我也要跟你一起签名。

我们现在就将它交给公证人,让他见证我们的签名。等他见证过之后——事情就成了。你终于可以独立了。

他扬起两道眉毛,用一种逗我笑的温暖目光注视着我,我也用同样温暖的目光回望他:有那么一小会儿,我们之间的一些悲伤情愫也带来了某种难以言说的幸福感。

可是很快,我就骑着我的新马远走高飞了,我有了自己的生活,要在不同城市里工作,去佛罗伦萨,探访威尼斯,不再是任何人的学徒。

老父亲,老砖瓦匠。

年轻的,逝去的,砌砖匠母亲,她永远不会变老。

三年后,我回到镇上,听说美丽的花宫可能会有工作找我,因为科斯莫正在研究缪斯女神,我或许有机会跟科斯莫一起工作。我看到一小群男孩挤在大教堂一侧,朝一个可怜农奴扔石头,那是个穿着破衣烂衫的老人,用手拉着一辆装满废弃家庭物品的推车。他似乎正在想方设法请路人们留步,好向他们兜售车里的货品。他会伸一只手到身后,拿出手边摸到的任何东西,都是些旧物:一块布、一只杯子、一个碗、又一个碗、一把脚凳、一根椅子腿、一块木板,他举起并献上它。这个路人拿了东西,但没付钱。下个路人干脆一把将他推开。大部分路人都流露出恐慌的神情,尽可能快地从他身边走过。除了那群男孩。男孩们跟着他,朝他扔石头,不停辱骂他。他是个不知从哪里冒出来的犹太人,或者是异教徒,要么就是吉卜赛人,甚至可能是居住在木屋里的人[①]:镇上人对蓝色疾病深感恐惧,哪怕多年以来都没再发现有谁感染,也还是在害怕它。一个发烧的人总是能引发敏感关注。直到我离开镇上,来到一两里路之外的地方了,我才意识到,自己刚才看到他从推车上拿出的最后一样东西是什么。那是一把泥铲。我赶紧沿着通往大教堂的路折返回去,但老人已经离开了。男孩们也离开了。我所看到的一切皆已消失,就仿佛我只是凭空捏造了这样一幕场景似的。

我去了老房子。父亲在那里,他很好,坐在桌子旁。桌子的木头案面上摆着一份写满名字的清单。这份清单很长,一直延伸到我们小时候坐着吃饭的那一头。顶端有几个名字已经划掉了。*他们全是已完成工作,但还欠我薪酬的人*,他告诉我,*我正在给他们每个人写信,免除他们的债务,划掉的那些是我已经写过信了的,下面这么多都是没写的。*

没过多久,他们骑着快马来到博洛尼亚,告诉我,他去世了。

在我的梦里,他总是比我想象中还要年轻,他的手臂格外结实。

有一次,在梦里,他告诉我他很冷。

可是,在大部分夜晚,我都无法进入任何梦境,因为我

[①] 指罹患瘟疫后被隔离的病人。

在现实世界见过并做过的事情,还有那些见过但没做过的事情,犹如一道影幕,挡住了我的去路。

父亲死后,我回到费拉拉,站在路上,站在空荡荡的房子外面(因为我叔叔也去世了,我的哥哥们不想继承债务,已经消失了,就把房子留给了我)。有个我不认识的女人看到了我,她从对面房子里出来,穿过马路,将一小笔钱塞进我手里,告诉我,克里斯托弗罗上次见到她时给了她这些钱,说:拿走它,我不需要了。

总共四枚硬币:她让我把它们拿回去。

(我弄丢了跟父亲签的那份合同。我弄丢了孩童时期写给父亲的信笺。我保留了这四枚硬币,人生中接下来的时光里都保留着它们,直到我——直到我死的时候?果真如此吗?)

我冲着厨房外面喊道。

我——什——么——都——不——记——得——了。

透过窗户,我看到两个侍女吓得一下子蹦了起来:巴托险些被我吓得魂飞魄散。我表现得像个失了智的病人,将双手高举在空中。我把装着记忆之水的杯子给打翻了。水从木头桌子的一条裂缝里渗下来,滴到下面的地板上。门口挤满了加甘内利家的仆人,所有人都睁大眼睛望向我。巴托举起手,阻止任何人进来。他低下头,弯腰看我,目光一直放在我身上。我抬起头来朝着他,像瞎子一样,视线直接穿过了他。

你是谁?我说。

弗朗西斯科——,巴托回应道。

你是弗朗西斯科，我说。我是谁？

不，你是弗朗西斯科，巴托说。我是你的朋友。你不认识我了吗？

我在哪里？我问。

我的家里，巴托说。厨房。弗朗西斯科。你来过这里一千次了。

我嘴巴大张，脸上什么表情也没有：我将手从桌上湿漉漉的水里举起来，注视着它，仿佛自己从来没有见过手，仿佛我根本不知道什么是手。

是我。巴托洛梅奥，巴托说。加甘内利。

这是什么地方？我又问。巴托洛梅奥·加拉内格利①是谁？

巴托此刻的脸色看起来比秋雾还要苍白。

噢，亲爱的基督，亲爱的圣母玛利亚，万千天使，婴儿耶稣啊，他感叹道。

谁是上帝？谁是亲爱的圣母玛利亚？谁是那个什么婴儿？我问他。

我做了什么啊？他继续感叹。

你做了什么呢？我顺着话讲。

我试着站起来，但却像是不记得两条腿是用来干什么似的，直接从椅子上摔了下来。我摔得很明显，足以让任何旁观者信服。啊，倒下之后，我才意识到，口袋里的鸡蛋碎掉了，一阵湿润感瞬间袭来。

---

① 此处是把加甘内利（Garganelli）听成了加拉内格利（Garranegli）。

噢,见鬼去吧,我说。

弗朗西斯科?巴托说。

差点把我带走,我说。

真的是你吗?巴托说。

他的额头上满是汗水;他在桌边坐了下来。

你这个大混蛋,他说。

然后他又说,感谢基督,弗朗西斯科。

我站了起来;湿漉漉的蛋液,已经将我的外套和大腿一侧染成了深色。

有那么一分钟吧,他说。我觉得自己的世界终结了。

我笑了起来,他也笑了。我将手放进口袋里,舀出一个蛋黄,这个蛋黄——真是个奇迹——在只剩半个壳的鸡蛋里完整地保留了下来,外面的薄膜完好无损,没有破掉。其他蛋黄都跟它们自身的蛋白和壳混在一起,挂在我手上,滴下了一长串黏液。我在桌上擦了擦手,然后又在这位朋友脸上擦了擦,他允许我这么做。再然后,我将半个蛋壳攥在手里,将手掌上未破裂的那个蛋黄挑出来给他看。

神谕降临,巴托说。

我完全忘记了里面有鸡蛋,我说。

瞧瞧,巴托说。我告诉过你,遗忘之水会起作用。

女孩无法入睡。就算有幸睡着,也会跟一条离开了水的鱼一样,在床上辗转反侧。夜深人静,我看着她在半梦半醒中扭动,或是在漆黑的房间里茫然无措地坐起来,一动也不动。

伟大的阿尔伯蒂说过,当我们画死人时,死人身上的每个部位都必须是死的,除了脚趾和指甲,因为这两个部位既是活的也是死的。他又说,当我们画活人时,活人必须连那些最微不足道的部位都是活的,一个活着的人,头上或手臂上的每一根毛发都必须是活的。阿尔伯蒂说,某种程度上而言,绘画是死亡的对立面。尽管他很清楚,当我们死到只剩下一堆白骨时,绘画必定无计可施,唯有上帝才能将我们重塑回人类,在最后审判日,将脸放回到我们的头骨上等等,这意味着我下面要讲的这句话,并没有任何渎神之意——

阿尔伯蒂所言非虚,事实就是如此——

大家可以直接通过一幅画去看一个人,仿佛那个人此刻就活在现实之中,尽管此人可能已经有几百年没有活着了,或者说不再呼吸了。

教会我们如何只凭骨架来反向描绘出肉体的,也是阿尔伯蒂。由此可知,绘画的过程,以及绘画本身,的确拥有战胜死亡的力量,正如他所讲的,你可以*将从动物身上剥离出来的任何一块骨头作为基础,绘制出任何动物,先在上面添加肌腱,再用皮肉来包裹它*。这种将肌腱和皮肉赋予骨骼的行为,本质上就是绘制任何东西的过程。

我现在能感觉到,女孩之前已经接触过某人的死亡或者消失,兴许是她床铺上方、南墙画像中那位黑发女人的死亡或者消失,她有时可以盯着这些画像看好几分钟,有时又完全不看,画像中的女人既年轻又年长,有时带着一个很像这个女孩的小婴儿,有时还有另外一个小婴儿——这个婴儿后来长大了,成为了她的弟弟——有时则跟陌生人在一起。从具体情况来判断,这里的这些画像意味着画中人的死亡。画像可以同时呈现出生命与死亡,跨越生死之间的边界,两者皆有。

有一次,女孩拿着其中一幅女人的画像,将它紧挨在光源旁边,如此一来就可以看得格外清楚。明亮的火焰,仿佛要照亮黑暗中原本看不清的一切。我想,挨得这么近,这幅画肯定会烧着。哪曾想到,炼狱里的火焰是一种施过魔法的火焰,最终没有任何东西着火。

要么是这个画中女人,要么是受迫害者的主保圣人圣莫尼加,女孩失去的究竟是谁?对了,也可能是那一幅画——阳光明媚的街道上,两个女孩之中的一个。那两个女孩是朋友,浅色头发和深色头发,一个以金色为基调,另一个以蓝色为基调。也许她们所有人都消失了。也许这里也存在着某种蓝色疾病,她们全都因此而死。

但这女孩的确是个艺术家!她已经从北墙上剥下了以我们经常坐在外面等待的那栋房子为主题的所有画作,她一直在自己房间的桌子上用这些画作创作新作品,我不禁觉得自己跟她在创作目标上达成了某种默契,因为新作品的形状看起来完全就是:一面砖墙。

每一幅小小的研究习作,仿佛都是这面墙上的一块砖,她用恰到好处的手法,将它们很不规则地排列了起来,并在每一幅画作之间画上铅色的灰泥线,在墙的尽头,她为每条交替的砖线进行了别致的裁剪,就好像在切割或翻砖砖块,这令它整体看起来的确很像一面墙!她是个能工巧匠,能够很巧妙地制作出好玩意：用大量画作拼接而成的这面墙很长，从桌子边缘垂下来，一路卷曲到地板上，穿过房间的一部分，仿佛这房间里出现了一块强行分割开来的区域

是啊

这里承载了所有的记忆、所有的遗忘

在博洛尼亚，为了一笔丰厚酬金，我绘制了圣文森特。我搞来了不少摩舍金①（伟大的切尼尼很少犯错，但他说摩舍金不如其他金色好用，至少他对这种金色的看法是错误的）。我将圣文森特上方基督的容貌绘制成了我死去父亲的模样。这样做并非渎神，至少我希望不是，因为我父亲是如此爱戴、尊敬圣文森特，他是建造者和砖瓦匠的新晋主保圣人。我父亲在他去世之前的八年里，庆祝了他的圣人节八次

（不过话说回来，我倒挺喜欢这样一种观点，即基督可能比他们在圣经里所讲的活得更长久些：没错，这个观点的确渎神，但观点本身是极好的，值得让灵魂的一个角落堕入黑暗，假如运气好的话，可能也会被原谅。）

这幅画完全是用蛋液来调色的：我希望鸡蛋用得越多越好，尤其是在圣人的斗篷和皮肤上。

你不能用那么多，小扒手说。附着力不够。

走着瞧吧，埃尔科莱，我说。

而且青金石颜料用得太厚了，小扒手说。

走着瞧，我又说了一遍。

---

① 也称为彩金，是一种具有金黄色闪耀光泽的六角形鳞片状结晶。在还没有掌握制取低锌黄铜粉的方法以前，摩舍金是欧洲最重要的一种金色颜料。

但还不够，我还需要更多金色，于是我出去散步，舒缓一下眼睛，顺道也去制色师那里买了更多颜料，付给他们大把金钱，因为我欠他们很多钱。

（曾画过一幅圣露西亚①画像，上面用的金色颜料比我当时能买得起的还要多得多。她手里捏着一根长了两只眼睛的小嫩枝，眼睛像花朵一样，在小嫩枝末端睁开。伟大的阿尔伯蒂在手册中写道，*眼睛尤似一朵花苞*，这令我产生了让双眼像植物一样睁开的想法，因为圣露西亚是守护眼睛与光明的圣人，她本人通常被认为是瞎子或无眼的形象，有许多画家给她画了眼睛，但都没有画在脸上，而是将双眼放在盘中，或者直接放到她手心里——可是，我想让她保留自己双眼所有的功能，我不打算剥夺她的任何一部分。

但是弗朗西斯科大师，在根茎已被切除的情况下，没有水，眼睛能像这样保持多久？它们会枯萎，然后死掉，小扒手说。

埃尔科莱，你真是个傻瓜，我说。

不是的，它们就跟真正的花朵一样脆弱，小扒手说。甚至更加脆弱。

他看着这幅画像：他看起来几乎快哭了。

首先，她是圣人，手里这枝花当然也是神圣的，这意味着花根本不会死掉，我说。

圣徒都是跟死相关的。死了之后才能成为圣徒，这是先

---

① 殉道者圣露西亚（约283—304），以仁爱闻名的圣徒，眼科医生的主保圣人。

决条件,他说。

其次,这是一幅画,这意味着花朵永远不会死,因为它们存在于一幅画中,我说。第三,假如它们真的会死,在画中那个与众不同的圣人世界里,她随手从灌木丛中摘下任何一根嫩枝就能代替。

啊哈,小扒手说。

于是,他继续进行手头的工作,但我看他一直在偷瞥圣人手里那根末端长了两只眼睛的细长嫩枝:从他写满不安的脸上,从他无法不去偷瞥的双眼中,我能判断出这必将是一幅好画。)

辞别了制色师,回来的路上,我沿着河岸来到此地的人们丢弃各种垃圾的地方:我看到一双不错的靴子,被扔在长了一堆灌木的山丘后面,灌木的根部也全是垃圾,各种厨余废料,随意乱倒的肠子和内脏。

我走了过去,想看看靴子的大小是否合适。苍蝇迅速拥出。走着走着,我发现其中一只靴子自己动了起来。

在垃圾堆后面,透过稀稀落落的树枝,我看到有一双手浮在空中,似乎没有联结到任何身体上。这双手被脓疱覆盖,仿佛裹着一层扁豆浓汤糊,但这些扁豆的颜色是蓝色和黑色的。我还记得那气味。气味很浓。我绕过满是灌木的山丘,发现这双手其实还是长在手臂上的,手臂的末端有肩膀,肩膀中间夹着一个脑袋,但这些脓疱覆盖了一切,甚至覆盖了那张脸。他仍在呼吸。他还活着。他的眼白里有什么东西在动,那双眼睛看到了我,下方张开了一张嘴。

不要再靠近,他说。

我向后退了一步：我站在一个恰到好处的位置，仍然可以透过树枝看见那双手。

你还在吗？那人又说。

我在，我说。

走开，他说。

你是年轻人，还是老人？我问他（因为我根本看不出来）。

我觉得应该算年轻人，他说。

你需要一套全新皮肤，我说。

他发出了有点像笑声的声音。

这就是我的全新皮肤，他说。

你叫什么名字？我问。

我不知道，他说。

你从哪里来？我说。有没有人可以帮你？有家人或是朋友吗？告诉我你住哪里。

我不知道，他说。

你怎么了？我问。

犯了头疼病，他说。

什么时候的事？我问。

不记得了，他说。我只记得头疼难忍。

我去找修女过来，好吗？我说。

就是修女把我带过来的，他说。

哪些修女？我问。

我不知道，他说。

我能做些什么？我说。告诉我。

你可以走了，他说。

可是，你之后会怎样呢？我说。

我会死，他说。

我回到了工坊，此时此刻，我对将要完成的画面充满了想象：我对小扒手喊道，我们要画出一束束的灌木和树枝，但同时要让它们既能看见又看不见。

你的意思是，开启真实之眼，就跟你那幅《圣露西亚》一样，对吗？小扒手问道。

我摇摇头：我还不知道具体该怎样做：我只知道自己刚刚看到了那个人，看到了垃圾、树叶、灌木丛中的嫩枝，我理解了何谓怜悯，何谓冷酷，这些都是跟灌木和树枝的推动相关的。

枝叶天性中所具有的稳定性，我说。

呃？小扒手说。

他给我画了一根树枝，跟外面那些树枝看起来一模一样，没错——

因为我现在什么都记得了——

在我再次忘记之前快说吧——

那天，我睁开一只眼，另一只眼却睁不开，我平躺在地上，难道我从梯子上摔下来了？

半小时前，我发现你把自己裹在旧的马褥子[①]里，他说，不，不要——别那样做，你身上正在散发热气，你在出汗，外面那么热，弗朗西斯科大师，你怎么会冷呢？你能听到我说话吗？你能听到吗？

[①] 指搭在马背上的马鞍褥垫。

我睁开一只眼,看到的是我额头上方的小扒手,他先把水倒在自己袖子上,然后再把胳膊垫在我的额头上,实在是太冷了。除了小扒手之外,大家都逃出了这个地方。他解开我外套的纽扣,用小刀在我衬衫上切了一下,切得挺深,切开了我衣服里面的绑带,将它向后扯开,一边扯一边说:原谅我,弗朗西斯科大师,这是为了帮助你呼吸,我没有不敬的意思。我很焦虑,挥舞手臂,怒气冲冲,不是因为绑带被切开,而是因为我们在墙上和天花板上所画的这些先知和医生们(那天,没有哪怕一个真正的医生敢进那个房间,我身边唯一的医生,就只有画作里那些医生),这是我截至目前创作出来的最优秀的作品,还没完成,我们就已经提前拿到了全部报酬。我告诉小扒手,一定要完成先知的绘制,但也要将医生们都画出来。他说他会照办。我听到后,感觉好多了。永远不要留下未完成的创作,埃尔科莱。他把我从那个我们现在已经不受欢迎的地方给弄了出来,因为我皮肤上开始出现颜色了,他把我背到一张床上,我不知道这是在哪里,似乎是在一堵高墙旁边。不管这个房间是什么,它在我周围缓缓褪色,逐渐变得尖锐,墙面裂开了,就像发生了地震,当墙壁上的灰泥裂开时,我看到了那些人——

埃尔科莱,告诉我,我说,那些穿墙而来的好人都是谁?我完全,看不出他们是谁。

什么人?埃尔科莱问道。在哪里?

然后他明白了。

啊,他们,他说,他们是由一群好心肠的年轻人所组成的剧团,他们从树林里走来,将橡树叶子和树枝缠绕在头发上，缠绕在脖子上，缠绕在手腕和脚踝上，他们散发出树木的香气，闻起来就像刚做好的花冠，他们身上穿的仿佛是树木和花朵，而不是普通衣服，他们带着满满一臂弯的花与草，是从林地后面的草地上采摘的。我明白，假如你能真正看见他们，弗朗西斯科大师，你肯定想将他们给画下来，因为一旦你画了他们，你就能理解其中奥妙，理解他们之所以会是那个模样，意味着他们永远不会死，说得更确切些，哪怕他们死了，他们也不会介意，不会走向生的反面，要不要我把窗帘放低些，这里对你而言太亮了，对吗？他说。

我为你感到自豪，埃尔科莱，我说。这里如此明亮，又如此黑暗

记不起来

之后发生了什么

但这正是金色颜料需要适当打磨抛光的原因。打磨抛光到某个程度之后，金色会同时呈现出黑暗与光明。我教过小扒手，应该如何去研磨颜料。我教他怎样画头发和树枝。我教他怎样画岩壁和石头。我教他如何让画中事物容纳世界上的每一种颜色。我教他每一幅画中的每一种颜色是如何从石头、植物、根茎、岩石和种子中得来。我教他，儿子的身体被母亲抱在怀里的姿势、最后的晚餐、水与酒的奇迹、站在马厩周围的动物[1]，以及这一切故事背后的时节典故，这一切故事的前景与背景安排，从死亡到最后的晚餐，到婚礼，到出生。

---

[1] 皆与圣经中耶稣故事相关。

我也教过他，那些上升的事物与生命，总是具有最强大、最非凡的活力。可爱的小扒手，他对我总是很忠诚。我现在还记得，在我们完成了"逃避无聊宫"壁画之后的那年冬天，我让他再回一趟费拉拉，他毫无怨言地去了——我想知道这项工作在近一年时间过后看起来怎么样。

他星期三去的，星期五回来，直接去了我们正在修复圣母玛利亚画像的教堂。

跟我们还在那里时相比，他只改变了一项细节，整个月鉴厅里只改变了这一项细节，小扒手说。改变了他自己的脸。

谁改变了自己的脸？游隼吗？我问。

当然是博尔索，小扒手说。在全部月份里，包括你所画的这几个月，他一直在想方设法修缮自己的脸。我问了门卫，我认识那个人，他是我父亲的老朋友。他说，博尔索把他的表亲巴尔达斯[①]请来搞重绘了。

小扒手告诉我，门卫像欢迎自己亲儿子一样迎接了他，将他带进了仆人休息室，在那里，所有人都做了同样的事：给他提供食物，对他嘘寒问暖，问起关于我的事——

（*他们问起了关于我的事？*）

——是的，他说。听着，这还不是全部。博尔索这些天经常在外面，因为他决定创一座山——不只是移动一座山，只要信仰到位，很容易就能做到这点，毕竟"精诚所至，金

---

① Baldass 即 Baldassare d'Este，意大利画家，1432年出生于雷焦，科斯莫·图拉的学生。

石为开"嘛。他是要在一个以前从来没有山的地方,创造出一座山,一座全新的山,大如阿尔卑斯。因此,他们在蒙特桑托山①进行拖拽、挪动和堆砌岩石之类的工作,很多石匠工作到心力交瘁,有时甚至真的会力竭身亡,每当有这种情况发生时,博尔索就会把尸体直接堆到自己的山上。

不过,弗朗西斯科大师,小扒手说。他们还告诉了我另外一件事。我们的月鉴厅在民间已经声名远扬。经常会有一群人从镇上来到宫中,当他们进到厅里时,总是会站在你画的正义之神场景前。他们就站在那儿,驻足观看,从不大声说话。博尔索觉得,他们专程前来,是想看他本人的画像,你懂的,想看他伸张正义的模样。但门卫告诉我,这些人离开月鉴厅时,就好像有人在他们口袋里塞了钱一样高兴。门卫妻子一边将炖肉倒进我的碗里,一边跟我讲,他们其实是特地来看你在漆黑门洞中所画的那张脸的,那张脸只有上面一小半,脸上的眼睛——你的眼睛,弗朗西斯科大师——直直地看着他们,仿佛那双眼睛真能从博尔索头顶看见他们似的。

那双眼睛,不是我的眼睛,我说。

得了吧,小扒手说。

你没有告诉他们吧,没说那是我的眼睛吧?我问他。

就算说了也没关系,他说。我知道它们是你的眼睛。我每天都看你的眼睛,再清楚不过了。至于他们怎么想,那是

---

① Monte Santo,海拔1789米,位于意大利、奥地利和斯洛文尼亚交界处。

他们的事。门卫妻子告诉我，所有来看画的女人，离开时都在念叨，说这双眼睛是女人的眼睛，所有来看画的男人，离开时也都确信，说这双眼睛是男人的眼睛。你故意只画出小半张脸，画出了一张没有嘴的脸，你知道这种画法有着多么巧妙的暗示作用吗？就仿佛有些事情不能对外公开，只好缄口不言？总之，暗示引发了共鸣，大家不远万里来看它，对它交口称赞。他们还告诉我，你肯定想不到——现在总是有很多工人去宫殿，异教徒工人，其他一些在农田里劳作的工人，有来自我们南方的工人，还有贫穷的当地工人，他们一大群人一起敲门，有时甚至一次就会来二十个人，他们告诉门卫，他们是来向博尔索表示敬意的。也就是说，他们想亲自在他面前鞠躬，假如博尔索刚好在宫里，他就会召他们进来，他总是在美德厅里接见他们。

所以呢？我问。

想想看，弗朗西斯科大师，小扒手说。要去美德厅，你必须先经过月鉴厅，不是吗？

也就是说，我们真的把博尔索变成了他想让我们描绘出来的那个备受欢迎的大人物？我说。

小扒手笑了，脱下了身上穿的旅行外套。他急于向我讲述这一切，甚至还没来得及放下手中的行李。直到此刻，他才放下行李，顺势坐到行李上，继续向我讲述他听来的故事。

小扒手说，具体是这样的：工人们经过月鉴厅时，会特意走房间较远的那一端，从那里转向三月，走到之后，他们会停下脚步，站在你用蓝色颜料绘制背景的异教徒工人下方，能站多久就站多久。有些人甚至还会在袖子里塞满鲜花，当这些藏花的人之间发出一个特定信号之后，他们就会同时松开自己的手臂，袖子摆向身体两侧，花朵纷纷扬扬地掉落到地板上，就像下了场花雨。一直等到有人过来要求他们继续往前走时，他们才磨磨蹭蹭地进入美德厅，做他们应该做的事——向博尔萨鞠躬，这大约需要半分钟时间，然后他们会被护送着出宫殿，这路上又会回到月鉴厅，他们会竭力扭脖子、探头，尽可能长时间地盯着你的壁画，直到完完全全走出房间。

有一天，大约有二十五个人去了那里，站在那个工人脚下，田地里带出来的尘灰被他们一路带到了月鉴厅里。每个人都抬头看他，看了差不多有一个小时，拒绝离开。有人过来询问，他们就假装语言不通，最后终于离开时，脸上的表情显得格外平和。

博尔索就没有派人修改过吗？我问他（我的声音就跟老鼠发出的吱吱声一样小）。

博尔索根本不知道有这回事，小扒手说。没人告诉过他。没有任何人关心，他甚至从来就没有亲眼看过，难道不是吗？因为他总是待在墙的另一边，缩在美德厅的椅子上，等待着人们向自己鞠躬。要么他就在那座不是蒙特桑托山的山，我的意思是，他正在造的那座新山。

那一刻，我为博尔索感到悲哀，正义的博尔索，他的虚荣心令我想起了自己——

可是，真正令我感到恐惧之处在于，我所做的事，或者说我所造成的影响，竟然会产生如此疯狂的效果。

你讲的这些故事,不过是在恭维我罢了,我说。

它们都是真的,小扒手说。

我不想再听你的谎言了,我说。

你派我去看看情况,我的确做到了,现在我回来告诉你自己看到的一切,就是这么简单,小扒手说。我还以为你会喜欢这些故事呢,还以为你会为此感到开心。你可真是个自负虚荣的混蛋,我还以为你会欢乐开怀。

我在他头顶上打了一下。

我不相信你去了那里,我说。

哎哟喂!他说。行吧。那就这样吧。再打我一下,我可走了。

我马上又打了他一下。

他离开了。

很好。

我收起所有工作要用的东西。我回到了自己的房间里,上床睡觉。我把门锁上了,不让小扒手进来,他总是睡在床脚边。今晚他可以尽情睡在露天的地方了。

(三天后,他回来了,

贴心的小扒手,虽然比我晚死,但死时依旧很年轻。他喝了太多的酒,时间吞噬一切[①],请原谅我。)

至于我嘛,那天晚上我一个人躺在床上

我想知道科斯莫是否听说了我的画作,是否听说了那些专程前来观看画作的人们。

[①] 原文为拉丁语Tempus edax。

科斯莫，该死的科斯莫

我还很小。我刚刚成为弗朗西斯科。我正在学习给羊皮纸和普通纸张着色，正在各种不同光线下混合颜料，用以绘制各种不同的皮肤与血肉。我正在通过书本自学绘画，而我父亲正在城镇边缘的一栋房子里忙碌。某一天，在未完成房屋的一处空房间里，我从一个即将成为窗户的墙洞里探出头来，看到鞋匠的儿子正穿过草地，大家都知道他是谁，因为他被带去了宫廷。他很年轻，他要绘制旗帜、马衣，以及他们在比赛中使用的盔甲。不过，那些对绘画领域有所了解的人们其实也知道，他本身就是个画家，他的画作中充斥着扭曲、挣扎的生命，令每一个看到的人都备感惊讶。当他穿过草地时，我似乎看到他是个完全由绿色构成、同时散发出绿光的人。因为当他走过高高的草丛时（他偏离了大家通常会走的道路，正在穿过一处长满野草的荒地），与他相关的一切都变成了绿色。他的脑袋、他的肩膀、他的衣服，统统氲氲成了绿色。各部分当中，他的脸是最绿的，仿佛自他身体里向外蒸腾出绿色，我几乎可以品尝到这种绿色，好似我的嘴里塞满了树叶与青草。我也明白，这显然是周围草地映在他身上的颜色，但其中同样也有他自身的原因，因为他身边几里地的草都是这种绿色。

我十八岁。被家里寄予了厚望，因为我父亲已说服镇上多年以来最杰出、最年轻的新晋大师观看我的一些画作。父亲专程带了许多画作到宫廷去给他过目（他其实完全不能被称为"新晋"大师，因为他在宫廷从事挂毯与织物的设计、绘制马衣与旗帜已经有十年了，除此之外，他的画作也很有名,他的画粗粝豪放,其程度几乎令人震惊,各种根茎与石头,各种面部表情,都带有一种难以置信的傲慢,乃至于你在任何时候见到它们,都会产生不适与厌恶感。还有,博尔索,这位新上任的侯爵,他对宫廷里老大师们的风格感到兴味索然,技艺超群的波诺①和安格罗②,他们并不是他请的画师,而是他同父异母兄弟的宫廷画师。据说,这位新晋大师引起了博尔索的关注,收到了他送来的许多礼物)。我父亲认为他是个不错的家伙,假如我能在他那里当学徒,以后到宫廷里工作可谓易如反掌。父亲专门为我在院子里用木棍和悬挂的画布搭了一个简易工坊,不怕风吹,日光也挺充足,很适合练习绘画。这是个既脆弱又实用的工坊,今天早上我很幸运,不必将它重新支起来(我的哥哥们喜欢在晚上、下班或者喝酒回家后,将搭工坊用的木棍从地里撬出来,但昨晚他们刚好忘记了,或者说,他们难得心情好,没去干这事),我正在努力完成一幅画,它跟悬挂在我周围墙上的画布一样大,我在努力还原童年时期听过的一个故事,想象故事中的画面。音乐家与神发生了争执,打算通过一场较量,决定谁的音乐更好。神在较量中获胜,音乐家必须付出代价,被剥了皮,将皮肤献给神,作为神获胜的战利品。

就是这个故事,令我困扰了很多年,几乎一直在思考应该如何画出对应的画面。现在总算找到了描绘它的办法。神

---

① Bono 即 Michele Taddeo di Giovanni Bono (1400—1462),意大利画家,主要作品有《圣母加冕》等。
② Angelo 即 Fra Angelico (1387—1455),意大利画家,主要作品有《圣母子与天使、圣徒及捐助者》等。

站在一侧，手里轻握一柄尚未使用的利刃。音乐家的身体周围笼罩着沮丧与失望。但是，我们能看到音乐家的身体内部，那里面的血肉却迸发出狂喜，血肉辗转悸动，就仿佛皮肤是一块厚厚的布料，自肩膀开始片片脱落，同时也从手腕和脚踝处一小缕一小缕地剥落，犹如吹起的雪片一般，五彩斑斓。血肉经由皮肤的剥落而显现，宛似新娘在婚礼后脱下衣服。内里却并非肤色，而是鲜红，水晶般的红色。最棒的一个细节——音乐家伸手抓住了从自己手臂上脱落的一片皮肤，并将其折叠起来，动作很利落。

我听到身后有人讲话。我转过身去。有个男人站在我工坊画布的褶皱之间。他很年轻，打扮华丽。他的衣服非常漂亮，他本人穿这身衣服也显得很好看。他的傲慢态度，似乎呈现出某种具体的颜色。我曾花费很多时间，尝试调出这种颜色，但却从未成功过。

他在看我的画；他在摇头。

这是不对的，他说。

谁说的？我问。

他继续说道，马耳叙阿斯是萨堤尔[①]，因此是男性。

谁说的？我问。

故事里是这样说的，他说。学者们是这样说的。几个世纪里都是这样说的。所有人都是这样说的。你不能这样画。这是在曲解事实。这是我说的。

[①] 古希腊神话中半人半羊的森林之神，通常为男性形象，象征情色或性欲。

你是谁？我问。

（虽然我很清楚他是谁）。

我是谁？问题错了，他说。你是谁？无名小卒。没人会为这种画付钱给你，不是钱的问题，而是——这幅画本身毫无价值，毫无意义。假如你打算画马耳叙阿斯，那么阿波罗必须要赢。马耳叙阿斯必显露出被毁灭、被打败的痛苦。阿波罗是圣洁的。马耳叙阿斯必须付出代价。

他凝视着我的画，那是在展现某种愤怒吗？他走近一步，用拇指和食指粗鲁地摩擦画布一角。

嘿——我发出了抗议。

我对他没来由的触碰感到恼火。

他装出一副听不见的模样，继续审视画中的田野、栅栏和树木，观察远处的房子，观察岩层的结构，画中的人们在度过他们日常的生活，没有什么不寻常的事情发生，男孩们往河里扔石头，让狗去追逐水花，妇女在桶里踩着布匹，鸟儿在飞，云朵遵循风的方向，音乐家被人用绳子绑在了树上，扭动着身体，试图挣脱，试图重获自由。

他将自己的脸尽可能凑近画作表面，近得就仿佛他的睫毛马上就会拂过阿波罗王冠上的树枝和树叶似的。他同样凑近了去看音乐家面部与颈部的皮肤，剩下的皮肤仍然附着在身体上，与下层血肉的红色紧密相连。他退后一步，再退一步，又退一步，最后他跟我并排站立。他低头向下，看了看我桌上的颜料。

你的蓝色颜料是谁做的？他问。

是我自己做的，我说。

他耸了耸肩,好像并不关心到底是谁调出的蓝色。他抬起头来,再次望向那幅画,叹了口气。最后,他不赞同地摇了摇头,又从透着风的工坊画壁上的开口处消失了。

两天后的晚上,那幅画消失了。我早上出来时,工坊跟往常一样遭到了破坏,不过,因为我知道自己的哥哥们喜欢找这种乐子,所以总是将工具和重要的物什存放在别处。我走向母亲的储藏室。田间小路上,杂草丛生的草地已经被人给踩踏过了,储藏室的门是开着的。那幅画不见了,连相关的素描草图都消失了(虽然我父亲将其他画作都带去了宫廷,但没人有时间去细看他带去的东西,所以,他又将这些画给带回来了。它们在家里很安全,放在我母亲卧室柜子上方,放在山羊和她的孩子们够不着的地方)。

谁知道它去了哪里?掉进了河里?毁于一场大火?还是藏在某处密室里,被切割、卷起,然后塞进墙与窗或是房门与地板之间的缝隙里,要么就是被锤进了木头或砖块的裂缝中,用这种方式来防潮?

[威风八面的科斯莫,备受青睐的宫廷画师,他先赶走你来之前那些受宠的宫廷画师,然后又反过来被我的爱徒小扒手给赶走(哈哈!):威风八面、珠光宝气的科斯莫,已经年老体衰,浑身是病,向你的公爵写信要钱,说你现在病得太重,已经无法继续作画,说欠你祭坛画和圣徒嵌板画报酬的主教和书记官,根本不理会你的催账单。

他们是如此富有,而你却如此贫穷。绿色的科斯莫,被众人遗忘。老了,也死了,虽然死得比我晚了很久,是啊,死于贫穷

而非寒冷,

因为我将一幅未完成的、描绘古老故事的画作拿出来,展开来,铺在你身上,将它盖满了你全身,将你塞到它下面,将它的一端折到你下巴底下,让你在年迈衰老的冬天,还可以保持一丁点温暖——

我原谅你。]

这女孩有个朋友。

这朋友长得很像我的伊索塔,非常漂亮,来到这里,犹如一阵风,犹如在一堵没有门的墙上开了一道崭新的门。她们之间形成了某种亲密关系,她们的心情也随之高涨。她们在一起时,犹如两只新鲜柠檬的果皮般光滑锃亮。

女孩向朋友举起她创作出来的那面墙,那面用许多幅小画作制成的墙。她的朋友欣赏着,不住点头。她拿起其中一幅画作,仔细观看,然后又亲眼看着这幅画作是怎样摇身一变,成了墙上的一块砖。

一个女孩拿着墙的一端,另一个女孩拿着另一端,她们在测量它的长度,将它拉伸至整个房间的空间里。这面墙,真的很长。这时,女孩的弟弟像只调皮的小狗一样冲进了房间里,来到画墙中段,躲到了它下面,接着又像山羊一样,用脑袋使劲撞击它。两个女孩尖叫起来。她们赶紧将画墙收好,小心翼翼地将画墙从弟弟身边挪开,将脆弱的画墙放到桌子上,它的两端垂落到地板上,没有扭曲,没有弯折,因此可以保持平整。当这一切保护工作总算完成之后,女孩转身冲着弟弟大喊起来。他有些羞愧,离开了房间。女孩们继续对着长长的画墙忙里忙外。过了一会儿,弟弟拿着两只杯子进来了,杯子里有些热乎乎的东西,冒着热气。献上热饮,请求休战。果然,他们之间达成了某种协议。他得到了允许,可以跟她们一起坐在房间里,因为他给她们带来了这些热饮。他乖乖地坐在床上,很安静,好像没人在那里一样。

女孩们继续回去琢磨她们的墙。等她们忘记弟弟在那里时,弟弟马上就把脑袋和双手伸进女孩朋友带来的袋子里。他在里面找到了一些吃的东西,开始撕扯它的外包装。两个女孩都听见了他发出的声响,立即转过身来,大声呵斥他,然后又都站了起来,将他赶出了房间。然而,等她们折返回来时——

一切都毁了!

她们刚才将杯子放在了画墙表面,杯壁很烫,起身时,桌子被撞到,杯子洒出了些许热饮,然后杯子就直接粘在了墙面的其中一些画作上——那些热饮到底是什么东西?——如此一来,拿起一只杯子的把手,就等于拿起了一整面画墙。

两个女孩只好又开始将画墙从杯底剥下来。最后,杯底粘着的那幅画上留下了两个完美的圆,那是杯底的形状,是热量与溢出物造成的印记。

女孩看起来颇为震惊。

她举起墙面上的那一块区域。她用一柄小刀将有圆圈印记的两幅习作从墙面上分离。然后,她在空中不停挥舞着这两幅习作,好像是要把它们给甩干。

但她那位朋友却把它们从她手里拿了过来,她笑个不停,将它们举到自己眼前,假装它们是她的两只眼睛。

哈哈!

女孩看起来很惊讶。她的嘴唇张开,化作一个微笑。她们两个都笑了起来。接下来,两个女孩又各自拿起长长画墙的一端,跟她们之前所做的一样,但现在中间切口处的两块砖已经不见了。她们再次将它拉伸至整个房间的空间里。这一次,女孩没有像之前那样小心翼翼地呵护画墙,她在画墙快要拉伸到最后时,直接将自己那端搭在了肩膀上,将它像衣领或者围巾那样,塞到了自己胳膊下面。

看到女孩这样做,她的朋友也如法炮制。转眼之间,两个女孩都把自己给裹了进去。她们顺着画墙的宽边不停摇摆,直到胸口、腹部、手臂和脖子上都裹满了盔甲一样的画作。然后她们又扭向对方,仿佛画墙主动出力,将她们聚拢在一起。她们像两只毛毛虫,在房间中央相遇。不仅仅是相遇,而是相撞。这时,画墙裂开了,朝着四处散开,砖头般的画作,犹如屋顶瓦片般崩飞了出去,两个女孩在乱七八糟的画作之间相互拥抱,抱在了一起,扑倒在地。

我喜欢技巧娴熟的好友。

我喜欢通透开敞的好墙。

我正在为我那位棕色眼睛的朋友画像:他叫什么名字?我忘了他的名字。你知道我指的是谁,我的意思是,你知道他的名字。他父亲已经去世了,这意味着他成了他们家族的族长。他拥有家族全部的土地、全部的船只,同时也拥有全部的财产。这是一幅非正式的肖像画,因为他妻子不愿意让我给他画一幅正式的画像,所以,为了安抚我,他还是要求我为他画一幅像。因为正式的版本从来都不是真实的,当我问他为什么时,他如此答道。

(不记得他的名字了,但我却很清楚地记得我对他妻子的怨念。)

我先在画面远方画了些帆船的轮廓。然后又开始专注于他脑袋形状的勾勒。可是,我这位朋友啊,他此刻难得端坐在我面前,却比平时更显焦躁不安。我正在绘制他贴身内衣的褶皱,内衣漂亮地贴在他的衣领里面,我像这样全神贯注地盯着他,令他几乎坐立难安。

我知道他的沮丧挫败来自何方。我一直都很清楚。几乎跟我们的友谊一样长久。被铜墙铁壁围困起来的活力,周围空气中弥漫着的灰心丧气,犹如一场永远无法终结的狂风骤雨。

可他还是一如既往,出于善意,他对我说谎,说自己如此不安,是因为有别的情绪作怪。

他说,他被一个故事给激怒了。

这故事一直困扰着他,挥之不去,令他不得安宁,他说。

什么故事?我问。

所有的故事,他说,真的。不管什么故事,从来都不是我真正需要、真正想要的故事。

我准备就绪,正式开始为他画像。我保持安静,让时间慢慢流逝。过了一会儿,他打破了沉默,将原本想讲的那个故事的大致情节告诉了我。

这是个关于魔法头盔的故事，头盔可以让它的拥有者变成任何东西，变成他喜欢的任何形貌，唯一要做的就是先把头盔戴上。

可这并不是令他恼怒的部分。他很喜欢故事的这一部分。故事的另一部分是三个少女，她们是黄金仓库的守护者，谁从她们那里赢取了黄金，并将其锻造成一枚魔戒，谁就能拥有支配一切的力量，支配土地、海洋、世界，支配全人类。然而，这里面却存在着一个障碍，有一个先决条件：锻造戒指的人，他将拥有全部力量，但是，为了保全这份神力，他必须放弃爱情。

我的朋友目不转睛地注视着我。他在凳子上晃来晃去。他的目光显得有些迟钝，直愣愣的。他不可能对我讲出的每一句话，都令他在我眼中显得更加美好。

我在他肩膀后方绘制出岩石的曲线，我将在那个位置放置渔夫。我会将两个带鱼叉的孩子放在高处悬挑出来的岩石下方；我会将他的一只手安排在前方专门画出的画框上。我粗略地绘制了他手上要拿的那枚戒指，那小小的圆圈形状。

我就是想不明白，他说。不管是谁，足够勇敢或者足够幸运，成功赢取了黄金，成功锻造出了魔戒，这些都做到了，却不能同时拥有戒指和爱情。

我点了点头，表示同意，我明白。

我现在知道该如何绘制他身后的其他风景了。

我又来了：我，两只眼睛和一面墙。

我们在一栋房子外面，我以前来过这里吗？

有两个女孩跪在铺路石上。

还有一位老妇人，我想想看，我

认识她吗？不认识

她出来了，坐在高墙上看她们：她们在画画，画的是鸡蛋吗？不，眼睛。她们在墙上画了两只眼睛。每人各画一只。她们先用黑色画出我们用来看东西的那两个小洞。接下来，她们开始用颜色（蓝色）分段环绕着画它的外围。之后是眼白。最后是黑色的边线。

老妇人正在跟她们讲些什么。其中一个女孩（她是谁？）弓着腰，走到一只装有白色颜料的罐子前，伸手取色，在一只眼睛里加了一小块白色，就跟她的指尖一样大，然后又在另一只眼睛的相同位置，进行了同样的操作，因为没有光的眼睛是看不见的，我想，这恐怕就是那位坐在高墙上的老妇人所讲的话语

几乎听不到，因为有

 某些东西存在

  天知道那是什么

   正吸引着我

 我父亲的皮肤？

我母亲的眼眸？

 一路延伸至

那条看起来极细的线

 遁入虚无

　　　　地面和沙砾以及
　　　　　灰尘与泥土聚集起来
　　　　　　还有石子的碎粒
　　　　　　　就在这玩意儿脚下
　　　　　　　　（粗制滥造，顺带一提）
　　　　　高墙脚下，崩裂瓦解的地方
　　　　　砖块基层与路面的交界处
看哪
　　　那里的那条线
　　　　　一样东西遇见了另一样东西
　　　几乎看不到的杂草
　　　几乎不可见的绿色
　　　在其间生根发芽
被施了魔法
　　　因为这是一条迷人的线
平面之间的联结线
　　　绿色有可能存在于此
　　　　无论她们在那里做些什么
　　　画在墙上的双眼
　　　　不算什么
　　　　　　那些微小而复杂的
　　　　　　　色彩变化，几乎无可分辨
　　　　直到眼睛如此接近它
　　　成为一个具体区域
其中的水平线与

　　　　垂直的线条交会，一个表面遇到另一个表面
　　　　　　一种结构遭遇另一种结构
　　　　　　　　貌似只有两个维度，但却比
　　　　你敢于进入的那片大海更广袤，抑或
　　比头顶天空更深邃，一直深入到
　　　　　　大地内部（鲜花的花瓣垂下来
　　　　　　脑袋耷拉到茎上）
　　经由石头上分层的黏土
再与
　　　　黏土间出没的虫子混合
　　　　　　一切都要经过
　　　无数孢子的触角
　　　　　孢子是如此之小，它们甚至
　　　　　　　比眼睫毛还要纤细得多，而且是
　　　　　唯有黑暗才能营造出的色彩
　　　其脉络好比窗花格
瞧啊
　　　　树枝上密密麻麻长满的树叶
　　　　　　甚至会令人想起
　　　　　　　　无数枚箭头
　　　　可是
　　　黑暗中的根脉又是如何
　　　　　扎根于地底深处的
　　　　　　　在一切开始之前
　　　　　　　　　尚未有任何树木诞生的征兆

　　　　　种子的外壳尚未破碎
　　　　星辰仍待燃烧
　　　眼骨的曲线
尚未降生
　　你好，所有新的骨头
　　　　你好，所有旧的事物
　　　　　　你好，所有的这一切
　　　成为
　　已完成
未完成
　　两者都是

译后记

隐迹渐现

文泽尔

在多次深入探讨阿莉·史密斯的讲座与对谈中，作为本书译者的我，逐渐认识到这样一项事实，即对这位当代苏格兰小说家作品思想内核的理解，必须建立在对当代英语文学范式的消解之上。三十年前我们读奈保尔，读库切，读萨尔曼·拉什迪的《午夜之子》，这些男性布克奖作家的文学冒险在今日看来已经像百年前的银盐相片，堆积在头脑的暗箱中，洗去多余的显影液，看到的可能是遍布青苔的希腊无头雕塑，可能是史前岩洞中的旧石器时代壁画羚羊，可能是弗立切瑞人的毒箭头，与他们相比，甚至与更晚些的扬·马特尔或者写《狼厅》的希拉里·曼特尔相比，卡佛反而更像个毛头小伙子（好吧，卡佛也不在意，一位疲惫的俄勒冈人）。时间一年一步地朝前走，二十步过去，行至2014年，忽而连美国人也走上了以往只有英联邦成员国、爱尔兰和津巴布韦公民才能踏足的赛道——脱胎换骨的"新布克奖"正奖，主赛道，一锤定音，《泰晤士报》文学副刊的评论员们开始担忧，可见的未来，海量"非本土"英文原创作品步步冲击英语虚构世界最高奖项的步伐，是否会对外表现得过于暴力。再走十步，以十年之后2024年的视角回望，我们很容易就会发现，上述担忧至少在这段时期内纯属杯弓蛇影。毕竟布克奖也只是个从1969年起才匆匆降生并坚持每年颁发的新生奖项，以人类年龄计算，年过半百却又未及花甲：与如今已顺利跨过两个甲子的诺贝尔文学奖相比，甚至都还没熬到人家的一半岁数。出于大战后亟待满足的文化权威复辟倾向，出于学习与铭记的内在需求，历经超长的整体和平时期，只要能够坚持下来并保持知名度，文学奖项的普遍寿命往往会超过人类个体的寿命极限。具体到布克奖上，假如我们坚持将2014至2024年这十年判定为足以与人类纪元相匹配的"年龄"，那么这十年——四十五岁至五十五岁的布克奖，无疑正处于某种知识分子体认的黄金时代。值得注意的是，这十年里"非本土"作品仅获奖两次：保罗·比蒂的《背叛》（2016），乔治·桑德斯的《林肯在中阴界》（2017），皆为美国作品，一部普普通通，一部剑走偏锋，时间离2014年很近，很像某种"自证"，以今日视角回望甚至略显可笑。尽管如此，我们在面对时间这一维度时，始终缺少纵览能力，换句话说，如果只是以大变革的2014年为立足点，向不可知的未来求问布克奖四十五岁以后的发展趋势，那么，奖项管理委员会在给出名单时的思虑，恐怕跟遴选出来的评审们一样悲观，大家恐怕也都跟《泰晤士报》评论员怀着同样的担忧，这些大出版商、版权代理商、小说家、图书馆管理员、书评人、知名学者、文学编辑……甚至连进入长名单的作家们也一样，悲观，担忧，或因直面混沌而窃喜。

前情提要大抵如此，风雨飘摇的2014年，本书作者阿莉·史密斯,带着大家手中这部名为《双面人生》的长篇作品,第三次正式踏入角逐英语文学桂冠的战场(2005年,她的长篇《查无此女》也进入了短名单,但那部情节宛似"一缕青烟"的意识流小说如今读来似乎过于缺乏主题性,评价不高,只能归为实验作品,此处略去不表;再往前,2001年,《饭店世界》同样进入了短名单,过于狂放,过于实验,最后败给《凯利帮真史》,照样略去不表)。这位因弗内斯出生的女士,比布克奖大七岁,苏格兰最北方古城的成长经历,为她的每部作品都镀上了一层威廉·华莱士风格的凯尔特桀骜悲剧底色,纵使后来因为求学与生活辗转于格拉斯哥、爱丁堡,之后又长期居住在剑桥,她的童真之心也始终不曾从她的文字中退场。几个月前,在关于"季节四部曲"之一《冬》的一次讲座上,有位热心读者向我提起了这点,后来也证实此乃阅读阿莉·史密斯后的普遍共鸣之一,当时的例证是《冬》所塑造的一位女性角色勒克斯,我还记得讲座上那位读者的原话是:

"我最佩服的一点,阿莉·史密斯本人已经六十岁,但她总能创造出非常真实的少女。"

事实的确如此(创造勒克斯时并非六十岁,《冬》是2017年的作品,她五十五岁;假如对应现实时间,2023年,六十一岁,勉强算是),非常真实的少女,非常真实的心境呈现与对话风格。读者的评价不仅针对《冬》——阿莉·史密斯几乎所有重要作品中都能找到非常真实的青少年角色,这几乎已成为她写作的特色之一,读者们总是对此感到印象深刻。有趣的是,截至目前,本书恰恰是这一特色的呈现巅峰：位于"当下"时间线的乔治、亨利姐弟俩，位于十五世纪意大利的弗朗西斯科·德尔·科萨（顺带一提，该角色的青少年感贯彻一生，与年龄无关），还有乔治的女友H，本书的大部分叙事线正是由这些各具特色的青少年角色撑起来的。某种角度上讲，本书甚至可被视作一部青少年探案小说——乔治与H组成的少女侦探搭档，为了破获与去世母亲相关的一起"间谍"案件，追寻母亲生前的秘密，半推半就地深入到了针对五百五十年前某位神秘意大利画家的走访式探案之中；与此同时，为了攻克拉丁语课程的开放式课题作业，乔治用拉丁语给歌手麦莉·塞勒斯的《破坏球》原曲填词，不仅如此，两人还要排演一部高概念的独幕剧来解释同理心与同情心之间的差别。总之，探案部分是"当下"的，2014年前后的英国伦敦，酷得很真实，符合我们对Z世代的一切观察与想象。另一方面，解答，并非传统意义上抽丝剥茧性质的推理解答，尽管如此，谜题最终还是得以破解，读完本书最后一页时，不再有任何既存的、与事件细节相关的疑惑，少女侦探搭档和读者们至少在现实层面收获了"释怀"。具体而言，本书的解答类似于某种加西亚·马尔克斯式的回忆剖白：主角乔治与母亲一道前往费拉拉看过斯齐法诺亚宫月鉴厅内弗朗西斯科·德尔·科萨创作的几幅湿壁画，母亲去世后，乔治开始对先前这趟"一时兴起"的冲动旅行产生了极大好奇，于是逐渐对创作壁画的画家开展了一系列调查，多次参观英国国家美术馆内陈列的其他弗朗西斯科画作。念念不忘，必有回响，或许是乔治的执念起了作用，或许是因为某些更加神秘、唯心、不可知的因素，画家幽魂借助置于"当下"的一双眼眸复活了——部分失忆的弗朗西斯科大师幽魂，"附身"在了伦敦Z世代的乔治身上，逐渐找回记忆，逐渐揭晓秘密。

碍于本书内置的悬疑设置，为避免影响读者观感，部分情节不宜在本文中随意透露，此处只强调一点——《双面人生》依旧很好地贯彻了阿莉·史密斯作品延续至今的性别议题探讨，除了很容易令人联想到《达·芬奇密码》的历史悬疑设定之外，本书也是一部极为优秀的女性小说。

初次阅读本书，读者心中往往会产生同一个疑问，即情节设计上为何一定必须牵涉到弗朗西斯科这位历史上真实存在的文艺复兴画家，为何一定要讨论其作品。在阿莉·史密斯的其他大部分小说中，但凡涉及历史真实的部分，作家偏爱的选项永远是莎士比亚，甚至连本书中的乔治、亨利姐弟的名字也是来自莎翁名剧，这自然是与她本人在文学上的喜好与研究方向分不开的——最多也就再往前够一下狄更斯，或者乔伊斯，不能再多了（好吧，琐碎处可以商量，但大方向绝不妥协）。

究竟是什么原因促使她在本书中抛弃大不列颠文学，前往意大利古城费拉拉考察文艺复兴早期绘画艺术的呢？其一，大概是因为2014年前后，地球文明抵达了最近的一次全球化顶峰，包括前文提到的布克奖改革也是对当年时势的顺应，敏感的作家们纷纷开始追求某种消弭时间、空间、国别、距离、年代、主义的"世界大同"式创作观，阿莉·史密斯也试图通过小说来找寻文化意义上更广泛的联结。哪曾想到，短短数载过后，保守主义浪潮抬头，疫情席卷全球，世界转眼如瓦片掷地般四分五裂，继续深入探讨全球化本质的机会失去了，纵使再以文字去面对地中海与旧山河，情绪上也已自动转换为缅怀及批判。

其二，以创作为方法，颠覆现有体制及相关一切，这是乔治母亲一生的事业，在本书中被称为"颠覆"运动，它有时以解构主义模式运作，譬如拆解波提切利经典作品，以戏仿手法将其政治化，有时则更贴近朋克或者迪斯科精神，譬如以非常早期的网页弹出式窗口，完成一些自由主义黑客长期热衷的反社会性质病毒式传播等等。巧妙之处在于，五百五十年前，弗朗西斯科完成的那几幅月鉴厅壁画，其内容同样带有强烈"颠覆"性质：颂扬劳动者、种族平等与性解放，在宗教铁幕下植入朴素的人文主义观念——也正因此，两人之间产生了超越时空的共鸣；也正因此，母亲死后，"颠覆"的共鸣才能召唤亡魂，才会由乔治在探索的过程中逐渐"继承"下来，令她在现实的荒原中逐渐听到某种"旋律"。当然，阿莉·史密斯并未鼓吹"颠覆"，相比之下，她或许更强调纷繁复杂现代性表象之下，普适真理所具有的锚定效应。此外就是艺术、自然，即《冬》的显化主题，某种晚期歌德精神，或曰贯彻始终的黑塞化，尽管不再是日耳曼男骑士，而是凯尔特女骑手。

《双面人生》出版后显然在西方创作界引起了广泛共鸣，或者说得更准确些，《双面人生》顺应了当时全球化的思潮塑造，以席卷的态势，潜移默化地引导了不少作品的生成，哪怕乍看起来并不显著，却也在千丝万缕的文化联结中汇入了一条共同的河流。后至的许多作品成功抵达了彼岸，要么更宏大，要么更深邃，进一步对接纳者们带来短期或长期的影响。我在此举出两个例子，都不是文学作品，而是更广泛意义上的杰作——局限于小说领域的例子固然不少，但考虑到阿莉多年以来坚持在文本内部"触碰"各种传播媒介的不懈尝试，尤其是本书中亨利在iPad上看《不义联盟》游戏YouTube视频的体验，选择非文学的例子来呼应她的努力，显然是一种特别诚挚的褒奖，也更契合本书的正文风格。

2019年，由爱沙尼亚ZA/UM工作室制作的独立CRPG（角色扮演）游戏《极乐迪斯科》获得了TGA（游戏奖）最佳独立游戏、最佳叙事奖等多个大奖。某个近未来的空想世界里，来自41分局的探长——主角哈里尔·杜博阿宿醉醒来，发现自己彻底失忆，连名字都忘记了。地点是"褴褛飞旋"旅馆，离开一片狼藉的房间，下楼，看到卡拉OK演唱台，玩家可以选择跟吧台那边的经理聊唱歌相关事宜。哪曾想到，游戏主角随口提到的歌曲，正是查比·切克那首《让我们再次摇摆》——本书的背景音乐。《极乐迪斯科》对虚构历史位面无垢圣人德洛丽丝·黛的解谜，黛与现实中"那位女性"的关联，与本书之间也存在着某种致敬性质的呼应。"硬核"爱凡客，他的一些反应方式跟貌似"什么也不懂"的亨利相似，阿莉笔下的亨利表现出钥匙或解药的倾向，《极乐迪斯科》的爱凡客也一样。《极乐迪斯科》贯穿剧情整体的实体线索：伊苏林迪竹节虫，可视作自然主义赋予的某种超越属性，它与阿莉笔下的幽魂、顽石、昆虫与"艺术自然"博客可以用力握握手。

讲到这里，或许同时熟悉《双面人生》与《极乐迪斯科》的读者会倾向于否定这类基于细节的隐语，毕竟后者所涉的内容过于宏大，文本层面上，黑塞、陀思妥耶夫斯基和卡夫卡的对应，可能无论从数量还是准确度上都达到了更高的层级。不仅如此，前辈大师们对阿莉的引导同样不可忽视。尽管如此，在实际阅读与游玩的过程中，捕获这类带有共时性的细碎、微妙"共振"，的确能享受到实实在在的趣味。故此，关联线索的提供至少也是一项广泛的善举。

另一个例子直接对应了本文题目：《隐迹渐现》，这是黑曜石工作室制作的一款独立游戏，发行于2022年，同样屡获殊荣，但却不算广为人知。故事背景设定在十六世纪神圣罗马帝国境内巴伐利亚公国一座名为塔兴的小村内，主角安德里亚斯以文艺复兴时期著名画家丢勒为原型，自意大利学成技艺归乡，在塔兴教堂从事绘制泥金手抄本的工作。村中发生连环谋杀案，安德里亚斯成为了"道义"侦探。时光荏苒，一番辗转之后，主角变成少女画师玛格达莱妮。与本书主角乔治性格相仿的女孩，机缘巧合之下，开始继续进行安德里亚斯未竟的"真探"事业——为防泄底，情节不便多谈，仅从上述揭露的部分设定中，大家已可窥见本书的好几重影子。南德在绘画上的复兴是晚于意大利的，基本可认为《隐迹渐现》与本书第二部分发生在近乎相同的时间轴线上。本书的翻译工作完成于译者接触《隐迹渐现》之前，游戏进行到第三幕，与玛格达莱妮打过照面之后，脑海中仿佛处处都能见到弗朗西斯科大师的影子。

还有更多涌现于2014年之后的例子，尤其是文学方面，限于篇幅及前述理由，本文不再费心枚举。

之所以将"隐迹渐现"作为这篇译后记的题目,乃是因为其中所描绘出来的情态,与本书情节达到了相当程度的契合,但它始终不能替代《双面人生》的概括高度。本书的原名 how to be both 在正文中多次出现,比较想当然的直译为"怎样做到既要且要",雅一点可以是"如何两者兼顾"。"双面人生"实为出版方提供的译名,另一个选择则为"两面人生",皆为意译,无论哪个都比"怎样"或"如何"的指南手册式直译或"雅直译"要全面,也更符合中文语境。阿莉很喜欢在文本中玩些文字游戏,部分基于语法,部分基于谐音梗,还有基于语义逻辑的,简洁的例子可以是"死了的不能再死"。为什么选《双面人生》,因为其中自动包含多重诠释及呼应:其一,乔治迄今为止的人生,与弗朗西斯科大师早已结束又强行延续的人生;其二,乔治想过的人生,与乔治不可能再去过的人生;其三,乔治母亲人生的双重性;其四,弗朗西斯科大师人生的双重性;其五,角色性别意识的双重性;其六,五百五十年前与现代的双重性;其七,普适层面的双重性探讨,一切都是"双面"的。值得注意的是,上述第七点以显义的现象、角色的理解和概念的并置这三种方式,贯穿了本书的多个关键节点,译法通常为"两者都是",其中蕴意也已温柔地包含在《双面人生》这一题目当中了。

最后还是说回 2014 年布克奖,全球化大潮,设立奖项四十五年后迎来的最大规则变化,五十二岁的阿莉·史密斯,《双面人生》,一部如此恢宏的杰作。7月23日,长名单公布,共计十三位用英语撰写长篇的作家在列,四位美国作家，三位女性作家。9月17日，短名单公布，六位作家，两位美国作家，两位女性作家——美国女作家凯伦·乔伊·富勒的《我们都发狂了》，福克纳小说奖加持，被认为是同样进入短名单的《双面人生》的强劲对手。顺带一提，最后获奖的是澳大利亚作家理查德·弗兰纳根的《深入北方的小路》，短名单公布时得奖呼声不高，但的确是部颇为传统的好小说，跟美国毫无关系，跟女性略有关系，跟日本俳句关系很大。

对于真正的杰作而言，获奖与否根本无关紧要。三年后，"季节四部曲"之一《秋》又入选了短名单，第四次，最后输给了前面已提到过的某部美国作品。再经过多年锤炼，2022年，阿莉新作《伴奏曲》横空出世，结构上有点类似本书，寓意上近乎新时代寓言，灿烂光明的结局越来越多，凯尔特的薄暮日渐稀薄，连长名单都没进，但也挺好看，类似《间谍的遗产》之于勒卡雷，算是一种漫长的告别与和解。1994年之后坊间流传一种说法，除了詹姆斯·凯尔曼之外（1994年获奖），布克奖从来不给苏格兰人——其中隐含的偏见，自然是说苏格兰人的小说除非写得鹤立鸡群般的优秀，否则根本不可能获奖。2020年，道格拉斯·斯图尔特的《舒吉·贝恩》打破魔咒，五十多年过去，总算能有两位苏格兰人获奖，不到4%的比率。于是现在坊间说法变成，布克奖从来不给苏格兰女人：目前而言倒是事实，或许明年阿莉直接就拿诺贝尔了，又或许——"两者都是"，谁知道呢？